KB129874

하퍼 리의 삶과 문학

하퍼 리의 삶과 문학

김욱동

들어가며

　하퍼 리는 어느 작가보다도 작품에 〈서문〉 같은 것을 쓰는 걸 끔찍이 싫어했다. 1993년 『앵무새 죽이기』 출간 35주년 기념판을 출간하면서 하퍼콜린스 출판사는 작가에게 서문을 써달라고 부탁했다. 그러자 그녀는 마지못해 〈『앵무새 죽이기』에 서문이 없는 것을 용서해 주기 바랍니다. 독자로서 나는 서문을 아주 싫어합니다〉로 시작하는 〈서문 아닌 서문〉을 짧게 쓴 것이 고작이다. 그러면서 하퍼 리는 〈서문이라고 하면 나는 사망한 지 이미 오래된 작가들과 몇십 년 동안 잊혔다가 다시 햇빛을 본 작품과 연관짓습니다〉라고 밝혔다. 또 그녀는 〈서문이란 즐거움을 방해하는가 하면, 무슨 일이 일어날지 예상하는 즐거움에 찬물을 끼얹고 호기심을 없애 버립니다〉라고 말했다. 이 서문마저도 하퍼 리가 특별히 35주년 기념판을 위하여 쓴 것이 아니라 실제로 는 몇 해 전 다른 사람에게 보낸 편지 내용이라는 사실 이 밝혀졌다.

그러나 작가와는 달리 비평가란 작가의 작품에 〈서 문〉을 쓰는 사람이다. 다루는 내용과 형식에 따라 그 서 문이 짧은 서평이 될 수도 있고, 논문이 될 수도 있으며, 몇백 쪽에 이르는 단행본이 될 수도 있다. 엄밀히 따지 고 보면 비평문이란 궁극적으로 특정한 작품에 대한 서 문에 지나지 않는다. 특히 하퍼 리처럼 작품 말고는 자 신의 입장을 좀처럼 드러내지 않으려는 작가에게는 비 평가의 역할은 더더욱 클 수밖에 없다. 작가의 침묵 속 에 감춰진 〈소리〉를 드러내고, 행간에 숨겨진 〈의미〉를 찾아 밝혀 내는 것이 곧 비평가의 임무요, 역할이기 때 문이다.

하퍼 리는 미국 문학 전공자인 나에게는 아주 각별한 의미가 있는 작가다. 나는 본디 미국 남부 미시시피주 태생의 작가 윌리엄 포크너를 연구해 왔다. 포크너는 미국 문학에서는 말할 것도 없고 세계 문학을 통틀어서 도 난해하기로 유명한, 아니, 악명이 높은 작가다. 말하자면 비평가나 학자의 연구 대상이 되기에 안성맞춤인 작가다. 한편 미시시피주 바로 동쪽 옆에 위치한 앨라배마주 출신인 하퍼 리는 비교적 쉽게 읽히는 작가에 속한다. 그러나 작품의 난이도를 떠나 이 두 작가는 미국 남부를 대표하는 사람이다. 이 두 작가만큼 미국 남부의 현실을 그토록 감동적으로 설득력 있게 형상화한 작가를 찾아보기 쉽지 않다. 미국 남부는 여러모로 20세기 현실을 축소해 놓은 소우주와 같고, 남부 문학은 좁게는 미국 문학, 더 넓게는 세계 문학을 바라볼 수 있는 조감도와 같다.

나는 하퍼 리의 작품을 번역하고 나서 이번에는 독자들을 그녀의 문학 세계로 안내할 수 있는 단행본을 쓰고 싶었다. 그러나 강의와 집필 같은 다른 일에 치어 그 계획을 차일피일 미루고 있었다. 그러던 중 얼마 전 한 독자로부터 편지 한 통을 받고 나서 더 이상 그 계획을 미룰 수 없었다. 그 편지에는 『앵무새 죽이기』를 읽고 너무 감동을 받은 나머지 그 감동을 좀 더 오래 간직하고 싶어 얼마 동안 다른 책을 읽지 않겠다는 내용이었다. 그 독자의 편지는 나에게 『앵무새 죽이기』나 『파수꾼』 못지않은 큰 감동을 주었다. 그 독자가 느낀 감동을 다른 독자들도 함께 공유할 수 있도록 나는 서둘러 이 책을 썼다.

이 책을 쓰면서 작가 하퍼 리의 문학적 성과 못지않게 작가의 인간적인 모습을 재현해 내려고 애썼다. 작가가 되기까지 얼마나 큰 시련과 좌절을 겪었는지, 『앵무새 죽이기』로 예상치 못한 대성공을 거두고 난 뒤 두 번째 작품 집필을 두고 얼마나 큰 스트레스를 겪었는지, 또 오직 한 작품 출간으로 평생 얼마나 여유 있고 느긋하게 살았는지, 결코 짧다고 할 수 없는 아흔 해에 이르는 그녀의 삶의 궤적을 추적해 보고 싶었다. 작가가 작품을 창작한다는 것은 마치 산모가 산고를 겪으며 갓난아이를 낳는 것과 같다. 윌리엄 포크너나 어니스트 헤밍웨이처럼 그렇게 파란만장한 삶을 살지는 않았어도 어떤 의미에서는 하퍼 리의 삶 자체가 한 편의 소설과 같다고 할 수 있다.

이 작은 책이 하퍼 리의 문학 세계를 이해하려는 독자들에게 조금이나마 도움이 되기를 바랄 뿐이다. 난삽하고 현학적인 전문 용어나 각주를 없애고 일반 독자들이 쉽게 읽을 수 있도록 평이하게 기술하려고 노력했다. 영상 매체의 이미지에 길들어 있는 독자들을 위하여 삽화나 사진을 실어 〈읽는 책〉 못지않게 〈보는 책〉으로 만들려고 했다. 때로는 삽화 한 컷이나 사진 한 장이 어떤 문장보다 독자의 가슴을 움직인다.

인터넷과 스마트폰에 밀려 책이 잘 팔리지 않는 요즈음, 단행본을 출간한다는 것은 여간 큰 용기가 아니고서는 불가능한 일이다. 그런데도 이 책의 출간을 흔쾌히 허락해 주신 열린책들 홍지웅 대표와 이 책이 햇빛을 보기까지 여러모로 소중한 조언을 해주고 궂은일을 맡아 준 편집부에게 이 자리를 빌려 감사드린다.

2020년 봄
울산과학기술원(UNIST) 연구실에서
김욱동

차례

들어가며

5

1장
하퍼 리의 삶과 문학
앨라배마의 제인 오스틴

크리스마스 날의 기적

뉴욕시의 길거리에는 징글벨 소리가 낭랑하게 울려 퍼지고, 상점 쇼윈도마다 환히 불을 밝히고 크리스마스 선물을 사려는 손님을 유혹했다. 이렇게 크리스마스 분위기가 물씬 풍기는 1956년 12월의 뉴욕시, 서른 살의 독신 여성 하퍼 리는 그 어느 때보다 한껏 풀이 죽어 있었다. 변호사의 꿈을 접고 작가가 되겠다는 청운의 꿈을 가슴에 품고 뉴욕시에 도착한 지 벌써 7년, 작가의 꿈은 하루가 다르게 점점 더 멀어지는 듯했다. 해마다 이 무렵이 되면 근무하던 영국 해외 항공사BOAC에서 휴가를 얻어 미국 남부 고향 앨라배마주 먼로빌에 내려가 가족들과 함께 크리스마스를 보내곤 했다. 그러나 그해는 항공사 사정으로 휴가를 내지 못했고, 맨해튼 이스트사이드의 초라한 아파트에서 쓸쓸하게 홀로 크리스마스이브를 보내야 했다.

우연히 이 사실을 알게 된 마이클 브라운과 조이 브라운 부부는 하퍼 리를 그들의 맨해튼 타운하우스로 초대해 크리스마스이브와 크리스마스를 함께 보내자고 제안했다. 브라운 부부는 2년 전 하퍼 리의 어릴 적 친구 트루먼 커포티의 소개로 처음 만나 뉴욕에서 사귄 친구였다. 그들 부부는 하퍼 리의 아파트에서 지하철로 10분 남짓 걸리는 가까운 거리에 살았다. 텍사스주 출신인 마이클은 한때 교사로 근무하다 그즈음에는 뉴욕시에서 작곡가와 작사가로 활약 중이었다.

그 무렵 마이클 브라운은 이른바 〈산업 뮤지컬〉 분야에서 꽤 이름을 떨치던 음악가였다. 산업 뮤지컬이란 기업체의 종업원들이나 주주들을 대상으로 공연하는 특정 뮤지컬을 말한다. 회사 구성원들에게 협동 정신을 진작시키고 조직원들에게 오락거리를 제공하는 동시에 동기 유발 등 교육 목적으로 주로 사용하지만, 홍보나 광고나 마케팅 또는 기업 이미지를 위해서도 널리 사용하는 뮤지컬 말이다. 20세기 중엽 많은 미국 기업체가 이러한 목적으로 산업 뮤지컬을 적극 지원했다. 마이클은 J. C. 페니, 싱어, 뒤퐁 등을 주요 고객으로 삼아 산업 뮤지컬을 제작했다.

소극적이고 비사교적인 성격의 하퍼 리가 마이클 브라운 부부를 좋아한 것은 기질과 취향이 서로 비슷했기 때문이다. 마이클의 위트와 유머 감각이 은근히 그녀의 마음을 사로잡았다. 겉으로 잘 드러나지 않아서 그렇지 하퍼 리도 해학적이고 익살맞을 때가 있었다. 또한 같은 남부 출신인 데다 마이클의 나이가 공군 장교로 근무하던 중 갑자기 뇌출혈로 사망한 오빠 에드윈과 동갑이었기 때문이었는지도 모른다. 그 이유야 어떻든 하퍼 리는 그들 부부와 친한 사이가 되었고, 그들의 어린 아이들에게는 〈이모〉 노릇을 했다.

그래서 하퍼 리는 1956년 크리스마스를 앨라배마주 먼로빌이 아닌 뉴욕시 맨해튼 한복판에서 브라운 부부와 함께 보냈다. 크리스마스 날 아침 하퍼 리는 브라운 부부의 타운하우스 2층 침실에서 늦게 잠자리에서 일어났다. 크리스마스이브 파티로 늦게 잠자리에 든 탓도 있지만 그녀는 늘 늦게 일어나는 버릇이 있었다. 하퍼 리가 1층에 내려가 보니 브라운 가족이 크리스마스트리 아래 모여 선물을 주고받을 준비를 하고 있었다. 이 날따라 브라운 부부는 무척 기분이 좋아 보였다. 그도 그럴 것이 최근 마이클이 「그는 내 사람」이라는 코미디 뮤지컬을 작곡하여 많은 돈을 받았기 때문이다. 하퍼 리가 경제적 여유가 없다는 사실을 잘 알고 있던 브라운 부부는 아이들에게는 몰라도 어른들끼리는 싸구려 물건을 서로 주고받는 것이 관행이라고 그녀에게 귀띔해 주었다.

하퍼 리는 마이클에게 줄 선물로는 35센트를 주고 그린, 『에든버러 리뷰』잡지를 창간한 18세기 영국 작가 시드니 스미스의 초상화를, 그의 아내 조이에게 줄 선물로는 맨해튼 헌책방을 뒤져 구입한 영국 유머 작가 마고 애스퀴스 전집을 준비했다. 하퍼 리는 자랑스럽게 브라운 부부에게 〈메리 크리스마스!〉라고 인사하며 선물을 건넸다. 그런데 어찌 된 일인지 그들은 그녀에게 아무런 선물도 주지 않고 미소만 짓고 잠자코 있었다. 마침내 조이가 입을 열더니 하퍼 리에게 〈네 선물을 잊을 리가 없지. 자, 크리스마스트리를 올려 봐!〉라고 말했다. 하퍼 리는 크리스마스트리의 나뭇가지를 젖히고

〈넬〉이라는 이름이 적힌 하얀 봉투 하나를 꺼냈다.[1] 그녀는 천천히 봉투 안의 쪽지를 꺼내 보았다.

〈네가 쓰고 싶은 작품이 무엇이든 그것을 쓸 수 있도록 네 직장을 1년간 쉬었으면 해. 메리 크리스마스!〉

「아니, 도대체 이게 무슨 말이에요?」

「쪽지에 쓰여 있는 그대로야.」

하퍼 리는 어안이 벙벙하여 몇 초 동안 말문이 막혀 가만히 서 있다가 마침내 입을 열었다. 〈엄청난 도박이에요. 무척 위험이 따르는 일이라고요.〉 그러자 마이클 브라운은 미소를 지으며 〈아니, 넬. 모험이 아니야. 이건 아주 확실한 일이거든〉이라고 대꾸했다. 브라운 부부는 하퍼 리가 작가가 되겠다는 청운의 꿈을 품고 뉴욕시에 왔지만 막상 항공사 일에 치여 제대로 글을 쓰지 못한다는 사실을 누구보다도 잘 알던 터였다. 예나 지금이나 항공사의 티켓 판매나 예약 담당은 눈코 뜰 새 없이 바빴다. 그래서 1년 동안 영국해외항공사를 휴

1 〈넬〉은 하퍼 리의 개인 이름으로, 그녀의 본명은 〈넬 하퍼 리Nelle Harper Lee〉다.

직하고 오직 글 쓰는 일에만 전념하도록 그녀에게 재정적 뒷받침을 해주고 싶었던 것이다.

물론 무상으로 돈을 준 것은 아니었다. 작가로서 성공하면 갚으라고 빌려준 것과 다름없었다. 하퍼 리는 이 돈을 〈선물〉 대신에 〈빚〉이라고 자주 불렀다. 그러나 아직 작가로 데뷔조차 하지 않고 문단 말석에 자리도 얻지 못한 작가 지망생에게 1년치 생활비를 빌려준다는 것은 이례적인 일이었다. 사귄 지 불과 몇 년 되지 않는 친구는 말할 것도 없고 가까운 일가친척도 선뜻 내리기 힘든 결단이다. 하퍼 리가 브라운 부부에게 〈엄청난 도박〉이라고 말하는 까닭이 바로 여기에 있다. 뒷날 작가로 대성공을 거둔 뒤 1961년 『맥콜』지와의 인터뷰에서 그녀는 브라운 부부의 행동을 이렇게 회고했다.

그날 일어난 기적에 어리둥절하여 나는 창가로 다가갔습니다. 새로운 삶을 멋지게 시작할 기회가 완벽하게 주어진 겁니다. 그것은 관대함에서 우러나온 행위가 아니라 사랑에서 우러나온 행위였지요. 〈우린 너를 믿어!〉라는 그들의 말이 정말로 내 귓가에 쟁쟁 울리고 있었습니다.

여기서 하퍼 리가 1956년 크리스마스 날에 일어난 일을 〈기적〉이라고 부른다는 점을 눈여겨보아야 한다. 실제로 누가 보더라도 기적이 아니고서는 좀처럼 일어나기 힘든 일이었다. 아무리 예술을 사랑하는 예술가여도, 아무리 절친한 친구여도, 또 아무리 예상치 않게 엄청난 돈이 굴러 들어왔더라도 누구나 선뜻 할 수 있는 일이 아니었다. 브라운 부부가 하퍼 리에게 거금의 돈을 〈크리스마스 선물〉로 선뜻 내준 것은 그녀의 성실성과 함께 문학가로서의 잠재적 재능을 굳게 믿었기 때문일 테다. 그녀라면 가슴에 품은 멋진 꿈을 실현시키리라 믿었던 것이다.

어찌 되었던 1956년 크리스마스 날, 하퍼 리가 받은 이 뜻밖의 선물은 마치 동방 박사들이 아기 예수에게 가져다준 기적의 선물과 같았다. 그러고 보니 이 장면은 하퍼 리처럼 남부에서 태어나 뉴욕에서 활약한 작가 오 헨리의 작품 「크리스마스 선물」이 자연스럽게 떠오른다. 가난한 젊은 부부 짐과 델라가 서로 주고받은 크리스마스 선물은 세속적 척도로는 가늠할 수 없는 더없이 소중한 정신적 선물이다. 이와 마찬가지로 브라운 부부의 크리스마스 선물도 하퍼 리에게는 단순히 화폐로 계산할 수 없는 소중한 가치를 지니고 있었다. 그녀의 말대로 〈사랑에서 우러나온 행위〉였다.

이렇듯 미국에서 성경 다음으로 가장 큰 영향력을 행사해 왔다는 하퍼 리의 작품 『앵무새 죽이기』는 바로 1956년 12월 크리스마스 날 뉴욕의 한 타운하우스에서 처음 그 씨앗이 뿌려졌다. 그 씨앗이 배태되고 자라나 몇 해 뒤 마침내 『앵무새 죽이기』라는 아름다운 한 그루 나무로 자라났다. 만약 브라운 부부가 하퍼 리에게 글을 쓰는 일에 전념하도록 배려하지 않았다면 어쩌면 이 소설은 아직껏 세상 빛을 보지 못했을지도 모른다. 설령 빛을 보았다고 해도 지금과는 다른 작품이 되었을 것이다. 그만큼 1956년 크리스마스 날은 작가 하퍼 리의 삶과 그녀의 작품 『앵무새 죽이기』와는 떼려야 뗄 수 없이 깊이 연관되어 있다.

불행한 유년 시절

넬 하퍼 리는 1926년 4월 28일, 미국 남부의 오지 중에서도 오지라고 할 앨라배마주의 소도시 먼로빌에서 태어났다. 지금도 마찬가지지만 1920년대 앨라배마주는 미국에서 가장 못살기로 미시시피주나 루이지애나주와 앞서거니 뒤서거니 했다. 앨라배마주 서남부에 위치한 먼로빌은 모빌과 먼트가머리 한 중간쯤에 놓여 있다. 웬만한 지도에는 나오지도 않는 아주 조그마한 마을인 먼로빌은 먼로군의 군청 소재로, 현재 인구도 겨우 6천5백여 명밖에 되지 않는다. 남북 전쟁 때 이 마을을 지나가던 남군 병사 하나가 〈이 세상에서 가장 지루한 마을〉이라고 부를 정도로 먼로빌은 지금도 졸음이 올 만큼 나른한 시골 읍이다.

하퍼 리의 개인 이름 〈넬Nelle〉은 할머니 이름 〈엘런Ellen〉을 거꾸로 해서 지은 이름이었다. 하퍼 리는 남북 전쟁 때 남부군 총사령관을 맡아 북군을 괴롭힌 로버트 에드워드 리 장군과 인척 관계에 있는 것으로 생각했다. 그러나 최근 역사가들은 하퍼 리의 리 집안과 로버트 리 집안 사이에는 아무 관련이 없다는 사실을 밝혀냈다. 하퍼 리 집안과는 달리 리 장군은 버지니아주에 뿌리를 둔 집안 출신이라는 것이다. 자신의 집안을 명성 있는 가계(家系)와 관련 짓고 싶어하는 것은 동양이나 서양이나 마찬가지인 듯하다.

하퍼 리는 앨라배마주와 깊이 연관되어 있지만 그녀의 선조는 앨라배마주가 아닌 동쪽 옆 플로리다주에서 살았다. 1910년에 결혼한 그녀의 아버지 애머서 콜먼 리Amasa Coleman Lee는 아내와 아직 두 살도 안 된 큰딸 앨리스를 데리고 플로리다주 보니페이에서 앨라배마주 먼로빌로 이주하여 뿌리를 내렸다. 이 무렵 먼로빌의 인구는 지금보다 훨씬 적었다. 그가 먼로빌로 이주한 것은 버그 앤드 바넷 변호사 사무실의 경리 담당 매니저로 일자리를 얻었기 때문이었다. 시골 학교 교사였던 그는 경리 직원과 경리 담당 매니저를 거쳐 마침내 변호사 시험에 합격하여 자격증을 획득하기에 이르렀다. 말하자면 애머서 리는 입지전적 인물이었다. 그의 정치적 성향은 처음에는 보수주의적이었지만 점차 남부 전통에 반하여 자유주의적 태도를 취했다. 특히 흑인 문제에 관해서는 더욱 그러했다. 그러므로 주 정부 의회에 출마할 때 그는 당연히 민주당 공천 후보자였다.

하퍼 리의 어머니 프랜시스 커닝햄 핀치Frances Cunningham Finch는 예술적 재능이 있는 데다 감수성이 예민했다. 특히 앨라배마 여학교에서 피아노와 성악에 두각을 나타낸 부르주아적인 여성이었다. 한편 하퍼 리의 아버지는 미주리주 세인트루이스 북쪽으로는 한 번도 가본 적이 없었지만 앨라배마주와 먼로빌에서 지방 유지로 중요한 역할을 했다. 변호사 일 말고도 읍 의회 위원에 이어 주 의회 위원을 지낸 정치가일뿐더러 먼로빌 감리교회 집사로, 이 지방에서 발행하던 신문 『먼로 저널』의 발행인으로 눈부시게 활약했다. 이 읍에서 아마 그만큼 유지로 존경받던 사람은 없다시피 했다. 2007년 7월 『오프라 매거진』과 가진 인터뷰에서 하퍼 리는 어린 시절 〈어머니는 고전적인 동화책을 읽어 주셨지만, 아버지는 매일 저녁 네 종류의 석간신문에서 기사를 읽어 주셨다〉고 밝힌 것으로 보아 어렸을 적부터 책과 가까이하며 자랐던 것 같다.

하퍼 리는 4남매 중 막내였다. 1911년에 태어난 큰언니 앨리스는 유머 감각이 뛰어나고 외모에 별로 관심을 두지 않은 등 여러모로 하퍼 리와 닮은 점이 많았다. 로 스쿨을 졸업한 앨리스는 변호사가 되어 먼로빌에서 아버지의 변호사 사무실에서 함께 일했고, 『먼로 저널』을 맡아 경영했다. 뒷날 하퍼 리는 큰언니를 두고 〈스커트를 걸친 애티커스〉로 불렀다. 애티커스는 『앵무새 죽이기』에 스카웃과 젬의 아버지로 등장하는 변호사다. 기질이나 성격도 비슷했지만 앨리스는 어린 하퍼 리에게 본받고 싶은 롤 모델이었다. 매사에 성실할 뿐만 아니라 월반하여 열여섯 살 때 고등학교를 조기 졸업할 정도로 학업 성적이 뛰어났다.

1916년에 태어난 둘째 언니 루이즈는 세 딸 중 가장 예쁘다는 평을 받았고, 일찍 결혼하여 앨라배마주의 다른 도시에서 살았다. 그리고 1920년에 태어난 막내 오빠 에드윈은 1951년 어머니가 사망한 지 몇 달 뒤 뇌출혈로 일찍 사망했다. 그의 나이 겨우 서른이었다. 앨라배마주 오번 대학교에서 산업 공학을 전공하고 맥스웰 항공 학교에서 훈련을 받고 공군 장교로 임관된 그는 제2차 세계 대전에 참전하여 노르망디 상륙 작전을 지원했다. 휴전 뒤 귀국해 맥스웰 항공 기지에서 근무하던 중 갑자기 불의의 죽음을 맞았던 것이다.

하퍼 리는 사우스앨라배마 애비뉴에 위치한 집에서 몇 블록 떨어져 있지 않은 초등학교와 중고등학교에 다녔다. 초등학교 교육의 기본인 이른바 〈3R〉 — 읽기 Reading, 쓰기Writing, 산수Arithmetic — 을 익히는 데도 교사들과 늘 실랑이를 벌였다. 그만큼 하퍼 리는 교사들이나 어른들이 시키는 대로 하는 고분고분한 성격은 아니었다. 그녀는 『앵무새 죽이기』에서 〈스카웃〉이라는 별명으로 잘 알려진 주인공 진 루이즈 핀치와 아주 비슷했다. 오빠 제러미(젬) 핀치와는 달리 진 루이즈는 아버지 애티커스 핀치에게 학교에 가기 싫다고 졸라 그를 여간 난처하게 만들지 않는다.

더구나 하퍼 리는 나무에 기어 올라가고 사내아이들과 맞붙어 같이 난폭한 운동을 하는 등 중산층 가정의 부모가 기대하는 모습은 아니었다. 그녀는 여름 방학이면 앨라배마주 애트모어에 있는 이모 집에서 보냈다. 이때 하퍼 리가 노는 모습을 지켜본 이웃집 아주머니는 〈꼭 사내아이와 같았다〉고 회고했다. 하퍼 리는 옷차림도 드레스보다는 멜빵바지에 티셔츠를 즐겨 입었다. 『앵무새 죽이기』에서 알렉산드라 고모가 오빠 애티커스에게 스카웃을 이대로 그냥 내버려 두면 안 된다고 하는 말을 엿듣고 스카웃은 〈빳빳하게 풀 먹인 핑크색 무명옷이라는 교도소 벽이 나를 향해 점점 좁혀 오고 있는 것을 느꼈습니다〉라고 고백한다. 그녀의 말대로 고모가 바라는 남부 귀부인 또는 남부 소녀상은 스카웃에게는 자유를 억압하는 교도소와 크게 다름없었다.

어릴 적 하퍼 리의 모습이 과연 어떠했는지는 남부에서 그녀와 함께 자란 트루먼 커포티의 단편소설 「추수 감사절 방문객」을 보면 잘 알 수 있다. 이 작품의 작중 인물 앤 〈점보〉 핀치버그는 다름아닌 하퍼 리를 모델로 한 인물이다. 이 소설의 화자는 앤을 〈체구가 작지만 단단한 말괄량이로 지옥에서 풀려난 듯한 무서운 레슬링 기술을 지니고 있다〉고 묘사한다. 커포티의 소설 『다른 목소리, 다른 방』(1948)에 등장하는 아이더벨도 하퍼 리를 모델로 삼아 만든 인물이다. 이 소설의 한 장면에서 주인공 조얼이 여자아이 아이더벨 앞에서 옷을 벗는 것을 몹시 부끄러워하자 아이더벨이 이렇게 내뱉는다.

　　「야, 바지 속에 네가 갖고 있는 그 물건, 내겐 전혀 새롭지도 않고, 또 전혀 관심도 없거든. 빌어먹을, 난 초등학교 1학년 때부터 사내아이들 말고는 어느 누구하고도 장난친 적이 없어. 난 한 번도 내가 계집애라고 생각해 본 적이 없지. 그러니 그 점을 꼭 기억해 둬. 그렇지 않으면 우린 친구가 될 수 없을 테니까…… . 난 정말이지 사내아이가 되고 싶어. 그럼 난 뱃사람이 될 거야. 또 난…… .」

어린 시절 하퍼 리는 행동뿐만 아니라 말버릇도 보통 여자아이들과는 달리 독특하고 거칠었다. 가령 그녀가 다니던 초등학교 교사 레이튼 맥닐은 하퍼 리가 자기를 〈맥닐 선생님〉이 아니라 그냥 〈레이튼〉이라고 불러 깜짝 놀랐다. 교사가 하퍼 리를 꾸짖자 그녀는 오히려 당황하며 집에서도 아버지를 개인 이름으로 부른다고 대꾸했다. 그러고 보니 『앵무새 죽이기』에서 스카웃이 왜 아버지를 〈애티커스〉로 부르는지 알 것 같다. 실제로 교사의 호칭뿐만 아니라 학교의 규율이나 제도나 공식적인 활동이 모두 하퍼 리에게는 잘 맞지 않는 옷처럼 불편할 따름이었다. 1961년에 큰언니 앨리스는 막냇동생의 성격에 대하여 〈그 아이를 잘 아는 사람이라면 누구든 내 동생이 아주 독립적이라는 것을 알 수 있을 것이다. 쉽게 타협하는 그런 성격이 아니었다. 넬은 일부 학교 교과 과정을 몹시 못 견뎌 했다〉고 말했다.

『앵무새 죽이기』의 알렉산드라 고모처럼 남부 귀부인을 표방하던 어머니로서는 막내딸 하퍼 리의 행동을 좀처럼 받아들이기 어려웠다. 이렇게 유년 시절부터 삐 꺽거리던 하퍼 리와 어머니 프랜시스의 관계는 어머니가 정신 질환 증세를 보이면서 더욱 골이 깊어 갔다. 신경 쇠약으로 시작한 어머니의 병세는 점차 정신 질환으로 발전했고, 마침내는 병원에 입원했다가 사망했다. 이웃집에 살았던 한 여성의 증언에 따르면, 프랜시스는 동네 아이들에게 여름철이면 수박을 잘라 주는 등 친절을 베풀었지만 자기 자녀들에게는 별로 말을 거는 모습을 본 적이 없었다. 아침에 일어나 하루 종일 피아노 앞에 앉아 피아노를 치거나 앞쪽 현관에 나와 화분에 심은 화초를 보살피는 것 말고는 좀처럼 집밖을 나가지 않았다. 한마디로 마을 사람들에게 그녀는 〈별난 여자〉였다.

어린아이들이 그렇듯 어린 하퍼 리에게도 어머니의 존재는 무척 소중했다. 그러나 그녀에게 어머니는 육체적으로는 존재할지언정 정신적으로는 존재하지 않는 인물이었다. 어머니의 〈부재〉는 어린 하퍼 리에게 깊은 마음의 상처를 남겼다. 그녀가 내성적이고 과묵하고 비사교적인 것도 따지고 보면 어머니의 부재와 관련이 있는 듯하다. 이렇게 어머니로서나 아내로서의 구실을 제대로 하지 못하던 프랜시스 리를 대신하여 해티 벨 클로젤이라는 흑인 가정부가 살림을 도맡아 하다시피 했다. 『앵무새 죽이기』에 등장하는 충실한 흑인 가정부 캘퍼니아는 바로 클로젤을 모델로 했다. 하퍼 리는 이 소설에서 스카웃이 두 살 때 그녀의 어머니가 사망하는 것으로 설정했다. 스카웃은 〈우리 엄마는 내가 두 살 되던 해 돌아가셨습니다. 그래서 나는 엄마가 없다는 사실을 한 번도 의식해 본 적이 없습니다〉라고 말한다. 이렇듯 하퍼 리는 소설에서 어머니에게 사망 선고를 내렸다.

하퍼 리를 비롯한 자녀들에게 애정을 주지 않은 것은 어머니만은 아니었다. 정도의 차이는 있지만 이 점에서는 아버지도 크게 다를 바 없었다. 이웃에 따르면 애머서 콜먼 리는 자상한 아버지라기보다는 오히려 거리를 두는 초연한 아버지였다. 아이들의 머리를 쓰다듬어 주거나 재미있는 농담을 주고받거나 하는 아버지와는 거리가 멀었다. 물론 아버지는 막내딸인 하퍼 리에게만은 애정을 베풀려고 애썼다. 그래서 어린 시절 하퍼 리는 아버지가 먼로빌 거리를 걸을 때면 늘 뒤꽁무니를 졸졸 따라다녔다고 한다. 사람은 나무랄 데 없이 좋지만 같이 있으면 왠지 불편하다고 털어놓은 이웃들이 적지 않은 것을 보면 애머서 리의 성격은 과묵하고 냉정했음에 틀림없다.

비록 과묵하고 냉정하여도 애머서 리는 『앵무새 죽이기』의 애티커스처럼 자식들에게는 훌륭한 아버지였다. 이 소설이 출간되고 상업적으로나 문학적으로 큰 성공을 거두고 난 뒤 1961년 하퍼 리는 『라이프』지와 가진 인터뷰에서 아버지를 이렇게 칭찬했다.

아버지는 내가 아는 몇 안 되는 사람들 중 진정으로 겸손한 사람이었다. 그래서 자연스럽게 위엄이 느껴졌다. 아버지는 자아를 전혀 내세우지 않았으며, 앨라배마 주의 이 지역에서 가장 존경받는 사람 중 하나였다.

애머서 콜먼 리는 가족들에게만이 아니라 더 나아가 하퍼 리의 말대로 지역 사회에서도 존경을 받는 인물이었다. 20년 동안 공직에서 봉사한 그는 유능한 변호사, 지역 신문 발행인, 지역 은행 이사장, 시민운동 지도자, 교회 집사로 일했다.

미국 현대 문학의 아이콘이라고 할 어니스트 헤밍웨이는 언젠가 신문 기자로부터 〈작가에 가장 좋은 초기 훈련이 무엇이라고 생각하느냐?〉라는 질문을 받은 적이 있다. 그러자 기다렸다는 듯이 그는 〈불행한 유년 시절이지요)라고 잘라 말했다. 헤밍웨이의 이 말은 하퍼 리에게도 썩 잘 들어맞는다. 그녀도 헤밍웨이처럼 어머니로부터 애정을 받지 못한 채 성장하였고 그 뒤 어머니와 적잖이 갈등을 겪었다. 어떤 의미에서는 그러한 애정 박탈과 갈등이 헤밍웨이에게도 하퍼 리에게도 창작의 원동력이 되었다고 할 수 있다.

그러나 불행한 유년 시절을 보내던 하퍼 리에게 한 가닥 희망의 빛이 찾아왔다. 그것은 1930년, 그러니까 열네 살이 되던 해 옆집에 트루먼 스트렉퍼스 퍼슨이라는 소년이 이사 온 일이었다. 뒷날『다른 목소리, 다른 방』과『티퍼니에서 아침을』(1958)과 논픽션 소설『냉혈』(1966)을 발표하여 명성을 떨치게 될 트루먼 커포티Truman Capote가 바로 그 소년이었다. 그는 부모가 이혼을 하는 바람에 먼로빌에 살던 친척 집에서 살게 되었다.

『앵무새 죽이기』에서 딜 해리스로 등장하는 소년이 다름 아닌 커포티다. 하퍼 리와 커포티는 단짝이 되어 에드윈 오빠와 함께 어울려 놀이를 하며 시간을 보냈다. 방금 앞에서 헤밍웨이와 불행한 유년 시절 이야기를 언급했지만, 불행한 소년 소녀들은 흔히 책을 읽으며 마음의 상처를 달래기 일쑤다. 적어도 이 점에서는 하퍼 리와 커포티도 다르지 않았다. 둘은 〈세커터리 호킨스〉의 『회색 유령』이나 로버트 슐커스의 『톰 스위프트』, 에드거 라이스 버로스의 『로버네 아이들』 같은 연작 모험 소설을 함께 읽으며 정신적 유대 관계를 공고히 해갔다. 세 친구들은 책에서 읽은 내용을 연극으로 각색하여 공연하기도 했다. 더구나 하퍼 리의 아버지가 그들에게 낡은 언더우드 타자기를 선물로 주자 그녀와 커포티는 타자기를 이용하여 이야기를 〈창작〉하기도 했다. 커포티가 주로 이야기를 지어 내면 하퍼 리가 타자기로 기록하는 방식이었다.

미국이 경제 대공황의 어두운 터널을 막 빠져 나온 1940년 10월, 하퍼 리는 먼로군 고등학교에 입학했다. 이 무렵 먼로빌도 10년에 걸친 경제적 고통에서 벗어나 서서히 활기를 되찾기 시작했다. 한편 이 무렵은 제2차 세계 대전이 한창이던 무렵이었다. 그러나 미국은 제1차 세계 대전부터 세계 대전에 참전하지는 않되 지원하는 정책을 고수했고, 이 원칙은 제2차 세계 대전 때도 그대로였다. 특히 제2차 세계 대전이 일어나기 전, 대통령에 출마한 프랭클린 D. 루스벨트는 〈당신의 아들을 전쟁터로 내몰지 않겠다〉는 선거 공약을 내걸었고, 그가 당선되자 여러 중립법이 통과되었다. 그러나 일본 제국이 태평양 전쟁을 일으켜 진주만 습격을 단행했을 뿐만 아니라 말레이시아, 홍콩, 프랑스령 인도차이나반도, 인도네시아, 필리핀 제도, 웨이크섬으로 순식간에 전선을 늘리자, 1941년 12월 루스벨트는 마침내 일본에게 선전 포고를 하기에 이르렀다.

미국이 일본에게 선전 포고를 하면서 먼로빌도 비록 간접적일망정 전쟁의 영향권에 들어가지 않을 수 없었다. 아버지 애머서 리는 동료 변호사였다가 지금은 먼로군 은행장으로 있던 J. B. 바닛을 도와 전시 채권 운동에 앞장섰다. 하퍼 리의 큰언니 앨리스는 적십자 자원 봉사자로 일하였으며, 둘째 언니 루이즈는 앨라배마주 유폴러에서 참전한 남편을 기다리며 어린아이를 돌보았다. 그리고 오빠 에드윈은 오번 대학교를 휴학하고 육군 항공대에 입대했다.

오직 하퍼 리만이 고향에서 고등학교에 다녔을 뿐이다. 이 무렵 다른 여학생들과는 달리 그녀는 옷차림 같은 것에는 전혀 관심을 기울이지 않았다. 1942년 영어반 학생들과 함께 찍은 기념사진을 보면 오직 하퍼 리만이 입술에 립스틱을 바르지 않고 사내아이들처럼 빗질을 하지 않은 단발머리 그대로였다. 그녀를 알고 지내던 사람들은 그녀가 남성이건 여성이건 어느 누구에게도 의도적으로 좋은 인상을 심어 주려고 노력한 적이 한 번도 없다고 입을 모았다. 실제로 이러한 모습은 말하자면 하퍼 리의 트레이드마크로 사망할 때까지 계속되었다.

고등학교 시절 하퍼 리에게 가장 영향을 끼친 사람은 이 학교의 영어 교사 글레이디스 왓슨이었다. 그녀는 특히 학생들에게 영어 작문에 관심을 기울일 것을 강조했다. 작문을 평가할 때는 문법과 내용을 나누어 각각 점수를 줄 정도로 문법을 중시했다. 가령 문법에서는 C를 주고 작문 내용에서는 A를 주는 식이었다. 왓슨은 문법 규칙을 제대로 이해하는 것만이 글을 잘 쓸 수 있는 지름길이라고 굳게 믿었다.

왓슨에 따르면 훌륭한 글은 〈3C〉를 지녀야 했다. 즉 명징성clarity, 일관성coherence, 운율성cadence이 바로 그것이다. 앨라배마 주립 대학교 영어 교수들은 문법이 서툰 학생들에게 〈자네는 왓슨 선생의 강의를 들어야겠는걸!〉이라고 말할 정도였다. 왓슨은 비단 문법에만 관심을 두는 것은 아니었다. 학생들이 지루하다 싶으면 시나 소설 또는 희곡에서 한 장면을 읽어 주곤 했다. 특히 제프리 초서의 『캔터베리 이야기』는 왓슨이 학생들에게 읽어 주는 단골 메뉴였다. 그녀의 목소리에 귀를 기울이던 학생들은 중세 영국의 술집이며 길가 여관이며 성지들을 어렴풋하게나마 머릿속에 그려 볼 수 있었다.

하퍼 리는 글레이디스 왓슨 교사를 존경하다 못해 숭배하다시피 했다. 특히 영문학을 좋아한 하퍼 리는 방과 후 도서관에서 가서 왓슨이 언급한 영문학 작품을 하나하나 찾아보기 일쑤였다. 특히 그녀는 학교 도서관에서 손때가 묻은 『오만과 편견』(1813)을 발견하고 제인 오스틴에 흠뻑 빠져 들었다. 그녀가 소설가가 된 것도 어떤 의미에서는 왓슨의 영향이 적지 않았다. 그녀가 〈남부 앨라배마의 제인 오스틴〉이 되기로 처음 마음먹은 것은 바로 이 즈음이었다. 1965년 하퍼 리는 왓슨을 뉴욕시로 초청하여 시내를 관광한 뒤 그해 10월 한 달 예정으로 함께 영국 여행을 떠났다. 물론 모든 여행비용은 제자가 지불했음은 새삼 언급할 필요도 없다.

남부 앨라배마의 제인 오스틴

1944년 가을, 하퍼 리는 앨라배마주 먼트가머리에 위치한 감리교 재단에서 설립한 사립 여자 교육 기관인 헌팅던 대학에 입학했다. 그녀가 전교생이 5백 명밖에 안 되는 이 조그마한 여자 대학을 굳이 선택한 데는 여러 이유가 있었다. 첫째, 글레이디스 왓슨과 함께 하퍼 리의 롤 모델이라고 할 큰언니 앨리스가 이 학교에 다녔다. 앨리스는 이 학교에 다니던 무렵이 인생에서 가장 행복한 시절이었다고 회고한 적이 있다. 그녀가 다니던 1920년대 말엽과 1930년대 초엽만 하여도 이 학교는 아직 〈헌팅던 대학〉으로 이름을 바꾸지 않고 〈앨라배마 대학〉으로 불렸다.

둘째, 영국의 웨슬리언 성결 운동의 후원자였던 헌팅던 백작 부인의 이름을 따서 붙인 이 대학은 교양 교육 위주의 인문학을 가르치는 여자 단과 대학으로, 젊은 〈귀부인〉을 양성하는 고등 교육 기관으로 앨라배마주에서는 꽤 평판이 있었다. 하퍼 리가 입학하던 해 총장이던 휴버트 서시의 말대로, 이 학교는 무엇보다도 〈인간을 좀 더 깊이 이해하고, 오래 지속되는 삶의 측면을 좀 더 첨예하게 깨닫고, 아름다움을 사랑하고, 음악과 문학과 예술을 감상하고, 인간관계를 깊이 파악하는 것〉을 교육 목표로 삼았다. 헌팅턴 대학이 내세운 교훈은 〈지혜를 키우기 위해 들어오라. 지혜를 적용하기 위해 세상 밖으로 나가라〉였다.

하퍼 리는 고등학교 졸업반 때 여름 방학을 이용해 두 과목을 수강한 데다 입학 시험 네 과목에서 모두 B학점을 받았기 때문에 헌팅턴 대학에 2학기 신입생으로 입학했다. 이 학교에서 그녀는 다행히 왓슨과 비슷한 아이린 먼로 교수를 만났다. 국제 사정을 가르치는 먼로 교수는 학생들에게 무엇보다도 비판적 사고를 강조했다. 대학 교육은 돈을 주고 사는 상품이 아니라 비판적 사고를 함양하는 교육 기관이라는 점을 주지시켰다. 먼로 교수는 학생들에게 〈만약 강의 노트를 잃어버렸다고 해서 이곳에서 배운 모든 것을 잊어버리겠는가?〉라고 질문을 던지곤 했다. 이 수사적 물음에 대한 답은 그럴 수 없다는 것이다. 머릿속에 간직한 비판적 사고는 물건과는 달라서 쉽게 잃어버릴 수 없기 때문이다.

헌팅턴 대학에 재학하는 동안 하퍼 리의 옷차림이나 행동은 동료 학생들의 눈살을 찌푸리게 했다. 기숙사에

1944~1945년 하퍼 리가 다닌 앨라배마주 먼트가머리에 위치한 헌팅던 대학. 교양 교육 위주의 인문학을 주로 가르치는 여자 단과대학으로 작가의 큰언니 앨리스도 이 대학에 다녔다.

서건 강의실에서건 그녀는 언제나 청바지나 흰 버뮤다 반바지에 간편화를 즐겨 신었다. 화장도 하지 않고 머리 손질도 하지 않았다. 남부 숙녀를 양성하는 이 학교에서는 학생들에게 한 달에 한 번씩 이브닝드레스를 입고 만찬에 참석하여 예의범절을 익히도록 했다. 그러나 그녀는 아예 이러한 사교 행사에 참석하지 않았다.

더구나 하퍼 리는 담배를, 그것도 궐련 담배가 아니라 파이프 담배를 피웠다. 생각에 잠긴 채 파이프 담배를 입에 물고 연기를 내뿜는 모습은 마치 미시시피주 태생의 작가 윌리엄 포크너의 모습을 떠올리게 했다. 그런가 하면 하퍼 리는 상스러운 속어나 욕설을 자주 입에 담았다. 그녀는 거의 무의식적으로 욕설을 내뱉다시피 했다. 이 무렵 남부 여자 대학의 학생이 욕설을 내뱉는다는 것은 상상하기 힘든 일이었다. 한마디로 하퍼 리는 마치 지구에 내려온 외계인처럼 전통적인 여자 대학에서 사뭇 이질적인 존재였다. 기숙사 매시홀에서 같이 생활하던 동기들은 마침내 그녀를 홀에서 추방하다시피 했다.

하퍼 리는 헌팅던 대학에서 비록 사교 모임에는 관심이 없었지만 문학 활동에는 비교적 적극적이었다. 가령

〈여자 사냥꾼〉이라는 얼핏 도전적인 듯한 제호의 대학 신문 『헌트리스』에 가끔 글을 기고했다. 전국 문학 클럽의 헌팅던 대학 지부인 〈카이 델타 파이〉에 가입하여 활동했다. 또한 그녀는 헌팅던 대학에서 발행하는 문학 잡지 『플레루드』에 「악몽」과 「정의에 보내는 윙크」라는 짧은 단편 두 편을 기고하기도 했다. 이 잡지에 실린 단편들은 문학적 완성도를 떠나 하퍼 리의 작품이 처음으로 활자화되었다는 점에서 의의가 크다. 더구나 이 두 작품에서 무엇보다도 눈에 띄는 것은 앞으로 그녀가 출간할 『앵무새 죽이기』의 소재와 언어 구사 등을 엿볼 수 있다는 점이다.

하퍼 리는 「악몽」에서 제목 그대로 헌팅던에 사는 한 여학생이 겪는 악몽을 다룬다. 교실에서 교사의 나른한 목소리를 듣고 있던 학생은 자신도 모르게 몽상에 잠겨 어린 시절로 되돌아간다. 어린 시절 소녀는 울타리 틈 사이로 울타리 너머에서 벌어지는 끔찍한 일을 지켜보고 있다. 그런데 갑자기 어린 소녀는 평생 꿈속에서 듣게 되는 소리를 엿듣게 된다. 집으로 달려가 침대 속에 숨지만 창문 아래 지나가며 내뱉는 한 남자의 소리가 귓가에 들린다. 〈시간이 그리 오래 걸리진 않더군…….

목이 꽤 짧았어. 지난 20년 동안 본 것 중에 가장 멋진 교수형이었어. 이제 놈들은 알아서 처신을 잘하겠지.〉 두말할 나위 없이 백인들이 흑인을 교수형에 처하는 사형(私刑) 장면을 묘사하는 대목이다.

한편 하퍼 리는 「정의에 보내는 윙크」에서는 남부 법정에서 일어나는 일화를 다룬다. 여러모로 그녀의 아버지를 닮은 듯한 행크 판사가 등장하면서 재판이 시작된다. 흑인 여덟 명이 노름을 하다가 체포되어 재판을 받는 것이다. 판사는 판사석에서 내려와 일렬로 서 있는 흑인들에게 손바닥을 펼쳐 보라고 명령한다. 판사는 그중 세 사람은 집으로 돌려보내고 나머지 다섯 명은 60일 구금형을 선고하고 재판을 끝낸다. 이름이 밝혀지지 않은 화자가 판사에게 다가가 그렇게 판결을 내린 이유를 묻는다. 그러자 판사는 〈손바닥에 옥수수가 묻어 있는 사람들은 그냥 돌려보냈지. 밭에서 일하는 노동자일 테고 먹여 살려야 할 식구들이 있을 테니까. 하지만 내가 찾던 것은 손바닥이 매끄럽고 부드러운 녀석들이었지. 그 녀석들은 직업 삼아 도박하는 녀석들이거든.〉

하퍼 리의 두 작품은 남부 귀부인 양성을 주요 교육 목표로 삼던 여자 대학에서 발행하는 문학잡지에 실릴

1960년 『앵무새 죽이기』 초판에 실린 하퍼 리 사진. 그녀의 친구 트루먼 커포티가 찍었다.

작품으로는 아무래도 걸맞지 않아 보인다. 그러나 『앵무새 죽이기』를 집필하기 10여 년 전 그녀가 이미 인종 편견과 정의 같은 남부 사회가 직면한 문제에 관심을 두었다는 것이 여간 놀랍지 않다. 또한 하퍼 리는 이 두 단편 작품에서 미국 남부 사투리를 구사했다. 이 잡지에 실린 다른 학생들의 작품이 주로 낭만적인 사랑, 아름다운 자연의 묘사, 역사적 인물이나 가족의 일화 등을 다루는 것과 비교해 볼 때 그녀의 두 작품은 훨씬 미국 남부가 직면한 문제와 맞닿아 있다.

1945년 가을, 헌팅던 대학에서 1학년 과정을 마친 하퍼 리는 먼트가머리에서 북쪽에 위치한 터스컬루사 소재 앨라배마 대학교로 전학을 했다. 헌팅던 대학이 별로 마음이 들지 않는 데다 법과 대학이 없기 때문에 2학년을 마치면 어차피 다른 학교로 전학해야 했다. 하퍼 리가 헌팅던을 떠난 가장 중요한 이유는 대학 생활을 다시 새롭게 시작하고 싶었기 때문이었다. 제2차 세계 대전이 휴전에 들어가면서 앨라배마 대학교는 대학 교육 혜택이 주어진 제대 군인들을 포함하여 재학생이 무려 7천5백 명이나 되었다. 재학생이 겨우 5백 명밖에 되지 않던 헌팅던 대학과 비교해 보면 엄청난 규모였다. 평소 비사교적인 하퍼 리가 익명성을 유지하기에는 더할 나위 없이 안성맞춤이었다.

앨라배마 대학교에 전학해서도 하퍼 리의 생활 방식은 조금도 달라지지 않았다. 다행인지 불행인지는 몰라도 그녀는 여학생 기숙사 클럽 〈카이 오메가〉에 가입되어 생활했다. 이곳에서도 그녀의 언행은 이채를 띠었다. 같이 모여 아침 식사를 하지만 달걀을 싫어하던 그녀는 아침 식사를 거르기 일쑤였다. 이 무렵 그녀는 미국 전역을 풍미하던 스윙 음악에는 전혀 관심이 없었고, 영국 작곡가 W. S. 길버트와 아서 설리번의 뮤지컬 코미디 가락을 알토 목소리로 자주 흥얼거릴 뿐이었다. 여성의 예쁜 잠옷보다는 남자 파자마에 주름 장식이 달린 가운을 걸쳐 입기를 좋아했다.

기숙사 클럽 밖에서도 마찬가지여서 여전히 얼굴 화장에 신경을 쓰지 않았고, 머리도 사내처럼 단발을 했으며, 전처럼 회갈색의 우중충한 옷차림을 즐겨 했다. 줄담배를 피우는 것도, 말투가 거친 것도 헌팅던에서 하던 그대로였다. 학교 언론사에서 같이 일하던 한 동기는 뒷날 이 무렵 하퍼 리에 대해 〈대부분의 학생들과 다르게 옷을 입었고, 다르게 식사를 했으며, 다르게 말을 했다. 또한 다르게 생각했다. 그러한 차이가 그녀를 돋보이게 했다〉고 회고했다.

또 다른 동기생에 따르면, 하퍼 리는 중년 부인의 모습이었다. 그러나 하퍼 리는 정작 자신을 중년 부인으로 보건 대학원 학생으로 보건 눈곱만큼도 신경 쓰지 않았다. 대학에 다니는 동안 그녀는 단 한 번도 남학생과 데이트를 해본 적이 없었다.

앨라배마 대학교에서 하퍼 리는 학업보다는 과외 활동에 더 관심을 기울였다. 그녀는 대학 신문『크림슨 화이트』의 기자로 칼럼과 서평을 쓰고, 유머 계간지『래머 재머』의 편집가로 활약했다. 헌팅던 대학에 다닐 때와 마찬가지로 여기서도 인종 문제를 비롯한 사회 문제에 남다른 관심을 두었다. 그런데 여기서 한 가지 흥미로운 것은 이 대학의 강사가 쓴 책『밤의 불』을 서평하면서 윌리엄 포크너와 해리엇 비처 스토 같은 거물급 남부 작가들을 은근히 폄하했다는 점이다. 하퍼 리는 마침내『래머 재머』의 주필이 되어 이 잡지를 이끌어갔다.

고등학교 시절에는 글레이디스 왓슨 교사가 있었고 헌팅던 대학 시절에는 아이린 먼로 교수가 있었던 것처럼, 앨라배마 대학교에도 그들과 비슷한 역할을 하던

이가 있었다. 허드슨 스트로드 교수이다. 스트로드 교수는 셰익스피어를 가르치면서 동시에 창작 워크숍을 열어 문학에 재능이 뛰어난 특정 학생들을 지도했다. 컬럼비아 대학교를 졸업한 그는 이 대학교에서는 말할 것도 없고 앨라배마주에서도 문예 창작을 잘 가르치는 교수로 정평이 나 있었다. 겨우 15명에서 20명 정원에 1천2백 명이 넘는 작가 지망생들이 몰릴 정도로 그의 수업은 무척 인기가 있었다.

하퍼 리는 스트로드 교수의 셰익스피어 강의는 수강했지만 그의 창작 강의는 막상 듣지 못했다. 그녀의 문학적 재능이 아직 그의 기대 미치지 못했던 것일까? 아니면 그는 그녀의 문학적 재능을 미처 알아보지 못했던 것일까? 뒷날 하퍼 리가 소설가로 명성을 얻은 뒤 스트로드 교수는 자신의 업적을 은근히 자랑했지만 그녀는 이렇다 할 반응을 보이지 않았다.

1946년 가을, 3학년이 되자 하퍼 리는 앨라배마 대학교의 로스쿨에 등록했다. 이 무렵 평균 학점 C 이상을 받은 학생이라면 누구나 로스쿨에 지원할 수 있었다. 그러나 경쟁이 치열하여 막상 입학 허가를 받는 학생은 그다지 많지 않았다. 1947~1948학년도에 등록한 학생은 모두 1백여 명으로 그중 여학생은 겨우 10여 명뿐이었다. 입학 동기생 중에는 뒷날 앨라배마주 법조계와 정계에서 두각을 나타낸 사람들이 적지 않았다.

로스쿨에 등록하면서 〈나는 지금 새로운 일, 내 일생의 진로를 결정할 새로운 단계에 들어가고 있었다〉고 말하는 것을 보면 하퍼 리는 적어도 입학할 때는 법률 공부를 싫어한 것 같지는 않다. 아버지와 큰언니 앨리스가 먼로빌에서 변호사로 일하고 있어 그녀가 로스쿨에 진학한 것은 어찌 보면 자연스러웠다. 만약 하퍼 리가 로스쿨을 졸업하고 변호사 시험에 합격한다면 먼로빌에는 아버지와 두 딸이 함께 일하는 〈3인조 가족 변호사〉 사무실을 차리는 셈이 될 것이다.

그러나 하퍼 리는 얼마 가지 않아 법률 공부가 자신이 원하는 분야가 아니라는 사실을 깨달았다. 시카고의 프레스클럽의 뉴스레터『오버프레스』와의 인터뷰에서 그녀는 〈법률을 공부하기 시작한 순간 그것을 끔찍이 싫어했다. 나는 작가가 되고 싶었다〉고 털어놓았다. 〈싫어했다〉는 말로는 부족하고 그녀의 표현을 빌리자면 〈증오〉했다. 어린 시절 친구인 트루먼 커포티는 하퍼 리가 로스쿨의 교수 한 사람과 염문이 있었는데 그 일이 잘 풀리지 않자 로스쿨을 싫어했다고 했다. 그러나 커포티는 워낙 남의 험담을 좋아하기 때문에 그의 말은 별로 믿을 만한 것이 못 된다.

로스쿨 안에서도 그러한 소문이 돈 것은 사실이지만, 평소 하퍼 리의 성격으로 미루어 보아 두 사람이 서로 열렬히 사랑을 한 것 같지는 않다. 모르긴 해도 아마 그녀 쪽에서 한 짝사랑에 지나지 않았을지 모른다. 하퍼 리가 로스쿨을 그토록 싫어한 것은 그녀의 고백대로 변호사보다는 작가가 되고 싶었기 때문이었다고 보는 쪽이 훨씬 더 옳다. 헌팅던 대학과 앨라배마 대학교에서 학교 신문과 문학잡지에 관여하면서 그녀는 자신의 소명이 작가에 있다는 사실을 점차 깨닫기 시작했던 것이다.

그러나 하퍼 리는 이 사실을 선뜻 아버지에게 알릴 수 없었다. 만약 그녀가 법률 공부를 포기하고 작가 공부를 하겠다고 말하면, 아버지는 틀림없이 일단 학교를 졸업한 뒤 지금 자신과 앨리스가 맡고 있던 『먼로 저널』을 떠맡으라고 할 것이다. 신문사 편집 일도 궁극적으로는 글을 쓰는 직업이 아니던가. 이제 아버지도 어느덧 일흔이 가까웠고 일에서 손을 놓고 골프를 치면서 휴식을 취하고 싶었다. 막내딸의 의도를 알아차리자 아버지는 딸에게 한 학기 동안 교환 학생 자격으로 영국 유학을 가보는 것이 어떻겠느냐고 제안했다.

이 무렵 제2차 세계 대전이 끝나자 미국 국무성은 미국에 대한 오해를 불식시키고 미국인들과 유럽인들의 상호 이해를 증진시킬 목적으로 교환 학생 제도를 새로 도입했다. 애머서 리는 앨라배마주 경계를 한 번도 벗어난 적 없는 막내딸이 외국에서 생활하면서 자신의 미래를 좀 더 차분히 생각해 볼 기회를 주고 싶었다. 아버지는 어쩌면 변호사냐 작가냐의 양자택일이 아니라, 변호사 일을 하면서 동시에 글도 쓸 수 있는 양수겸장의 삶도 얼마든지 가능하다는 사실을 딸이 깨닫기를 바랐을지도 모른다.

아버지의 의도야 어떻든, 평소 영문학을 좋아하던 하퍼 리로서는 제인 오스틴을 비롯하여 루이 스티븐슨, 찰스 램, 헨리 필딩, 새뮤얼 버틀러 같은 작가들이 살았던 나라로 문학 순례를 떠난다는 생각에 가슴이 벅찼다. 옥스퍼드 대학교에서 하퍼 리는 여름 학기 동안 〈20세기 문학 세미나〉 과목을 수강했다. 이 세미나에서 버지니아 울프, T. S. 엘리엇, 제라드 맨리 홉킨스, 토마스 만, 장폴 사르트르, 러시아 시 등 영국과 유럽 대륙의

1945~1949년 하퍼 리가 다닌 터스컬루사 소재 앨라배마 대학교. 헌팅던 대학에서 이 대학교로 전학하여 로스쿨에 다녔다. 그러나 4학년 때 변호사의 꿈을 접고 작가가 되기 위하여 중퇴하였다. 이 일로 변호사인 아버지와 갈등을 빚었다.

작가들의 작품을 폭넓게 읽었다. 이 과목을 수강하는 학생들은 철학이나 정치, 경제 등 다른 과목도 수강할 수 있었다. 아버지의 의도와는 달리 하퍼 리는 오히려 영국과 영문학에 흠뻑 빠지고 말았다. 자기가 흠모하던 작가들이 걷던 거리를 걸으면서 자신도 그들과 함께 걷는 모습을 상상해 보았다. 그러면서 그녀는 작가의 길을 진지하게 내딛기로 다짐했다.

더구나 이 무렵 트루먼 커포티가 자전적 소설『다른 목소리, 다른 방』을 출간하여 문단에 막 데뷔했다. 그는 이 작품의 배경을 미시시피주 스컬리스 랜딩으로 설정했지만 실제로는 하퍼 리가 태어나 자란 앨라배마주의 먼로빌이었다. 또 그 작품에는 하퍼 리가 아이더벨 톰킨스라는 말괄량이 소녀로 등장했다. 커포티의 첫 소설은 반응이 좋아『뉴욕 타임스』베스트셀러 목록에 올랐다. 어렸을 적 같이 책을 읽고, 책에서 읽은 내용을 연극으로 만들어 놓고, 또 이야기를 지어 내어 타자기에 치지 않았던가. 그렇다면 로스쿨에 계속 머무르는 것보다 더 어리석은 일도 없을 거라고 하퍼 리는 생각했을 것이다. 게다가 곧 치러야 할 시험에서 낙제할 것은 불을 보듯 뻔했다.

1949년 겨울, 하퍼 리는 마침내 아버지에게 앨라배마 대학교 로스쿨을 자퇴하고 뉴욕시에 가서 직장을 다니며 작가가 되겠다고 선언했다. 그러자 사업가답게 아버지는 로스쿨에 다닐 비용은 기꺼이 지불하겠지만 그녀의 낭만적인 백일몽에 대해서는 재정적으로 지원해 줄 수 없다고 분명히 밝혔다. 아버지는 어린 시절 친구 트루먼 커포티가 문학가로 성공한 것을 보고 막내딸이 경쟁심에서 그러는 것으로 치부해 버렸다. 어린 커포티를 귀여워한 하퍼 리의 아버지는 그에게 포켓 사전을 선물하였고, 커포티는 표지가 다 떨어져 나갈 때까지 그 사전을 가지고 다녔다.

아버지의 만류에도 하퍼 리는 한 학기를 남겨 둔 채 4학년 1학기를 마치고 로스쿨을 영원히 떠나고 말았다. 마땅히 법학 학위를 받지 못하였고, 대학 3학년 때 로스쿨에 진학한 데다 졸업 시험을 보지 않았기 때문에 학사 학위조차 받지 못한 채 대학 문을 나왔다. 엄밀히 말해서 그녀의 최종 학위는 고등학교 졸업이었다. 물론 작가로 대성공을 거둔 뒤 그녀는 여러 대학에서 명예 문학 박사 학위를 받았다.

1949년 겨울, 하퍼 리는 마침내 고향 먼로빌을 떠났다. 그녀의 아버지는 자동차에 뒷좌석에 막내딸을 싣고 먼로빌 광장을 돌아 남쪽으로 차를 몰았다. 렙턴에서 44번 국도를 타고 서쪽으로 40킬로미터쯤 달려 에버그린에 도착했다. 이곳에서 고집불통의 딸은 루이빌-내시빌 철도 회사 기차를 타고 1천8백 킬로미터 가까이 되는 먼 길을 달려 뉴욕시로 갔다. 그때 하퍼 리는 스물세 살밖에 안 된 앳된 아가씨였다. 아버지의 권유를 만류하고 이렇게 고향을 떠나는 그녀의 아버지에게 막내딸은 말하자면 〈탕아〉와 다름없었다. 딸을 떠날 보낼 때만 하여도 아버지는 신약 성서의 탕아처럼 지친 몸으로 아버지의 품에 다시 돌아올 줄로만 알았다. 그러면 그는 〈내 그럴 줄 알았지!〉라고 말하면서 딸을 다시 반갑게 맞아 줄 생각이었다. 그러나 막내딸은 끝내 고향에 돌아오지 않았다.

종이와 펜과 사생활

하퍼 리가 좁게는 〈남부 앨라배마의 제인 오스틴〉, 좀 더 넓게는 〈미국 남부의 제인 오스틴〉이 되겠다는 벅찬 꿈을 안고 뉴욕시에 도착하여 자리 잡은 곳은 따뜻한 물도 나오지 않는 맨해튼의 요크 애비뉴 1539번지의 낡고 허름한 방 하나짜리 아파트였다. 81번 도로와 82번 도로 사이에 있는 아파트로 동쪽으로 한 블록 반 떨어진 곳에 이스트강이 흐르고, 서쪽으로 일곱 블록 떨어진 곳에 센트럴파크가 있었다. 또한 트루먼 커포티가 몇 년 전세 들어 사는 아파트에서 북쪽으로 얼마 떨어져 있지 않은 곳이었다.

흔히 〈요크빌〉로 부르는 지역으로 지금은 재개발로 고급 주택들이 들어서 있지만 1950년대만 하여도 헝가리나 오스트리아 이민자들이 주로 살던 허름한 주택가였다. 한여름에 더위를 식혀 주는 에어컨이나 선풍기도 없었다. 그래서 날씨가 무더운 날 밤이면 하퍼 리는 소방용 비상계단에 앉아 몸을 식히기 일쑤였다. 옥스퍼드 대학교 여름 학교에 다니기 위하여 영국에 간 것을 제외하고는 앨라배마주 경계를 한 번도 벗어난 적이 없는 하퍼 리에게 맨해튼은 마치 사하라 사막의 한복판처럼 무척 낯설었다.

하퍼 리가 뉴욕시에 도착한 1949년, 『샬롯의 거미줄』(1952)의 저자 E. B. 화이트는 『바로 여기가 뉴욕』

(1949)이라는 책에서 〈기꺼이 요행을 바라지 않는 사람은 어느 누구도 뉴욕에 와서는 안 된다〉고 잘라 말했다. 행운의 여신의 축복을 받지 않고서 뉴욕에서 성공하기란 그만큼 어렵다는 말이다. 제2차 세계 대전이 끝난 지 몇 해 되지 않아 뉴욕은 아직도 어수선했다. 미국의 다른 지역에서 사람들이 몰려들 뿐만 아니라 다른 나라에서 몰려오는 이민자들로 뉴욕시는 그야말로 만원이었다. 『4백만』(1906)이라는 작품집에서도 알 수 있듯이 오 헨리가 활동하던 20세기 초엽 뉴욕시의 인구는 겨우 4백만이었다. 50년도 채 되지 않아 두 배로 늘어난 8백만 인구가 줄잡아 1천6백 평방킬로미터 안팎의 좁은 땅에 살았다.

먼로빌의 집이나 대학 기숙사와 비교하여 이스트사이드 아파트는 누추하고 을씨년스럽기 짝이 없었다. 집 안에는 육중한 헌 가구들이 여기저기 흩어져 있고, 하나밖에 없는 창은 소방용 비상구를 향해 있었다. 그러나 하퍼 리의 가슴은 희망으로 부풀어 있었다. 이 무렵 아파트에 처음 입주하던 시절을 회고하며 그녀는 〈호주머니 속에서 아파트 열쇠를 느낄 때마다 내 기분은 하늘을 나는 듯했다. 우울한 풍경이었지만 처음으로 그곳

55

은 나만의 공간이었다. 그곳에 내 책들이 있었고, 필통에는 깎아야 할 연필들이 담겨 있었다. 내가 갈망하는 작가가 되기에 필요한 것이 모두 갖추어져 있는 것 같았다〉고 말했다.

이 무렵 하퍼 리에게 한 가지 다행스러운 것은 뉴욕 시에 그녀의 어린 시절 친구인 트루먼 커포티가 살고 있었다는 점이었다. 그는 초등학교 3학년 때까지 그녀의 옆집에 살다가 재혼하여 뉴욕시로 옮겨 갔던 어머니와 함께 살려고 먼로빌을 떠났다. 이 무렵 작가로서 어느 정도 명성을 얻고 있던 커포티는 하퍼 리에게 글을 쓰는 일자리를 찾아 주겠다고 장담했지만 그런 일자리를 찾기란 말처럼 그렇게 녹록하지 않았다. 결국 그녀는 책방 점원으로 일을 시작했다. 서점 일은 글을 쓰는 일과는 그렇게 동떨어진 것은 아니었다. 그러나 책 상자의 포장을 풀어 책을 서가에 정렬하고 판매대에서 계산하는 일이 생각보다는 훨씬 어려웠다. 하퍼 리는 지금까지 학교에만 다녔을 뿐 이렇게 생활 전선에서 일해 본 적이 한 번도 없었기 때문에 더욱 힘들었다. 더구나 이렇게 고되게 일하여 받은 급료는 아파트 세를 내고 나면 남는 것이 없었다.

그래서 두 번째로 찾은 일자리는 항공사였다. 1950년 이스턴항공사에 취직하면서 경제 사정은 조금 나아졌다. 더구나 노동조합에 가입하자 그녀의 월급이 두 배로 올랐다. 이 회사에서 그녀는 예약과 발권을 맡는 부서에서 근무했다. 그러다가 항공사 요령을 익히게 되자 하퍼 리는 다시 영국해외항공사로 자리를 옮겼다. 영국해외항공사에서 일하는 직원들은 할인 가격으로 영국행 항공권을 구입할 수 있기 때문이었다. 그러나 이렇게 생활비를 벌기 위하여 직업 전선에 뛰어들다 보니 직장에서도 아파트에서도 소설을 쓸 시간을 내기란 생각보다 어려웠다.

하퍼 리가 뉴욕에 도착한 지도 어느덧 5년이라는 세월이 훌쩍 지나갔다. 센트럴파크에 국화꽃이 활짝 핀 1954년 어느 가을 날, 그녀는 웨스트 52번 도로에 위치한 앨빈 극장에서 「꽃들의 집」이라는 뮤지컬 리허설을 구경했다. 물론 그녀 혼자서 간 것이 아니라 트루먼 커포티가 데리고 간 것이다. 그 전에도 그녀는 커포티와 함께 맨해튼의 사교 파티에 몇 번 참석한 적이 있었지만, 평상시에 야회복을 입는 것처럼 늘 낯설었다.

커포티가 하퍼 리를 이 리허설에 데리고 간 데는 그

럴 만한 까닭이 있었다. 그는 「오즈의 마법사」의 「무지
개 너머」를 작곡한 해럴드 알렌과 함께 이 뮤지컬의 대
본을 썼기 때문이다. 그런데 이 대본을 쓰면서 커포티
는 맨해튼에 등장한 젊은 작가 마이클 마틴 브라운의
도움을 받았다. 브라운은 텍사스에서 교사를 하다가 그
만두고 뉴욕시로 와서 작곡과 작사를 하며 살고 있었
다. 그가 작곡한 「리지 보든」은 브로드웨이에서 큰 인기
를 끌었다. 뒷날 그는 작곡가와 작사가로서뿐만 아니라
작가, 감독, 제작자 등으로 뉴욕에서 눈부시게 활약
했다.

이 마이클 브라운이 2년 뒤 하퍼 리에게 그 〈기적의〉
크리스마스 선물을 준 장본인이다. 하퍼 리가 브라운
부부를 만나 친구가 된 것은 어디까지나 커포티 덕분이
었다. 비록 커포티가 하퍼 리를 서운하게 한 일이 한두
번이 아니지만 적어도 브라운 부부를 만나게 해준 것만
은 무척 잘한 일로 자부심을 느낄 만하다. 만약 커포티
의 소개가 없었더라면 그녀는 브라운 부부를 만나지 못
했을 것이고, 그녀가 그들 부부를 만나지 못했더라면
기적의 선물을 받지 못했을 것이다. 그 기적의 선물을
받지 못했더라면 하퍼 리는 아마 『앵무새 죽이기』를 쓰

지 못했을지도 모른다.

뒷날 하퍼 리는 브라운을 두고 〈재기가 뛰어나고 생기가 흘러넘쳤다. 다만 한 가지 성격적 결함이 있다면 지나치게 말장난을 한다는 점이었다〉고 회고했다. 또 〈그의 과감한 행동은 그의 친구들을 어안 벙벙하게 만들 때가 있었다. 누가 감히 맨해튼에 호화 타운하우스를 구입할 생각을 하겠는가?〉라고 말했다. 말장난이 지나친 것이 흠이라고 했지만 어떤 의미에서 작가를 비롯한 예술가에게 말장난은 저주가 아니라 오히려 축복이라고 해야 할 것이다.

하퍼 리는 마이클의 아내 조이도 무척 좋아했다. 어린 두 아들을 둔 젊은 어머니였지만 조이는 헝클어진 옷차림으로 갓난아이들을 쫓아다니고 남편 뒷바라지를 하는 피곤에 절어 사는 가정주부가 아니라 〈가볍고 섬세한, 여성적인 매력이 흘러넘치는〉 여성이었다. 실제로 아메리칸발레학교 출신인 조이 브라운은 결혼하기 전만 하여도 〈발레 뤼스 드 몬테카를로〉와 〈발레 드 파리〉를 비롯한 발레단에서 공연했던 발레리나였다.

하퍼 리가 브라운 부부에게 큰 매력을 느낀 것은 어쩌면 그들이 자기 자신과는 너무 다르기도 했지만 공통

점도 적지 않았기 때문이다. 개인적 취향에서나 예술적 성향에서나 하퍼 리는 브라운 부부와 여러모로 동질성을 느꼈다. 그녀는 브라운 부부의 타운하우스에 자주 들러 마이클의 피아노 반주에 맞추어 다 함께 브로드웨이에서 유행하던 노래를 부르곤 했다. 세 사람이 같이 읽을 독서 목록을 만들어 놓고 책을 읽는가 하면, 브로드웨이 극장과 영화관과 음악회를 자주 방문하기도 했다. 하퍼 리는 〈그 무렵 우리들은 똑같은 일을 두고 웃었고, 너무나 많은 것에 웃어 댔다〉고 회고한 적이 있다. 과묵한 성격의 하퍼 리가 이렇게 자주 웃었다는 것만 보아도 브라운 부부와는 허물없는 사이였다는 것을 알 수 있다. 어찌 되었던 하퍼 리와 브라운 부부의 만남은 미국 문학사에서 어니스트 헤밍웨이와 셔우드 앤더슨의 만남이나 윌리엄 포크너와 필 스톤의 만남과 비슷하다고 할 수 있다.

앞에서 이미 언급했듯이 하퍼 리가 브라운 부부로부터 기적의 선물을 받은 것이 1956년 12월 크리스마스였다. 하퍼 리가 먼로빌을 떠나 뉴욕시에 도착한 지 이미 7년이 지난 때였다. 이 기간 동안 그녀는 항공사에서 근무하는 틈틈이 작가로서의 길을 닦았다. 예나 지금이나 작가 지망생에게 〈네가 아는 것을 써라〉는 황금률이었다. 그래서 하퍼 리도 이 황금률에서 크게 벗어나지 않고 습작을 했다. 그녀가 가장 잘 아는 것이라면 두말할 나위 없이 남부 오지 앨라배마주의 먼로빌 마을과 그곳에서 벌어지는 일상이었다.

1956년 11월까지 하퍼 리가 쓴 작품은 다섯 손가락에 꼽을 단편 소품 몇 편에 지나지 않았다. 「달콤한 땅 영원히」, 「방 안 가득한 키블」, 「눈꽃동백」, 「이것은 쇼비즈니스다」, 「관객과 관람 대상」 등이 바로 그것이다. 이 다섯 작품 중 첫 번째 작품에서 〈달콤한 땅〉이란 바로 앨라배마주를 가리킨다. 다른 주에서 앨라배마주에 들어오다 보면 〈달콤한 주 앨라배마에 오신 것을 환영합니다!〉라는 글씨를 큼직하게 쓴 간판을 쉽게 볼 수 있다. 미국의 각 주마다 별명이 있듯이 앨라배마주의 별명은 〈달콤한 땅〉이다.

세 번째 작품 「눈꽃동백」은 일본이 원산지인 동백의 일종으로 영어로는 〈스노 온 더 마운틴*snow on the mountain*〉, 일본어로는 〈미네노유키*みねのゆき*〉, 즉 〈봉우리의 눈[雪]〉이라고 부른다. 꽃이 눈처럼 하얗거나 짙은 핑크빛인 이 동백은 바로 『앵무새 죽이기』에서 젬 핀

치와 헨리 라피엣 듀보스 할머니와의 일화에서 아주 중요한 꽃으로 등장한다.

뜻하지 않은 브라운 부부의 크리스마스 선물로 날개를 달다시피 한 하퍼 리는 즉시 영국해외항공사에 사표를 내고 작품 집필에만 전념했다. 실제로 브라운 부부는 그녀에게 선물을 주면서 한 가지 조건을 달았다. 그 조건은 선물을 받은 지 몇 주 뒤 하퍼 리가 한 친구에게 보낸 편지에서 엿볼 수 있다.

엄격한 조건 한 가지는, 말하자면 나는 19세기 식으로 기율에 따라야 한다는 것이었어. 브라운 부부는 내가 쓰는 작품이 조금이라도 돈을 벌 수 있는지 여부에 대해서는 별로 관심이 없었어. 다만 그들은 내 재능을 진지하게 발휘하도록 해주고 싶을 따름이었지……. 이런 선물을 받고 느낀 고마움이나 놀라움은 접어 두고라도, 나는 이제 내 운명을 개척해야 하는구나, 이제 즐겁게 빈둥거리던 생활을 청산해야 하는구나, 하는 끔찍한 생각이 들었지. 그래서 나는 요크 애비뉴 1539번지 아파트 밖으로 거의 나가지 않을 생각이었기 때문에 다가오는 해에 입을 버뮤다 반바지 세 벌을 미리 구입했어.

브라운 부부가 선물로 준 돈은 아파트 세와 관리비를 내고 통조림 식료품을 구입하기에는 충분했지만 다른 수입이 없는 하퍼 리로서는 절약해서 생활하지 않으면 안 되었다. 다행히도 의식주 중 의복에는 그녀는 지금껏 별로 신경을 쓴 적이 없었다. 대학에 다닐 때도 주로 청바지와 반바지, 티셔츠와 풀오버로 지냈다. 그렇기 때문에 주거비와 식비만 걱정하면 되었는데 그 비용은 브라운 부부가 준 돈으로 충분히 해결할 수 있었다. 언젠가 윌리엄 포크너는 작가로서 자신에게 가장 필요한 물건이 무엇이냐는 질문을 받자 〈술과 담배와 종이뿐〉이라고 대답한 적이 있다. 이 무렵 작가 지망생 하퍼 리도 자기에게 무엇보다도 필요한 물건은 〈3P〉라고 밝혔다. 즉 종이*paper*, 펜*pen* 그리고 사생활*privacy*만 있으면 된다는 것이다. 그렇다면 그녀에게 필요한 모든 것이 갖추어진 셈이고, 이제 책상에 앉아 작품을 쓰기만 하면 되었다.

평소 습관대로 하퍼 리는 늦게 잠자리에서 일어나 커피를 마시고 난 뒤 글을 썼다. 아침부터 밤 12시까지 책상에 앉아 있을 때도 있었다. 어떤 의미에서 이 무렵 하퍼 리의 생활은 중세기 수도원에 갇혀 성경이나 신앙

서적을 필사하던 수도승의 생활과 비슷하다고 할 수 있다. 하퍼 리의 큰언니 앨리스는 동생에게 필요한 것이 오직 〈3B〉, 즉 튼튼한 침대*good bed*, 목욕실*bathroom* 그리고 책들*books*이라고 말한 적이 있다. 여기에 타자기를 더하면 금상첨화일 것이다. 이제 〈3P〉와 〈3B〉를 모두 갖춘 하퍼 리는 이때부터 브라운 부부의 기대에 어긋나지 않도록 작품을 쓰는 일에만 집중했다.

단편소설 작가에서 장편소설 작가로

하퍼 리가 요크 애비뉴 이스트사이드 아파트에 두문불출하고 작품에 몰두한다는 것을 잘 아는 마이클 브라운은 어느 날 그녀에게 에이전트를 한 번 찾아보라고 권했다. 이미 브로드웨이 작곡가로 데뷔하여 활약하던 그는 에이전트의 필요성을 누구보다도 잘 알았기 때문이다. 한국을 비롯한 동양과는 사정이 달라서 미국을 비롯한 북미와 서유럽에서는 에이전트를 통하지 않고서는 출판사는 아예 작가의 원고를 받지 않는다. 한국에서 외국 작품을 번역할 때 에이전시를 통하여 번역

출판권을 얻는 것과 거의 같다.

　마이클 브라운은 하퍼 리의 에이전트로 자신이 잘 알던 애니 로리 윌리엄스를 염두에 두었다. 윌리엄스는 남편 모리스 크레인과 함께 맨해튼 이스트 41번 도로 18번지에 위치한 건물에 에이전시 사무실이 있었다. 마이클의 소개로 하퍼 리는 앞서 언급한 단편 작품 5편을 타자기로 작성하여 윌리엄스의 사무실을 방문했다. 과묵한 성격인 데다 이렇게 에이전트를 만나 작품을 제출하는 것이 태어나 처음 해보는 일이어서 여간 겁이 나지 않았다. 용기를 내어 사무실에 들어간 하퍼 리는 비서에게 원고를 넘겨주고 재빨리 사무실을 빠져나왔다. 뒷날 그녀는 그날 그 일을 하기가 죽기보다 싫었고, 그래서 그 일을 마치자마자 머릿속에서 금방 떨쳐 버렸다고 회고했다.

　그런데 마이클 브라운은 하퍼 리에게 에이전트를 잘못 소개해 주었다. 그녀의 에이전트로는 애니 로리 윌리엄스가 아니라 모리스 크레인이 훨씬 더 적격이었다. 애니는 주로 영화나 연극, 뮤지컬의 저작권 전문 에이전트인 반면, 남편 모리스는 주로 문학 전문 에이전트였기 때문이다. 어찌 되었든 같은 사무실을 사용하는 이상 하퍼 리의 문제는 쉽게 모리스가 맡을 수 있었다. 어느 날 하퍼 리는 애니의 연락을 받고 사무실을 방문했다. 하퍼 리는 그녀에게 트루먼 커포티와 친한 친구라고 소개했다. 애니는 커포티의 몇몇 작품을 다루었지만 여러모로 상대하기 어려운 작가라고 생각하던 터였다. 어떻든 애니는 남편에게 원고를 읽어 보도록 하겠다고 약속했다.

제2차 세계 대전 중 포병 하사관을 지낸 모리스 크레인은 업무에 빈틈이 없는 그야말로 철두철미한 사람이었다. 마이클 브라운처럼 텍사스주 출신인 모리스는 처음 만날 때부터 하퍼 리에 호감을 느꼈다. 애니 로리로부터 원고를 받아 읽어 본 모리스는 하퍼 리의 스토리를 잘 엮어 나가는 재능을 높이 평가했다.

모리스가 특히 마음에 들어 하는 작품은 「눈꽃동백」이었다. 그러나 나머지 4편은 돌려주면서 다시 고쳐 써야 한다고 말했다. 그러면서 모리스는 단편은 장편보다 출판 시장에 팔기 더 힘드니 차라리 장편을 써볼 생각은 없느냐고 물었다. 모든 작가가 흔히 그러하듯이 하퍼 리도 장편소설을 쓰고 싶었다. 다만 문제는 장편소설을 쓰기 위해서는 시간을 더 많이 투자해야 했다. 예나 지금이나 〈인생은 짧고 장편소설은 길다〉고 생각하는 소설가들이 많았다. 하퍼 리는 단편소설 5편을 쓰는 데만 무려 7년이라는 세월을 보내지 않았던가?

여기서 잠깐 단편소설과 장편소설 같은 문학 장르를 생각해 보는 것이 좋을 것 같다. 어니스트 헤밍웨이나 F. 스콧 피츠제럴드와 함께 20세기 미국 문학을 대표하는 작가라고 할 윌리엄 포크너는 처음에는 소설가 아닌 시인이 되려고 했다. 그래서 시를 창작했지만 뜻대로 되지 않았다. 그래서 마침내 시를 포기하고 소설에 손을 대었다. 그는 자신을 〈실패한 시인〉이라고 부르면서 첫사랑을 잊지 못하는 연인처럼 평생 시를 잊지 못했다.

나는 실패한 시인입니다. 어쩌면 모든 소설가들은 하나같이 처음에는 시를 쓰고 싶어 했는지 모릅니다. 그러나 자신에게 시를 쓸 수 있는 재능이 없다는 사실을 깨닫고는 단편소설에 손을 대지요. 단편소설은 시 다음으로 가장 엄격한 문학 장르입니다. 그리고 단편소설에도 실패하고 난 다음에서야 비로소 그들은 장편소설을 쓰게 됩니다.

작가 중에는 포크너의 이 말에 고개를 끄덕일 사람이 아마 적지 않을 것이다. 실제로 포크너뿐만 아니라 헤밍웨이도 처음에는 시를 쓰면서 문단에 데뷔했다. 이러한 태도는 비단 외국 작가들에게 그치지 않고 김동리나 황순원 같은 한국 작가들에게도 마찬가지로 적용된다. 김동리나 황순원은 지금은 소설가로 문학적 명성을 누리지만 문단에 데뷔할 무렵에는 시를 썼다. 길이가 길다는 단점은 있어도 장편소설은 시나 단편소설과 비교하여 집필하기가 조금 용이한 것은 사실이다. 시나 단편소설에는 무사 신의 영감이 절대적으로 필요하다면, 장편소설의 경우에는 인내심과 부지런함이 무엇보다도 필수적인 미덕이다.

장편소설을 써 보라는 모리스 크레인의 제안을 듣고 에이전시 사무실을 나온 하퍼 리는 한편으로는 걱정이 되었지만 다른 한편으로는 가슴이 벅찼다. 작품을 쓰는 데 온 힘과 시간을 바치는 이상 장편소설을 못 쓸 이유도 없었기 때문이다. 1957년 1월, 그녀는 또 다른 단편소설 「고양이의 야옹」과 장편소설 『파수꾼』 원고 50페이지를 들고 다시 크레인의 사무실을 찾았다. 그로부터 2월 말까지 하퍼 리는 매주 50페이지 가량의 『파수꾼』

원고를 들고 에이전시 사무실을 방문했다. 이렇게 사무실을 오가는 동안 그녀는 원고를 수정하고 또 수정했다. 3월 초, 모리스는 그녀에게 이 정도라면 이제 원고를 출판사에 보낼 만한 상태가 되었다고 말했다.

그러나 모리스는 〈파수꾼〉이라는 제목이 별로 마음에 들지 않았다. 하퍼 리가 붙인 원래 제목은 〈*Go Set a Watchman*〉으로, 잘 알려진 것처럼 구약성서 「이사야서」 21장 6절에서 뽑은 구절이다. 〈주께서 내게 이르시되 가서 파수꾼을 세우고 그가 보는 것을 보고하게 하되.〉 모리스가 제안한 제목은 주인공의 이름을 딴 〈애티커스〉다. 하퍼 리는 고대 로마 시대의 웅변가 키케로의 절친한 친구인 티투스 폼포니우스 아티쿠스의 이름을 따서 그렇게 불렀던 것이다. 뒷날 아티쿠스(애티커스)에 대하여 하퍼 리는 〈현명하고 박식하고 인간적인 사람〉이라고 설명했다. 하퍼 리는 모리스의 제안을 듣고 보니 제목을 그렇게 바꾸는 것도 그다지 나쁘지 않을 것 같았다. 더구나 지금은 작품 제목을 두고 에이전트와 왈가왈부할 때가 아니었다.

모리스 크레인이 『애티커스』라는 제목의 소설 원고를 보낸 출판사는 J. B. 리핀코트였다. 필라델피아에 본

부를 둔 이 출판사는 1836년 조셔 볼링거 리핀코트가 설립한 출판사로 주로 성경과 기도집 같은 종교 서적을 출간하다가 역사, 전기, 소설 등을 출간하기 시작했다. 이 출판사는 1978년 하퍼앤드로 출판사에 병합되었다. 하퍼 리가 에이전트를 통하여 『애티커스』 원고를 제출한 리핀코트는 15년 전에 베티 맥도널드의 자서전 『달걀과 나』(1945)를 출간하여 베스트셀러가 된 뒤로는 이렇다 할 작품을 출간하지 못하고 있었다.

첫 소설을 제출한 뒤 하퍼 리는 여세를 몰아 집필에 몰두했다. 그해 5월 말, 『기나긴 작별』이라는 두 번째 장편소설 원고 110여 페이지를 들고 모리스의 사무실을 방문하기에 이르렀다. 그로부터 며칠 뒤 모리스는 하퍼 리에게 전화를 걸어 『애티커스』 문제로 리핀코트 출판사에서 만나고 싶어 한다는 소식을 전해 주었다. 이 소식을 전해 들은 그녀는 뛰는 가슴을 진정시키기 어려울 정도로 몹시 흥분했다.

벅찬 가슴을 안고 하퍼 리는 맨해튼 5번가에 위치한 리핀코트 출판사 편집실로 테레사 본 호호프를 찾아갔다. 출판계에서는 흔히 〈테이 호호프〉로 잘 알려진 이 여성 편집가는 기성 작가보다는 특히 가능성 있는 젊은 작가에 관심이 많았다. 토머스 핀천은 최근 그녀가 발굴한 젊은 작가 중 한 사람으로 기대를 모으고 있었다. 하퍼 리와 호호프는 『애티커스』에 대하여 오랫동안 이야기를 나누었다. 이야기를 나누었다기보다는 호호프가 주로 말을 하고 하퍼 리는 그녀의 말에 귀를 기울여 경청했다는 표현이 훨씬 정확할 것이다. 호호프는 무엇보다도 먼저 하퍼 리가 창조한 〈작중 인물들이 두 발로 굳건히 설 수 있으며 3차원적인 인물들〉이라는 점을 칭찬했다.

그러나 호호프는 곧이어 작품의 구성적인 문제점을 지적하기 시작했다. 소설로 충분히 형상화된 작품이라기보다는 일련의 일화를 한데 모아 놓은 책에 지나지 않는다고 평했다. 그러면서 호호프는 어떻게 하면 이러한 문제를 해결할 수 있을지 편집가의 입장에서 여러 가지로 조언해 주었다. 편집가의 지적을 들으며 하퍼 리는 〈네, 맞습니다. 네, 그렇습니다, 선생님!〉 하고 고개를 끄덕이며 맞장구를 칠 수밖에 없었다. 호호프는 하퍼 리에게 원고를 수정하고 보완해서 다시 원고를 보내 달라고 했다.

아파트에 돌아온 하퍼 리는 호호프의 말을 떠올리며

1960년 『앵무새 죽이기』를 출간한 출판사 J. B. 리핀
코트의 로고. 〈무엇보다 먼저 올바르게 행동하라〉는
모토가 보인다. 1836년 필라델피아에서 설립된 이
출판사는 주로 종교 서적을 출간하다가 역사, 전기,
소설을 출간하였다. 뒷날 하퍼앤드로 출판사에 병합
되었다.

원고와 씨름했다. 말이 쉽지 이미 써 놓은 원고를 고쳐
쓴다는 것은 무척 힘들뿐더러 엄청난 스트레스를 받는
일이었다. 평생 그녀를 따라다니며 괴롭히던 음주 습관
은 바로 이때 생긴 것으로 볼 수 있다. 그녀의 아버지는
철저한 감리교인으로 한 번도 술을 입에 댄 적이 없었
다. 1919년 연방 정부가 금주법을 통과시키자 그는『먼
로 저널』사설을 통하여 통렬히 비판했다. 물론 자신이
술을 마시지 않는 데다 다른 사람들이 술을 마시는 것
도 싫어하던 그에게는 금주법은 오히려 열렬히 환영해
야 할 일이었다. 그러나 그가 이 법에 반대한 것은 어디
까지나 연방 정부가 주 정부의 권한에 간섭하기 때문이
었다.

　어찌 되었든 하퍼 리는 아버지와는 달리 술을 무척
좋아했다. 대학생 시절 담배를 피워 동료 여학생들을
놀라게 했다는 것은 이미 앞에서 지적한 바 있다. 작품
집필로 스트레스에 시달리면서 이제 그녀는 담배뿐만
아니라 술도 좋아했다. 고향 먼로빌에 내려와 작품을
수정하고 보완할 때는 컨트리클럽에 방을 하나 얻어 쉬
지 않고 글을 썼다. 또는 트루먼 커포티의 친척 아주머
니가 사는 시골집에 들어가 책을 읽으며 지낸 적도 있

었다. 이때 너무 술을 많이 마셔 정신을 잃는 바람에 친구들이 차에 태워 그녀를 집에 데려다 주는 때도 있었다. 아버지를 비롯한 식구들은 그녀에게 술을 끊도록 병원에 입원시키겠다고 협박할 정도였다. 한편 달리 생각해 보면 평생 독신으로 산 그녀는 어쩌면 술과 담배가 유일한 친구였는지도 모른다.

『애티커스』는 호호프가 판단하기에 계륵과 같았다. 출간하기에는 여러모로 부족하고 그렇다고 거절하자니 아까웠다. 하퍼 리는 이제까지 단편소설 한 편, 수필 한 편 발표한 적이 없는 작가 지망생이었지만 단순히 풋내기 아마추어가 쓴 습작 소설은 아니었다. 작가가 되려는 야심을 품으면서 30대 초반이 되도록 출판사 편집가를 찾지 않은 것이 놀라울 뿐이었다. 뒷날 호호프는 〈그녀를 좀 더 잘 알게 되면서 그 이유가 그녀의 타고난 겸손과 문학에 대한 깊은 경외심 때문이라고 믿게 되었다〉고 회고한 적이 있다. 다시 말해서 호호프가 판단하기에 하퍼 리는 단순히 〈작가〉가 되고 싶은 것이 아니라 〈좋은 작품을 쓰는 작가〉가 되고 싶었던 것이다.

무더운 여름이 끝나 갈 즈음 하퍼 리는 그동안 수정하고 보완한 『애티커스』 원고를 다시 호호프에게 제출했다. 그러나 호호프는 그녀에게 〈전보다 나아지기는 했지만 만족스럽지는 않다〉고 잘라 말했다. 플롯이 유기적으로 연결되어 있지 않고 여전히 산만하다는 것이다. 한마디로 전문 소설가의 작품으로는 미흡하다는 것이 호호프의 최종 판단이었다. 호호프와 리핀코트 출판사의 다른 편집가들도 하퍼 리에게 장편소설이란 단편소설과는 질적으로 다르다는 점을 일깨워 주었다. 단편소설은 한 사건이나 한 계시에 기반을 두지만, 장편소설은 작중 인물들의 구체적인 행동이 시간적 층위를 두고 발전하기 때문에 훨씬 캔버스가 클 수밖에 없다. 작중 인물들이 겪는 갈등에서 긴장이 생겨나고, 작가는 독자들이 호기심을 갖고 책장을 계속 넘기도록 이 긴장을 계속 유지해야 한다는 것이다.

그렇다면 『애티커스』는 도대체 어떤 작품이었을까? 2015년에 출간된 『파수꾼』으로 미루어 본다면, 이 소설의 주인공은 앨라배마주 메이콤(먼로빌) 출신으로 스물여섯 살의 미혼 여성 진 루이즈 핀치다. 뉴욕에서 직장을 다니는 그녀는 1년에 한 번씩 2주 정도 휴가를 내어 고향 메이콤에 내려가 홀아버지 애티커스 핀치와 그를 돌보는 고모 알렉산드라를 방문한다. 변호사인 아버지는 올해 나이 일흔두 살로 류머티즘을 심하게 앓고 있어 혼자서는 셔츠 단추도 제대로 못 채울 때도 있다.

변호사 사무실의 주니어 파트너인 헨리 클린턴은 진 루이즈보다 네 살 위로 심장 마비로 갑자기 사망한 오빠 젬의 동창생이다. 진 루이즈를 몹시 좋아하는 그는 그녀와 결혼을 생각했고, 이 점에서는 진 루이즈도 크게 다르지 않다. 성실한 청년이지만 흔히 〈백인 쓰레기〉로 일컫는 비천한 집안 출신이라는 이유로 고모는 헨리와 진 루이즈가 서로 가까워지는 것을 달갑게 생각하지 않는다. 연애하는 것은 몰라도 결혼하는 것은 한사코 반대한다.

이번 고향 방문은 다섯 번째로, 진 루이즈는 흑인 인권 문제에 앞장섰던 아버지가 인종 차별주의자로 변신한 것을 보고 무척 분노한다. 또한 정치적 야심이 있는 헨리도 그녀의 아버지를 따라 인종 차별을 선동하는 주민협의회에서 활약하는 것을 목도하고 깜짝 놀란다. 메이콤에 도착하기 전만 하여도 진 루이즈는 헨리와 진지하게 결혼을 생각했지만 결국 그를 완전히 밀어내기에 이른다. 그러니까 진 루이즈가 고향에 돌아와 2~3일에 겪는 사건이 이 작품의 전체 스토리다. 사건이 어떠한

결말을 향하여 발전하지도 않고 이렇다 할 극적 긴장도 찾아보기 힘들다. 플롯이 일직선으로 앞으로 진행되는 것이 아니라 같은 자리에서 맴도는 느낌이 든다. 현재 사건보다는 오히려 진 루이즈가 어린 시절을 회상하는 과거 사건이 훨씬 더 독자들의 관심을 끈다.

그래서 테이 호호프는 하퍼 리에게 『애티커스』원고를 모두 잊어버리고 20년 전 진 루이즈 핀치의 어린 시절에 초점을 맞추어 다시 써 보는 것이 어떻겠느냐고 제안했다. 스물여섯 살의 여성이 아니라 여덟 살 안팎의 시골 소녀의 이야기를 다루면 구성에서나 플롯에서나 훨씬 더 일관성이 있을 것이기 때문이다. 그렇게 되면 시간적 배경도 달라진다.

미국 연방 대법원이 백인과 유색 인종이 같은 공립학교에 다닐 수 없도록 규정한 남부 주의 법이 위헌이라고 판결을 내리면서 흑인 인권 운동에 불을 댕긴 1950년대가 아니라, 미국이 역사에서 일찍이 그 유례를 볼 수 없던 경제 대공황을 겪던 1930년으로 거슬러 올라간다. 또한 어린 소녀의 눈에 비친 어른들의 모습은 성인 여성이 바라보는 것보다 훨씬 더 순수하고 감동적이어서 피부에 와 닿을지 모른다. 실제로 하퍼 리

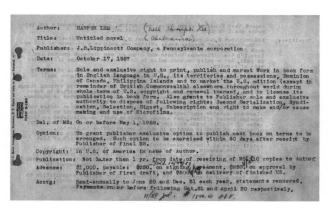

1957년 10월 하퍼 리와 J. B. 리핀코트 출판사의 출판 계약서. 작품 제목을 〈미정〉으로 표기했지만 괄호 안에 〈앨라배마〉라고 적어 놓은 것으로 보아 작가의 고향을 배경으로 한 작품인 것을 알 수 있다. 이 작품은 1960년 『앵무새 죽이기』로 출간된다.

는 경제 대공황기에 유년 시절을 보냈기 때문에 이 무렵의 먼로빌의 환경과 스카웃의 감정을 훨씬 더 잘 표현할 수 있을 것이다.

호호프는 그동안 하퍼 리가 편집가의 비판을 긍정적으로 수용하는 데다 직업 작가로서의 윤리 의식을 갖추었다는 점을 높이 평가했다. 그래서 계약금으로 몇천 달러를 주면서 출간할 수 있는 상태로 작품을 좀 더 수정하고 보완하도록 부탁했다. 리핀코트 출판사와 정식으로 출판 계약을 맺었다는 것은 하퍼 리에게는 참으로 엄청난 일이었다. 〈앨라배마의 제인 오스틴〉이 되겠다는 부푼 꿈을 품고 뉴욕시에 온 지 어언 8년, 어렴풋하게만 느껴지던 그 꿈이 이제 조금씩 구체적인 현실로 다가오면서 손에 잡히기 시작했기 때문이다. 계약금을 받자마자 하퍼 리는 무엇보다도 먼저 마이클 브라운 부부에게 〈선물〉로 받은 빚을 갚으려고 했지만 마이클은 서두르지 말고 좀 더 기다리라고 말했다. 소설을 출판한다는 것이 그녀가 생각하는 것처럼 그렇게 녹록한 일이 아니라는 사실을 그는 알고 있었기 때문이다.

『애티커스』에서 『앵무새 죽이기』로

전보다 훨씬 홀가분한 기분으로 하퍼 리는 『애티커스』의 수정과 보안 작업에 들어갔다. 어떤 의미에서는 수정이나 보완이 아니라 완전히 새 작품의 집필에 들어갔다고 말하는 쪽이 옳을 것이다. 여러 차례 테이 호호프한테서 제안을 듣고 난 터라 하퍼 리는 이제 작품 구성을 어떻게 해야 할지 훨씬 구체적으로 파악했다. 미국 문학에 심리적 리얼리즘 전통을 굳건히 다진 작가 헨리 제임스는 소설을 흔히 건축에 빗대곤 했다. 건축의 비유를 빌려 표현하자면, 하퍼 리의 이번 수정과 보완은 단순히 바닥재를 갈고 벽지를 새로 바르고 인테리어를 수선하는 수준이 아니라, 서까래나 들보를 바꾸는 대폭적인 보수 작업이었다.

이렇게 배경과 주인공은 그대로 둔 채 작중 인물들과 플롯, 사건 등을 대대적으로 고쳐 썼다는 점에서 낡은 건축물을 부수고 새로 짓는 재건축과 같다고 볼 수 있다. 하퍼 리가 이 작품을 전면적으로 수정하고 보완했다는 것은 작가가 소설 제목을 『애티커스』에서 『앵무새 죽이기』로 바꿨다는 데서도 엿볼 수 있다. 또한 작품 표지에 사용할 이름도 〈넬 하퍼 리〉가 아니라 〈넬〉을 빼고 그냥 〈하퍼 리〉로 바꾸었다. 이렇게 작가가 이름을 바꾼다는 것은 여러모로 큰 상징적 의미가 있다.

그런데 이렇게 이름을 〈하퍼 리〉로 바꾸고 나니 문제가 생기는 경우도 없지 않았다. 1963년 하퍼 리는 한 신문 기자로부터 〈하퍼 리라는 이름을 남자 이름으로 생각하는 사람들이 있지 않느냐?〉는 질문을 받은 적이 있다. 물론 그러한 경우가 있었다고 대답하면서 그에게 일화 한 토막을 들려주었다. 〈최근 나는 예일 대학교로부터 강연해 달라는 초청을 받았습니다. 그런데 남학생 기숙사에 머물 수 있다는 겁니다. 하지만 그 부분의 부탁은 거절했습니다.〉 하퍼 리는 미소를 지으면서 〈마지못해서 그렇게 한 거지요〉라고 덧붙였다.

하퍼 리는 새 소설에서 무엇보다도 먼저 허구와 현실을 구별 지을 필요성을 느꼈다. 작품의 공간적 배경은 자신이 태어나 자란 앨라배마주의 먼로빌을 모델로 삼되 그 이름을 〈메이콤〉이라고 붙였다. 메이콤은 지도나 위치 추적 장치 GPS로서는 찾아갈 수 없는 허구적 공간이다. 이 점에서 하퍼 리는 미시시피주 작가 윌리엄 포크너한테서 적잖이 영향을 받은 듯하다. 그는 일찍이

Nelle Lee

하퍼 리의 친필 서명. 원래 이름은 〈넬 하퍼 리〉였지만 『앵무새 죽이기』를 출간하면서 〈넬〉을 빼고 〈하퍼 리〉라는 이름을 사용하기 시작하였다. 그녀는 남자 이름인 넬Nell로 오해받기 쉬워 〈넬 하퍼 리〉라는 이름을 싫어하였다.

자신이 태어나 자란 뉴올버니읍과 옥스퍼드읍, 라퍼엣 군을 모델로 삼아 그 유명한 상상의 공간 또는 신화적 왕국이라고 할 〈제퍼슨읍〉과 〈요크너퍼토퍼군〉을 창조했다. 물론 포크너는 이러한 기법을 그의 문학적 스승인 셔우드 앤더슨한테서 배웠다. 앤더슨은 『와인즈버그, 오하이오』(1919)에서 중심적인 지리적 배경으로 〈와인즈버그〉라는 허구적 공간을 창조했던 것이다.

하퍼 리는 공간적 배경뿐만 아니라 시간적 배경도 20년 전, 즉 1930년대의 경제 대공황 시대로 소급했다. 이 작품에서 사건은 1933년에서 1935년에 이르는 5년에 일어난다. 먼로빌(메이콤)은 1950년대에도 보잘것 없는 초라한 마을이었는데 대공황기의 철퇴를 맞은 1930년대는 더더욱 누추하고 가난한 곳이었다. 『앵무새 죽이기』의 첫 장면에서 화자 진 루이즈는 메이콤의 모습을 이렇게 묘사한다.

메이콤은 오래된 읍이었습니다. 내가 처음 봤을 때부터 읍내는 무기력하고 오래된 마을이었습니다. 장마철이 되면 길거리는 온통 붉은 진흙탕으로 바뀌었고, 인도에는 잡초들이 자라났으며, 법원 건물은 광장 앞에 축

늘어져 있었습니다. 어찌된 일인지 그 시절에는 지금보다도 날씨가 더 무더웠습니다. (……)

이 시절 사람들은 느릿느릿한 걸음걸이로 돌아다녔습니다. 한가롭게 광장을 가로질러 걷기도 하고 광장 주변의 가게에 들락거리기도 하면서 매사에 느긋했습니다. 하루는 스물네 시간이었지만 왠지 그보다 더 길게 느껴졌습니다. 마땅히 가야 할 곳도, 사야 할 물건도, 그것을 살 돈도, 메이콤군의 경계를 벗어나서는 마땅한 구경거리도 없었기 때문에, 딱히 서두를 만한 일이 없었던 겁니다. 하지만 몇몇 사람에게는 그때가 막연하게나마 낙관적인 생각을 품을 수 있던 시절이었습니다. 이 무렵 메이콤군에 사는 사람들은 〈두려움 그 자체 말고는 아무것도 두려워할 것이 없다〉라는 말을 들었기 때문입니다.

위 인용문에서 마지막 〈이 무렵 메이콤군에 사는 사람들은 《두려움 그 자체 말고는 아무것도 두려워할 것이 없다》라는 말을 들었기 때문이었습니다〉라는 문장을 찬찬히 눈여겨볼 필요가 있다. 두말할 나위 없이 이 문장은 제32대 미국 대통령 프랭클린 D. 루스벨트가 1933년 3월 취임사에서 한 유명한 말이다. 그는 지금 미국이 역사에서 그 유례를 찾아볼 수 없는 경제 대공황을 맞이하여 크나큰 시련을 겪고 있지만 얼마든 극복할 수 있다는 희망을 미국인들에게 불어넣어 주었다.

이 문장은 이 소설의 시간적 배경이 1930년대 경제 대공황기라는 사실을 독자들에게 알리는 일종의 시그널이다. 이렇게 시간적 배경을 주인공의 유년 시절로 옮기다 보니 사건이 일어나는 시간도 2~3일이 아니라 무려 3년으로 늘어났다. 스카웃이 초등학교에 입학하기 직전인 여섯 살에서 3학년이 되는 아홉 살까지의 사건을 다룬다.

하퍼 리는 공간적, 시간적 배경에 이어 이번에는 작중 인물들을 대폭 수정하고 보완했다. 『애티커스』에서는 진 루이즈의 삼촌 잭 핀치는 의사 개업을 하면서 주식 투자를 잘하여 돈을 많이 벌었고, 그 돈으로 일찍 은퇴하여 지금은 형 애티커스 핀치가 있는 메이콤으로 이사했다. 그는 여전히 독신으로 평소 좋아하던 빅토리아 시대 영문학에 심취해 있다. 그러나 『앵무새 죽이기』에서 하퍼 리는 잭 핀치 의사를 아직 타지에서 의사로 일하는 것으로 설정했다. 다만 그는 1년에 한 번씩 크리스마스 휴가를 이용해 메이콤을 방문할 뿐이다. 애티커스의 여동생이요 잭 핀치의 누이인 알렉산드라는 남편과 별거 중으로 메이콤에서 오빠와 함께 살지만, 수정본에서는 남편 지미 행콕과 아들 프랜시스와 함께 핀치스 랜딩에서 사는 것으로 설정했다.

또한 하퍼 리는 진 루이즈의 남자 친구인 헨리 클린턴을 퇴장시키는 대신 찰스 베이커 (딜) 해리스를 등장시켰다. 『애티커스』에서 딜은 진 루이즈와 헨리 클린턴의 대화 속에 가끔 언급될 뿐 작품에 직접 등장하지는 않는다. 젬 핀치처럼 제2차 세계 대전에 참전한 딜은 전쟁이 끝난 뒤에도 귀국하지 않고 여전히 유럽에 머물고 있다. 헨리와는 달리 핀치 집안의 흑인 가정부 캘퍼니아는 『애티커스』에서는 젬이 사망한 뒤 핀치 집안을 떠나 흑인 거주 지역에 있는 자신의 집으로 돌아가 산다. 인종 차별 문제로 메이콤에 긴장이 고조된 탓에 그녀는 자신의 집으로 찾아온 진 루이즈를 차갑게 대한다. 그러나 『앵무새 죽이기』에서는 핀치 집안에서 헌신적인 가정부로 일하면서 젬과 스카웃에게 사망한 어머니의 역할을 충실히 한다.

그러나 새 소설을 쓰면서 하퍼 리가 무엇보다 고심한 부분은 소설의 시점(視點)의 처리였다. 뒷날 그녀는 이 시점 문제를 두고 고민하면서 고쳐 쓰고 또 고쳐 쓰던 때를 〈절망적인 시기〉였다고 회고한 적이 있다. 『애티커스』에서 하퍼 리는 3인칭 시점을 사용하되 주인공 진 루이즈에게 무게를 실었다. 그러나 『앵무새 죽이기』에서는 나이 어린 스카웃을 1인칭 화자로 삼아 오직 그녀의 시점에서 사건을 기술하고 묘사하는 기법을 구사했다. 방금 앞에서 메이컴과 관련해 언급한 인용문에서도 엿볼 수 있듯이 모든 사건은 오직 스카웃의 눈과 입을 통하지 않고서는 독자들에게 전달될 수 없다. 가령 〈메이콤은 오래된 읍이었습니다. 내가 처음 봤을 때부터 읍내는 무기력하고 오래된 마을이었습니다〉라는 문장에서 메이콤이 생긴 지 오래되고 지겨운 마을이라는 것은 오직 스카웃이 바라보고 내린 판단일 뿐이다.

그러나 『앵무새 죽이기』의 시점과 관련해 좀 더 눈여겨볼 것은 비록 1인칭 시점을 사용하되 일반적인 1인칭 시점과는 조금 다르다는 점이다. 어른으로 성장한 진 루이즈가 어린 시절을 되돌아보며 사건을 서술하기 때문에 여섯 살에서 아홉 살에 이르는 스카웃의 시점과 성인된 진 루이스의 시점이 서로 겹쳐 나타난다. 말하자면 초점이 하나로 모이지 않고 두 개로 분산되는 셈이다. 이러한 이중 초점은 소설 미학의 관점에서 보면 장점이 될 수도 있지만 단점이 될 수도 있다. 이 작품을 읽으며 독자들이 가끔 어린 소녀의 생각과 판단과 행동이라고는 좀처럼 느껴지지 않을 때가 있는 것은 바로 그 때문이다.

이렇게 하퍼 리는 이스트사이트 아파트에서 『앵무새 죽이기』 원고를 고쳐 쓰고 또 고쳐 썼다. 때로 희열을 느낀 적도 있지만 대부분은 실망과 좌절과 절망의 연속이었다. 어느 겨울 밤, 초라한 요크 애비뉴 아파트의 책상에 앉아 타이프로 친 원고 한 페이지를 읽고 또 읽었다. 갑자기 그녀는 지금까지 써왔던 원고를 주섬주섬 모아 창가로 들고 가 창밖의 눈 속에 집어 던져 버렸다. 그러고 나서 테이 호호프에게 전화를 걸어 눈물을 흘리며 자신의 행동을 설명했다. 호호프는 그녀에게 어서 빨리 밖으로 나가 원고를 주워 모으라고 하였고, 호호프의 말을 듣고 하퍼 리는 대충 옷을 걸치고 어둠 속으로 내려가 여기저기 흩어져 있는 원고를 주워 모았다. 평소 그녀는 〈작가가 되는 것 말고는 어떤 일에서도 결코 행복할 수 없을 것〉이라고 생각했으면서도 때로는 이렇게 깊은 절망감에 빠진 적이 한두 번이 아니었다.

하퍼 리는 1959년 봄, 마침내 『앵무새 죽이기』의 최종 원고를 완성하기에 이르렀다. 『애티커스』 원고를 포함해 무려 3년에 걸친 참으로 길고도 험난한 작업이었다. 뒷날 고백하였듯이 그녀는 작품 집필에 관한 한 완벽주의자였다. 한 번 쓰고 나면 절대로 고치는 법이 없다는 19세기 프랑스 작가 오노레 드 발자크나 표도르 도스토옙스키 또는 20세기 영국 작가 뮤리얼 스파크와는 달리, 하퍼 리는 원고의 초고를 쓴 뒤 다시 고쳐 쓰고 또 고쳐 썼다. 하퍼 리는 자신의 작품이 독자들에게 가장 효과적으로 전달될 수 있을 때까지 수정하려고 애썼다. 오죽 하면 자신을 두고 〈작가writer〉가 아니라 〈다시 고쳐 쓰는 사람rewriter〉이라고 불렀겠는가.

『앵무새 죽이기』의 집필과 관련해 하퍼 리의 친구인 트루먼 커포티가 이 작품의 전부 또는 적어도 일부를 써 주었다는 소문이 뉴욕과 먼로빌에 끈질지게 나돌았다. 하퍼 리가 아직 첫 작품과 씨름하는 동안 커포티는 이미 작가로서의 입지를 확고하게 굳혔기 때문에 이 소문은 더욱 더 설득력을 얻었다. 그런데 막상 커포티 자신은 이 사실을 한 번도 부정하지 않았고, 하퍼 리는 이 점이 무척 섭섭했다.

그러나 그것은 헛소문일 뿐 실제 사실과는 전혀 달랐다. 다른 것은 접어 두고 하퍼 리의 성격을 보더라도 다른 사람이 그녀의 작품에 손대는 것을 허락할 사람이 아니었다. 작품의 분위기로 보나 문체로 보나 커포티는 이 소설의 집필과는 아무런 상관이 없었다. 다만 소설이 출간되기 전에 원고를 읽어 보고 장황한 몇몇 장면을 수정할 필요가 있다고 지적한 것은 사실이다. 이 점에 대해서는 하퍼 리도 한 번도 그렇지 않다고 부정한 적이 없다.

『앵무새 죽이기』가 태어나는 데 이바지한 사람을 굳이 든다면 트루먼 커포티보다는 오히려 하퍼 리의 고등학교 영어 교사 글레이디스 왓슨과 J. B. 리핀코트 출판사의 편집가 테이 호호프를 드는 쪽이 훨씬 더 옳을 것이다. 고향 먼로빌을 방문한 하퍼 리는 이 작품의 원고를 고등학교 때 존경해 마지않던 은사 왓슨에게 건네주며 검토해 달라고 부탁했다. 글을 쓸 때 학생들에게 문법을 유난히 강조하던 바로 그 교사였다. 그녀는 집에 있는 동안 반짇고리에 원고를 담아 두고 시간 날 때마다 꺼내 읽으면서 여백에 의견을 적은 뒤 남편과 상의하곤 했다.

어느 날 왓슨은 학생 하나를 교무실로 불러 낡은 서류 상자 하나를 주며 하퍼 리에게 전달해 달라고 부탁했다. 하퍼 리의 집에 도착해 문에 노크를 하니 하퍼 리가 나와 상자를 받았다. 뒷날 그 학생은 〈그날 내가 손에 역사의 일부를 들고 있었다는 사실을 미처 깨닫지 못했다〉고 술회한 적이 있다. 여기서 그 학생이 〈역사의 일부〉라고 말하는 것은 이 소설에 1930년대 먼로빌의 역사가 고스란히 담겨 있을 뿐만 아니라 미국 문학사에서 굵직한 획을 그은 작품이기 때문이다.

『앵무새 죽이기』 원고의 최종 단계에서 테이 호호프는 편집가로서 개입했다. 여전히 작품 구성이 유기적으로 탄탄하게 짜여 있지 않다고 판단한 그녀는 편집 전문가 입장에서 플롯 구성에 직접 손을 보았다. 하퍼 리가 보아도 전문가의 편집 기술이 느껴지는 수정이고 보완이었다. 작품을 훼손하지 않는 범위에서 편집가가 손을 보는 것은 출판사의 관행이었다. 하퍼 리는 호호프의 작업을 오히려 고맙게 생각할 정도였다.

호호프의 사위 그레이디 H. 넌에 따르면, 『앵무새 죽이기』가 출간되기까지 작가 하퍼 리와 편집가 호호프의 관계는 작가와 편집가의 일상적 관계를 훨씬 뛰어넘는 우호적이고 끈끈한 것이었다. 심지어 호호프의 남편 아서도 하퍼 리와 친한 친구가 되었으며, 이러한 우정은 책이 출간된 뒤에도 여전히 계속되었다. 넌은 만약 커포티 같은 유령 작가가 개입되었더라면 이러한 특별한 관계는 도저히 성립될 수 없었을 것이라고 잘라 말했다.

트루먼 커포티와 하퍼 리

1959년 11월 중순, 하퍼 리는 J. B. 리핀코트 출판사에서 『앵무새 죽이기』의 교정쇄가 도착하기를 기다렸다. 그러나 그에게 온 것은 교정쇄가 아니라 트루먼 커포티한테서 걸려 온 전화였다. 바로 이 무렵 『뉴욕 타임스』에 〈부유한 농부 및 3인 가족 살해〉라는 제호가 큼직하게 찍힌 기사가 실렸다. 11월 15일, 캔자스주 홀콤에 밀을 재배하는 농부 부부와 두 자녀가 농가에서 살해당한 끔찍한 살인 사건이 일어났다. 몸을 밧줄로 묶고 입에 재갈을 물리고 가까운 거리에서 엽총을 발사해 살해한 엽기적인 살인 사건이었다. 마흔여덟 살의 가장 허버트 W. 클러터와 아들의 시체는 지하실에서 발견되었고, 그의 아내와 딸의 시체는 침실에서 발견되었다. 전화선을 절단했을 뿐 집에서 훔쳐 간 물건도 없었다.

평화롭기 그지없던 캔자스주 시골 마을 전체를 혼란에 빠뜨린 이 사건은 정신병자의 소행으로밖에는 달리볼 수 없다는 것이 사건을 맡은 담당 경찰관의 소견이었다. 『뉴요커』의 편집가 윌리엄 숀은 커포티에게 이 엽기적 사건을 취재해 논픽션을 쓰도록 부탁했다.

캔자스주에 동행할 사람을 찾던 커포티는 마침내 하퍼 리를 생각해 냈다. 『앵무새 죽이기』 원고를 출판사에보내고 난 뒤 일종의 해방감을 느끼던 터라 그녀는 홀가분한 마음으로 커포티의 제안을 선뜻 받아들였다. 뒷날 하퍼 리는 〈커포티는 그 범죄 사건에 호기심을 느꼈고, 그것은 나도 마찬가지였다. 아, 나는 그곳에 가고 싶었다. 마음 깊은 곳에서 그곳에 가자고 손짓하고 있었다〉고 회고했다. 그리하여 1959년 12월 중순, 커포티와하퍼 리는 기차를 타고 시카고와 세인트루이스를 거쳐캔자스에 도착했다. 오늘날의 교통수단과는 달라서 힘든 여정이었지만 두 사람은 한껏 기대에 부풀어 있었다.

하퍼 리가 동행하기로 한 것은 커포티에게는 참으로 다행스러운 일이었다. 커포티의 성격이 괴팍스럽고 충동적이어서 자칫 남에게 충격을 준다면, 하퍼 리는 그 충격을 자연스럽게 흡수하는 능력이 있었기 때문이다. 『뉴욕 타임스』에 실린 한 인터뷰에서 그는 하퍼 리에 대하여 〈재능 있는 여성이었다. 용기 있는 데다 아무리 미심쩍어하고 뚱한 사람들이라도 금방 안심시키는 따뜻한 마음의 소유자였다〉고 밝혔다.

하퍼 리의 지위는 커포티의 말을 빌리자면 그로부터 급료를 받는 〈보조 연구원〉이었다. 두 사람은 사건 담당 형사들과 수사관들을 만나 면담하고 사건이 일어난 홀콤을 비롯해 가든시티 같은 인근 도시를 찾아가 조사를 벌였다. 또한 법정에서 판사들이나 검사들을 만나기도 했다. 매사에 꼼꼼한 하퍼 리는 커포티가 놓친 부분을 예리하게 추적했다.

치밀한 수사 끝에 수사관들은 범인이 한 사람이 아닌 두 사람으로 리처드 히콕과 페리 스미스라는 사실을 알아냈다. 교도소에서 서로 알게 된 두 사람은 돈을 노리고 클러터 가족을 살해했던 것으로 밝혀졌다. 그러나 막상 범인들이 손에 넣은 돈은 고작 80달러로, 한 사람

목숨 값이 겨우 20달러씩밖에 되지 않았다. 커포티와 하퍼 리는 두 달 가까이 캔자스주에 머물며 사건을 취재했다. 그 뒤에도 다시 한 번 커포티와 캔자스를 방문해 재판을 취재했다. 그리고 그다음에도 두 번 더 캔자스를 방문해 커포티를 도왔다. 전원 남성들로 구성된 배심원은 두 범죄자에게 살인죄를 인정해 〈1960년 5월 13일에 교수형에 처함〉이라는 평결을 내렸다.

커포티는 재판이 끝난 뒤에도 혼자서 몇 차례 더 캔자스를 방문해 범인들을 만나 면담하는 등 마지막 취재에 박차를 가했다. 그는 직접 범인이 수감되어 있는 교도소에 들어가 살인자들에게 음식을 떠먹이는 등 그들에게 인간적 동정을 느끼면서 사건의 진상에 조금씩 다가갔다. 하퍼 리에 따르면, 커포티는 페리 스미스를 바라보면서 어린 시절의 자신의 모습을 떠올린 듯하다. 작곡가이며 작가인 네드 로렘은 이보다 한술 더 떠 커포티와 스미스가 서로 사랑하는 사이 같았다고 말하기도 했다.

두 살인자는 마침내 1965년 4월 14일에 교수형을 당했다. 커포티와 하퍼 리는 스미스와 히콕으로부터 교수형의 집행 증인으로 출석해 달라는 부탁을 받았다. 그

『냉혈』로 미국 문단에 논픽션 장르를 개척한 트루먼 커포
티. 그는 하퍼 리와 앨라배마주 먼로빌에서 어린 시절을
함께 보냈다. 1959년 커포티와 하퍼 리는 캔자스주 홀콤
에서 일어난 일가족 살인 사건을 함께 취재했다.

러나 하퍼 리는 거절하고 커포티만이 참석해 그들의 최후를 지켜보았다. 뉴욕으로 돌아오기 전 커포티는 두 사람의 무덤에 각각 묘비를 세우도록 140달러가량의 돈을 기증했다.

1960년 봄, 하퍼 리는 캔자스 살인 사건과 관련해 커포티에게 150페이지에 이르는 노트를 제출했다. 타자기로 친 이 노트는 〈①풍경 ②범죄 ③클러터 집안의 다른 가족들〉 등 항목 별로 일목요연하게 정리되어 있었다. 커포티는 그동안 자신이 직접 준비한 자료와 하퍼 리가 준비해 준 자료를 바탕으로 〈논픽션 소설〉을 집필했다. 커포티는 이 실화를 바탕으로 한 작품 『냉혈』을 1965년 1월부터 네 차례에 걸쳐 『뉴요커』에 연재한 뒤 그 이듬해 랜덤하우스 출판사에서 단행본으로 출간했다. 이 작품은 미국 문학은 말할 것도 없고 세계 문학을 통틀어서도 20세기를 대표하는 범죄 소설이자 뉴저널리즘 장르의 지평을 새롭게 열었다는 평가를 받았다. 저널리즘의 방법론과 소설의 기법을 동시에 적용해 커포티는 엽기적인 일가족 살인 사건을 치밀하게 재구성하는 데 성공했다. 이 책에서 그는 일상성의 뒤에 숨은 인간 내면의 욕망과 이기심, 위선 등을 낱낱이 드러내

보였다.

　커포티는 『냉혈』을 출간하면서 명성을 얻었지만 하퍼 리를 실망시키며 갈등을 빚기도 했다. 무엇보다도 먼저 두 사람이 클러터 살인 사건을 바라보는 관점이 서로 사뭇 달랐다. 하퍼 리는 클러터 가족이 정서적으로 문제가 있다고 파악한 반면, 커포티는 그들이 정상적이라고 보았다. 하퍼 리는 자신의 판단을 입증할 증거를 커포티에게 제공했지만, 커포티는 『냉혈』의 최종 원고에서 그 의견을 받아들이지 않았다. 그는 진실에 접근하기보다는 살해당한 가족에 대한 독자들의 동정에 영합하려고 했다. 문학가로서의 명성과 베스트셀러를 기대하던 그로서는 독자들의 기대를 저버리고 싶지 않았기 때문이다.

　더구나 커포티는 선악의 대결과 악의 본질 같은 보편적인 주제를 지닌 작품으로 만들고 싶었다. 그래서 그는 될수록 이상적인 클러터 가족(선)과 두 살인자들(악)을 선명하게 부각하려고 했다. 그러다 보니 어쩔 수 없이 역사적 사실과 진실은 점차 뒤쪽으로 물러가고 허구와 문학적 상상력이 대신 전면에 부상했다. 커포티는 몇 해 전 『앵무새 죽이기』가 그랬던 것처럼 퓰리처상을 받기를 기대했지만 결국 그러한 영광은 얻지 못하였고, 그는 크게 실망했다.

커포티는 『냉혈』을 출간하면서 하퍼 리한테서 받은 도움을 적잖이 평가 절하했다. 뒷날 그는 한 인터뷰에서 〈만약 하퍼 리가 그 소읍 주민들을 샅샅이 조사하지 않았더라면 나는 아마 그 일을 지금처럼 해낼 수 없었을 것이다〉고 털어놓았다. 그러나 1966년 1월 『냉혈』이 출간되었을 때 책을 펼쳐 본 하퍼 리는 깜짝 놀라지 않을 수 없었다. 이 책의 헌사에는 〈사랑과 감사를 담아 잭 던피와 하퍼 리에게 바친다〉는 구절이 적혀 있었다. 던피는 커포티와 오랫동안 동성연애 관계에 있던 사람이었다. 이 책을 집필하는 데 던피는 아무런 역할도 하지 않았는데 커포티는 하퍼 리보다 그를 먼저 언급했다. 헌사는 접어 두고라도 커포티는 작품 속에서 하퍼 리의 역할을 명시적으로 표기해야 마땅했다.

하퍼 리는 커포티가 『냉혈』을 집필하면서 자기를 이용했다는 생각을 좀처럼 뇌리에서 떨굴 수 없었다. 이 무렵 커포티는 완전히 이기적인 인간으로 변해 있었다. 자신의 명예와 재산에 도움을 줄 만한 사람이면 누구든 이용하고 착취하려고 했다. 하퍼 리는 겉으로는 커포티에 대한 분노를 표현하지는 않았지만 마음속 깊이 큰 상처를 받았다. 자신이 『냉혈』의 절반가량을 쓰다시피 했는데 거의 인정을 받지 못했다고 한 친구에게 여러 번 털어놓았다는 사실은 이를 뒷받침한다.

물론 하퍼 리는 커포티와 여전히 친구였지만 두 사람의 우정에는 회복될 수 없을 만큼 영원히 금이 갔다. 『냉혈』이 출간되기 2년 전인 1964년 봄만 해도 그녀는 뉴욕시의 WQXR 라디오 방송 프로그램 「카운터포인트」에 출연해 진행자 로이 뉴퀴스트와 대담하면서 커포티를 아주 높이 평가했다. 가장 존경하는 현존 작가들을 거명해 달라는 요청을 받자 하퍼 리는 누구보다도 먼저 커포티를 언급했다. 그러면서 은근히 앞으로 출간될 『냉혈』을 홍보해 주기도 했다.

오늘날 미국에서 트루먼 커포티보다 더 훌륭한 작가는 아마 없을 것 같습니다. 그는 언제나 계속 발전해 나가는 작가입니다. 커포티의 다음 작품은 소설이 아닙니다. 장편 르포르타주입니다. 제 생각에는, 그 작품으로 그는 소설가의 테두리를 완전히 박차고 나올 것 같습니다. 그는 그의 작품에 좀 더 깊은 차원을 부여할 것입니다. 커포티는 우리 작가 중 가장 위대한 기교가입니다.

　모르긴 몰라도 아마 이보다 더 훌륭한 찬사는 없을
것 같다. 그것도 이 무렵 한창 인기를 끄는 『앵무새 죽
이기』의 작가 하퍼 리의 입에서 나온 찬사가 아니던가.
그녀는 친구를 위해 조금 헤프다 싶을 정도로 이렇게까
지 온갖 찬사를 아끼지 않았다. 물론 이 무렵 20세기 미
국 문학의 삼총사라고 할 F. 스콧 피츠제럴드, 어니스트
헤밍웨이, 윌리엄 포크너는 사망했지만 미국 문단에는
내로라하는 소설가들이 활약하고 있었다. 가령 D. 샐린
저를 비롯해 랠프 엘리슨, 리처드 라이트, 잭 케루악, 커
트 보니것, 조셉 헬러, 토머스 핀천, 리처드 브로티건 같
은 작가들이 만약 하퍼 리의 말을 들었다면 아마 섭섭
하게 생각했을지도 모른다.
　하퍼 리도 트루먼 커포티와 함께 캔자스 살인 사건을
취재하면서 얻은 것이 전혀 없지는 않았다. 사건을 취
재하면서 하퍼 리는 캔자스주의 모토가 〈아드 아스트라
페르 아스페라Ad astra per aspera〉라는 라틴어 구절이라
는 것을 처음 알게 되었다. 뉴욕시에 돌아와 『앵무새 죽
이기』의 교정쇄를 읽으면서 그녀는 이 구절을 작품에

삽입하고 싶었다. 작품의 끝부분 제28장에는 스카웃이 다니는 학교에서 할로윈 축제가 열리는 장면이 나온다. 그레이스 메리웨더가 이 축제에서 학생들이 공연할 연극 대본을 썼다. 이 메이콤군은 주로 농업에 의존하는 지역이라서 아이들이 농작물을 상징하는 의상을 입고 가장행렬에 참가하게 되어 있었다.

그레이스 메리웨더 아줌마가 『메이콤군: 아드 아스트라 페르 아스페라』라는 연극 대본을 쓰셨습니다. 나는 햄 역할을 맡게 되었습니다. 아줌마는 아이들 몇 명이 군의 농작물을 대표하는 의상을 입고 등장하면 멋질 것 같다고 생각한 것이었지요. 세실 제이컵스는 암소 분장을 하고, 애그니스 분은 강낭콩으로 분장을 하고, 또 다른 아이는 땅콩으로 분장하기로 돼 있었습니다. 메리웨더 아줌마의 상상력과 분장할 아이들이 남아 있을 때까지 이런 분장은 계속됐습니다.

이렇게 하퍼 리는 캔자스주의 라틴어 모토를 〈메이콤군〉이라는 연극의 부제로 삼았다. 밴드가 국가를 연주하자 청중이 자리에서 일어나는 소리가 들린다. 그리고 나서 베이스 드럼 소리가 울리면 밴드 뒤쪽 강단 뒤에 자리 잡고 있던 메리웨더가 〈메이콤군, 아드 아스트라 페르 아스페라!〉라고 소리를 지른다. 베이스 드럼이 다시 크게 울리고 나면 그녀는 라틴어를 모르는 시골 청중들을 향해 〈이 말은《진흙에서 별까지》라는 뜻입니다〉라고 설명해 준다. 메리웨더는 이 구절을 〈진흙에서 별까지〉라고 옮겼지만 좀 더 글자 그대로 번역한다면 〈고난을 통하여 천상에〉라는 뜻이다. 다시 말해서 온갖 역경과 시련을 극복해 마침내 행복에 이른다는 의미로, 한자 문화권에서 흔히 사용하는 〈고진감래(苦盡甘來)〉라는 성어와 비슷한 표현이다.

『앵무새 죽이기』 출간과 반응

하퍼 리의 첫 소설 『앵무새 죽이기』가 마침내 J. B. 리핀코트 출판사에 의해 출간된 것은 1960년 7월 11일이었다. 비유적으로 말하자면, 애티커스라는 알이 한 마리 앵무새로 부화하는 데 무려 2년 6개월의 시간이 걸렸다. 이때 하퍼 리의 나이 33세로 먼로빌을 떠나 뉴욕시에 도착한 지 11년 만이었다. 이 책은 출간되기 네 달 전에 이미 『리더스 다이제스트』 축약본과 〈리터러리 길드〉 북클럽과 〈북오브더먼스 클럽〉에 선정되었다. 이렇게 책이 출간되기 전에 미국의 유명한 북클럽에 선정되었다는 것은 그만큼 이 책의 전망이 무척 좋다는 것을 의미했다. 아니나 다를까 초판 5천 부가 금방 매진되고 다시 인쇄에 들어갈 정도로 큰 인기를 끌었다. 작가의 고향 먼로빌의 서점에서도 완전히 매진되었다.

예나 지금이나 출판사에서는 서점에 정식으로 신간을 내놓기 전 판촉을 위해 서평가들이나 비평가, 신문 기자들에게 제본된 샘플을 미리 배포하는 것이 관례다. 리핀코트도 예외가 아니어서 1960년 봄 아직 완전히 수정하지 않은 샘플을 매스컴에 돌렸다. 출판사 홍보 담당자는 〈하루 이틀 저녁을 비워 두고 『앵무새 죽이기』를 읽어 보시기 바랍니다……. 우리가 이 샘플을 서둘러 보내 드리는 이유는, 재능 있는 신인 작가를 발견한 보기 드문 재미와 기쁨을 함께 나누기 위해서입니다〉라고 밝혔다.

샘플 판본 겉표지에는 하퍼 리의 어린 시절 친구 트루먼 커포티의 추천사가 실려 있어 눈길을 끌었다. 〈보기 드문 누군가가, 가장 생기 넘치는 삶의 감각과 가장 온화하고 진정한 유머를 지닌 작가가 이 훌륭한 첫 소설을 썼다. 너무 재미있고 매우 마음에 드는 감동적인 책이다〉라고 격찬을 아끼지 않았다. 출판사 측과 상의하기라도 한 듯이 〈보기 드문〉이라는 구절을 사용한 것이 흥미롭다. 이미 작가로서의 명성을 굳힌 사람인 커포티의 격찬은 작품 판매에 직간접적으로 영향을 주었을 것이다. 초판 뒤표지에는 커포티가 찍은 하퍼 리의 사진이 실려 있어 그는 이런저런 방법으로 이 작품에 기여했던 셈이다.

『앵무새 죽이기』가 출간되기 바로 전날 밤 하퍼 리의 에이전트인 모리스 크레인과 그의 아내 애니 로리 윌리엄스는 맨해튼 아파트에서 작가의 첫 소설 출간 파티를 열었다. 손님이 속속 도착하기 시작하였고, 도착한 손님들은 바로 그날 자 『타임』 표지에 실린 한 정치가를 화제로 삼아 대화를 나누었다. 마흔셋의 젊은 존 F. 케네디가 민주당 대통령 후보로 출마했다. 그는 대통령 후보 수락 연설에서 〈우리는 새로운 개척 시대, 1960년대의 개척 시대, 미지의 기회와 위험의 개척 시대, 아직도 실현되지 않은 희망과 위협의 개척 시대의 가장자리

에 서 있습니다〉라고 부르짖었다. 그런데 케네디 후보
는 소설가로서 첫발을 막 내디딘 하퍼 리와 닮은 점이
적지 않았다. 그녀 역시 이제 소설가로서 〈미지의 기회
와 위험〉 그리고 〈희망과 위협〉의 개척 시대를 맞게 될
것이기 때문이다.

　하퍼 리는 모리스 크레인과 애니 로리 윌리엄스 부부
에게 증정한 『앵무새 죽이기』에 〈이 책은 두 분의 격려
와 신뢰와 사랑의 아름다운 결실입니다〉라고 적었다.
모리스는 그동안 작가 하퍼 리와 출판사 편집가 테이
호호프 사이에서 중재자로서의 역할을 충실히 했다. 호
호프가 무엇보다도 출판사의 입장을 대변했다면, 모리
스는 작가의 입장을 대변하려고 애썼다. 크레인 부부는
이 특별한 파티를 위해 근처 유명한 베이커리에서 특별
한 케이크를 주문했다. 케이크에는 초판본 표지의 삽화
대로 설탕을 사용해 무성한 나무 한 그루를 만들어 놓
았다. 또 케이크 맨 위쪽에는 검은 밴드에 흰 글씨로
〈앵무새 죽이기〉라는 작품 제목이 적혀 있었다. 하퍼 리
는 케이크를 자르고, 참석한 손님들은 진심으로 그녀의
책 출간을 축하해 주었다.

　한편 『앵무새 죽이기』가 출간되자 J. B. 리핀코트의

편집가 테이 호호프는 하퍼 리가 헛된 기대를 품지 않게 하려고 애썼다. 지난 30여 년 출판계에 몸담아 온 호호프는 너무나 많은 신인 작가들이 첫 작품 판매에 실망하는 모습을 보아 왔기 때문이었다. 그녀는 하퍼 리에게 〈넬, 2천 부밖에, 아니, 그 이하로 팔려도 상심하지 마. 신인 소설가들의 책들이 대개 그렇거든〉이라고 조심스럽게 말했다. 호호프 자신은 이 작품에 큰 기대를 하지 않았던 것 같다. 하퍼 리 자신도 〈누군가가 나를 격려해 줄 만큼 그 책을 좋아하기를 기대했다〉고 밝혔다. 겸손해서 그렇게 말한 것이 아니라 실제로 그렇게 생각했다.

그러나 『앵무새 죽이기』는 예상을 뒤엎고 날개 돋친 듯이 팔려 나갔다. 상업적으로나 예술적으로 엄청난 성공을 거두었다. 출간된 첫 해에만 14쇄를 거듭하면서 무려 250만 권 이상이 팔렸다. 그렇다면 호호프의 예상보다는 트루먼 커포티의 예상이 들어맞은 셈이다. 커포티는 이 책이 잘 팔릴 것으로 내다보았다. 그러나 작품에 대한 반응은 그의 예상을 훨씬 뛰어넘었다. 자신의 책이 잘 팔려 부자가 되고 싶다고 드러내 놓고 말하던 커포티이고 보면 하퍼 리의 성공이 무척 부러웠을 것이

J. B. 리핀코트 출판사. 이 출판사의 편집가 테이 호호프는 하퍼 리의 『앵무새 죽이기』가 출간되는 데 산파 역할을 맡았다. 단순히 작품을 편집하는 역할을 넘어 하퍼 리와 인간적으로 친한 사이가 되었다.

다. 출간되자마자 『뉴욕 타임스』와 『시카고 트리뷴』 베스트셀러 목록에 몇십 주 동안 올라 있었다.

그런데 상업적인 성공과는 관계없이 이 소설에 대한 비평가들의 평가는 크게 엇갈렸다. 한쪽에서는 이 작품의 내용이 여섯 살에서 아홉 살에 이르는 시골 소녀의 이야기라고는 좀처럼 믿을 수 없다고 비판했다. 이는 성인이 된 화자가 어린 시절에 겪은 일을 회고하는 형식을 취했기 때문에 비롯하는 문제일 것이다. 또한 이 작품이 지나치게 도덕적이고 교훈적이라고 비판하는 평자들도 더러 있었다. 실제로 독자의 어깨를 툭툭 치며 이 장면을 놓치지 말라고 말하는 듯한 곳이 가끔 있는 것도 사실이다.

몇몇 비평가들이나 학자들은 『앵무새 죽이기』에 관한 학구적인 연구가 별로 없다는 데 주목했다. 같은 남부 작가인 윌리엄 포크너는 미국 문학에서 가장 많이 연구되는 작가다. 영문학 전체로 넓혀 보더라도 그는 『율리시스』(1922)의 작가 제임스 조이스 다음으로 학자들에게 사랑을 받는 작가로 꼽힌다. 그러나 하퍼 리와 그녀의 작품을 심도 있게 분석한 학구적 연구는 거의 없다시피 하다. 일간 신문이나 잡지에 실린 기사나 인터뷰를 제외하고 나면 박사 학위 논문도, 변변한 연구서도 한 권 없는 것이 사실이다. 이를 달리 말하면, 하퍼 리는 포크너나 어니스트 헤밍웨이를 비롯한 다른 작가들과 비교해 좀 더 대중적이고 통속적이라는 말이 된다. 그러나 대중적인 작품은 학구적 대상이 될 수 없다는 것은 한낱 학자들의 편견이요 오해에 지나지 않는다.

그러나 『앵무새 죽이기』에 대한 평가는 대체로 호의적이었다. 이 무렵 첨예하게 부각되던 인종 문제를 형상화한 걸작으로 높이 평가받았다. 가령 『뉴욕 타임스』에 실린 서평에서 허버트 미트갱은 〈소설가가 자기가 잘 아는 상황을 가지고 어떠한 작품을 쓸 수 있는지 여실히 보여 주는 책〉이라고 평했다. 같은 신문에 실린 또 다른 서평에서 프랭크 라이엘은 〈메이콤에는 다른 지역과 마찬가지로 별난 사람들과 악한 사람들이 살고 있는데도, 남부의 타락을 다루는 병적이고 그로테스크한 이야기를 탐닉하려는 오늘날의 독자들을 만족시키려고 하지 않았다〉고 지적했다.

한편 글렌디 컬리건은 『워싱턴 포스트』에 쓴 서평에서 도덕적 주제에 주목하여 책의 무게는 겨우 18온스밖에 나가지 않는데 〈관용을 주장하는 설교는 1백 파운드〉, 역시 〈관용의 결여를 꾸짖는 비판도 1백 파운드〉의 무게가 나간다고 칭찬했다. 남부의 대표적인 신문 중 하나인 『테네시 커머셜 어필』은 〈점차 늘어나는 남부 소설가들의 은하계에 또 한 작가가 추가되었다〉고 평가 했다. 이 무렵 미국에서 발행되던 모든 신문에서 이 작품에 관한 서평을 싣다시피 했다.

앞에서 이미 언급했듯이 『앵무새 죽이기』는 미국에서 독자들에게 성경 다음으로 가장 큰 영향을 끼친 책이다. 좀 더 자세히 말하자면, 1991년 미국의 북클럽인 〈북오브더먼스〉와 미국 의회 도서관이 공동으로 〈평생 독서 습관〉에 관한 설문 조사를 한 적이 있다. 이 설문 조사에서 기독교 경전인 성경이 제1위, 『앵무새 죽이기』가 제2위를 차지했다. 실제로 빌 클린턴 대통령의 선거 캠페인 고문이었던 제임스 카빌은 이 소설을 두고 〈이 작품을 읽는 순간 나는 작가가 옳았고 내가 틀렸다는 사실을 깨닫게 되었다〉고 솔직하게 털어놓았다. 남부에서 태어나 줄곧 그곳에서 자라온 카빌은 거의 평생 동안 흑인은 백인보다 열등하다는 믿음을 가지고 살아왔지만, 이 작품을 읽는 순간 그러한 믿음을 버리게 되었다는 것이다. 이 책을 읽고 인생관을 바꾼 사람은 비단 카빌 한 사람만은 아닌 것 같다.

『앵무새 죽이기』는 1961년도 소설 부문 퓰리처상을 받았다. 이 무렵 퓰리처상은 상금이 비록 5백 달러밖에 되지 않았지만 그 명성과 파급 효과는 엄청났다. 문학가, 연극, 음악에 종사하는 사람들이라면 하나같이 이 상을 받고 싶어했다. 하퍼 리는 〈나는 더없이 운이 좋다. 나보다 더 운이 좋은 사람을 나는 알지 못한다〉고 말할 정도로 이 상을 받은 것에 큰 자부심을 느꼈다. 한 인터뷰에서 그녀는 특유의 유머로 이 소설을 쓰면서 반바지 세 벌을 닳게 입었다고 털어놓기도 했다. 하퍼 리는 이제 미국 문단의 신데렐라와 같은 존재와 다름없었다.

그러나 그녀는 자만하지 않고 겸손하게 보이려고 애썼다. 가령 그녀는 〈퓰리처상은 하나의 상에 지나지 않는다. 내가 진정으로 탐내는 상은 내 사람들에게 받는 인정이다〉라고 밝혔다. 여기서 〈내 사람들〉이란 아버지를 비롯한 리 씨 집안 식구들을 가리킬 수도 있고, 그녀의 고향 먼로빌 주민, 더 나아가는 미국 남부 주민 전체를 가리킬 수도 있다.

이렇게 퓰리처상 수상에 자부심을 느낀 것은 비단 하

퍼 리에 그치지 않았다. 누구보다도 퓰리처상을 받고 싶어 하던 트루먼 커포티는 캔자스 살인 사건 담당했던 수사관에게 보낸 편지에서 〈우리의 귀여운 넬이 퓰리처 상을 받았으니 얼마나 반가운 일입니까?〉라고 말했다. 그런데 이 말에서는 자신이 받아야 할 상이 다른 사람에게 넘어간 것에 대한 서운함과 분노가 담겨 있다. 하퍼 리와의 관계에 대해 그는 『워싱턴 포스트』에서 〈어린 시절 하퍼 리는 내 타자기로 내 원고를 쳐주었기 때문에 그녀를 글쓰기에 관심을 갖도록 만든 것은 나다. 그 일은 그녀에게는 멋진 몸짓이었고, 내게는 아주 편리한 일이었다〉고 밝혔다.

이 글을 보면 커포티는 어린 시절부터 그녀를 작가로 만든 것이 바로 자신이라고 생각했던 것 같다. 그러나 엄밀히 말하자면, 그 타자기는 커포티의 것이 아니라 하퍼 리의 아버지가 막내딸에게 선물로 준 것이었고, 커포티가 하퍼 리를 비서처럼 부린 것이 아니라 어디까지나 둘이서 함께 이야기를 지으며 놀았던 것이다.

커포티는 하퍼 리의 퓰리처상 수상에 한편으로는 자부심을 느끼고 다른 한편으로는 적잖이 질투심을 느꼈다. 뒷날 커포티는 한 친척에게 〈하퍼 리는 퓰리처상을 받았는데 나는 한 번도, 정말 한 번도 받지 못했어〉라고 털어놓은 적이 있다. 자신은 지금껏 많은 작품을 썼는데도 그 상을 받지 못했지만 하퍼 리는 작품 단 한 편으로 그 상을 받는 영예를 얻었다는 것이다. 실제로 커포티는 〈나는 작가가 되고 싶었고, 부자가 되고 유명해지고 싶다는 것을 늘 알았다〉고 말하기 일쑤였다.

『앵무새 죽이기』가 퓰리처상을 받았다는 소식을 듣자마자 앨라배마 대학교의 허드슨 스트로드 교수는 하퍼 리에게 축하 편지를 보냈다. 〈이 기쁜 소식을 어제저녁 창작법 강의 시간에 학생들에게 알렸더니 박수갈채가 터져 나왔다네. 앨라배마 대학교와 앨라배마주와 온 남부가 자네를 자랑스럽게 생각한다네. 하지만 자네를 나보다 더 자랑스럽게 생각하는 사람은 없을 것이네.〉 이 편지를 보면 그는 하퍼 리가 재학 시절 자신의 창작법 강의를 수강한 것으로 믿은 듯하다.

그러나 실제로 무슨 이유 때문인지는 몰라도 하퍼 리는 그 강의를 듣지 않았다. 퓰리처상을 받자 신문 기자들은 당연히 하퍼 리가 스트로드 교수의 창작법 강의를 수강했을 것으로 짐작했다. 그러나 그녀는 기자들의 이러한 짐작에 분개했던 것으로 알려져 있다. 앞에서 이미 언급했듯이 그녀는 스트로드 교수의 셰익스피어 강의는 들었지만 창작법 강의는 듣지 않았다.

이렇게 『앵무새 죽이기』가 작가의 예상을 뒤엎고 큰 인기를 끈 데는 여러 이유가 있을 터이지만 이 무렵 미국 사회의 시대적 분위기도 톡톡히 한몫을 했다. 1950년대부터 시작된 흑인 인권 운동이 1960년에 이르러서 본격적 궤도에 들어섰다. 1863년 1월 에이브러햄 링컨 대통령의 노예 해방 선언과 1865년 미국 헌법 수정 제13조 이후에도 흑인들은 백인들과 동등한 대우를 받지 못했다. 말하자면 노예 해방 선언은 빛 좋은 개살구에 불과했다. 흑인들은 서류상으로만 해방되었을 뿐 여러 제도에서 여전히 노예 신분과 다름없는 차별과 박해를 받으며 비참한 생활을 했다.

이 무렵은 미국의 자유 민주주의가 소비에트 정부의 공산주의와 첨예하게 대립 중이었다. 공산주의에 대한 민주주의의 우월성을 과시하기 위해서라도 흑인의 인권을 비롯한 사회 정의에 관심을 기울여야 했었다. 그리고 『앵무새 죽이기』는 바로 미국인들의 이러한 정서의 현(弦)을 건드렸다.

만약 『앵무새 죽이기』가 미국 사회가 당면한 문제만

을 다루었다면 이렇게 큰 호응을 얻지 못했을 것이다. 이 작품과 거의 동시에 레온 오델 그리피스의 『바람에 실린 씨앗』(1960)이라는 소설이 출간되어 나왔다. J. B. 리핀코트 출판사보다는 훨씬 유명한 랜덤하우스에서 출간한 이 소설은 하퍼 리의 작품처럼 남부의 흑백 갈등과 백인의 흑인 억압을 다룬다. 그런데도 그리피스의 작품은 이렇다 할 반응을 얻지 못했다.

그렇다면 이 소설의 인기와 판매 차이를 과연 어떻게 설명해야 할까? 『앵무새 죽이기』는 단순히 사회 문제에 그치지 않고 좀 더 구심적으로 가정 문제를 파고들었다. 이 소설은 자식들에 대한 아버지의 사랑 그리고 그 보답으로 자식들이 아버지에게 보여 주는 사랑과 존경을 다루는 작품이다. 하퍼 리는 언젠가 이 책을 〈순전한 러브 스토리〉라고 밝힌 적이 있다. 그녀가 왜 〈사회 저항 소설〉이라고 부르지 않고 〈러브 스토리〉라고 불렀는지 알 만하다. 어떤 의미에서 이 책은 딸이 아버지 애머서 콜먼 리에게 바치는 헌사로 볼 수도 있다. 이 소설의 애티커스 핀치는 여러모로 작가의 아버지와 닮았기 때문이다.

『앵무새 죽이기』가 출간된 1960년은 미국 문학사에

서 비교적 결실이 풍성한 해였다. 몇 작품만 간추려 보면, 존 업다이크의 『토끼여, 달려라』, 존 오하라의 『설교와 소다수』, 제임스 미치너의 『하와이』, 조이 애덤슨의 『야성으로 태어나다』, 존 허시의 『아동 매매자』, 존 놀스의 『단독 강화』 등이 이해에 출간되어 나왔다. 그러나 하퍼 리의 작품은 다른 작품과는 비교도 되지 않을 만큼 엄청난 인기를 끌고 주목을 받았다.

『앵무새 죽이기』와 관련한 일화 한 토막은 이 무렵 이 작품이 얼마나 큰 인기를 끌었는지 엿볼 수 있다. 에이전트 애니 로리 윌리엄스의 고객 중 한 사람인 올던 토드는 어느 날 워싱턴에 있는 한 서점에 들어갔다. 서점 주인은 그에게 하퍼 리의 소설을 지난 며칠 동안 2백여 권이나 직접 고객에게 추천해 팔았다고 자랑했다. 그러면서 그동안 서점 일을 하면서 읽은 모든 소설 중에서 이 작품만큼 고객에게 자랑스럽게 추천해 본 적이 없었다고 덧붙였다. 출판사의 판촉에 따른 것도 아니고 서점 주인이 자발적으로 고객에게 책을 추천해 판매했다는 것은 놀라운 일이다.

그러나 『앵무새 죽이기』가 언제나 찬사를 받은 것만은 아니어서 더러 문제가 될 때도 있었다. 가령 앨라배마주 먼로빌의 볼웨어 집안에서 이 작품에 등장하는 아서 부 래들리가 자신들의 아들과 아주 비슷하다는 이유로 소송을 제기할 움직임을 보였다. 다 쓰러져 가는 볼웨어 집은 하퍼 리가 살던 집에서 남쪽으로 두 집 아래쪽에 위치했다. 그 집 뒷마당은 하퍼 리 형제들이 다니던 초등학교 운동장과 서로 맞닿아 있었다. 여기저기 페인트칠이 벗겨진 데다 집 주변에는 잡초가 무성하게 자라고 셔터도 늘 닫혀 있어 그 앞을 지나가는 아이들에게는 늘 공포의 대상이었다.

이 집의 가장 앨프리드 볼웨어는 예순 살쯤 된, 융통성이 없는 고지식한 상인이었다. 그의 아내 애니는 남편보다 두세 살가량 적었다. 그들 부부에게는 20대 딸 둘과 〈선〉이라는 별명의 10대 아들 하나가 있었다. 아침마다 시내 직장에 출근하는 두 딸은 하퍼 리나 트루먼 커포티를 만나면 다정하게 인사를 하곤 했다. 그래서 아이들은 도깨비 같은 부모 사이에서 어떻게 그렇게 천사 같은 딸들이 태어날 수 있을지 자못 이상하게 생각할 정도였다.

이 외아들에 대해서는 집 안에 갇힌 채 침대 틀에 묶여 점점 몸이 쇠약해져 간다는 소문이 돌 뿐이었다.

1928년 선 볼웨어는 두 학교 친구와 함께 새총으로 학교 유리창을 깨뜨리고 잡화점에 침입해 물건을 훔쳤다. 판사는 소년원 비슷한 주립 특수 교육 기관에 보내도록 판결을 내렸지만 앨프리드 볼웨어는 판사에게 자신이 직접 책임지고 아들을 지도하겠다고 약속하고 그 기관에 보내지 않았다. 그 뒤 아들은 마을 사람들 눈에 좀처럼 띄지 않았고, 저녁이 되면 어쩌다 그의 모습이 현관이 보일 때가 가끔 있었다. 1952년 선 볼웨어는 폐결핵으로 사망했다고 알려졌다.

적어도 이러한 정황으로 본다면 볼웨어 집은 작품에 묘사된 래들리 집과 적잖이 비슷하다. 또 그 집 아들 선은 아서 래들리와 꽤 닮아 있다. 그러나 하퍼 리와 그녀의 큰언니 앨리스는 소설의 작중 인물들과 먼로빌 주민들 사이에 유사성이 있다는 주장을 완전히 무시해 버렸다. 두말할 나위 없이 법정으로 문제가 비화되는 것을 차단하기 위해서였을 것이다.

그러나 소송 문제를 떠나 적어도 하퍼 리는 『앵무새 죽이기』를 집필하면서 래들리 집안과 관련한 에피소드의 힌트를 볼웨어 집안 식구들에게서 얻은 것은 틀림없는 듯하다. 이 점과 관련해 트루먼 커포티는 〈넬의 책에 등장하는 사람들은 대부분 실제 삶에서 가져왔다〉고 잘라 말했다. 다만 하퍼 리는 문학적 상상력을 구사해 실제 사실에 살을 붙이고 피를 돌게 해 한 편의 예술 작품으로 승화시켰던 것이다.

독자들 중에도 이 책을 부정적으로 보는 사람들이 있었다. 예를 들어 어느 날 하퍼 리는 한 독자로부터 편지 한 통을 받았다. 이 편지에서 그는 〈정신 박약아가 아닌 백인 여성들을 집단으로 강간하는 오늘날, 당신 같은 유대인 작가들은 도대체 왜 그런 상황을 호도하려고 하느냐?〉고 나무랐다. 흥미롭게도 이 독자는 하퍼 리가 백인이 아닌 유대인이라고 생각했다.

실제로 이 무렵 〈유대계 문예 부흥〉이라고 일컬을 만큼 유대계 출신 작가들이 미국 문단을 휩쓸고 있었다. 앵글로색슨계 백인 중심의 미국 사회에서 그들은 미국이 당면한 여러 문제를 비판적 시각에서 다루었다. 이 독자도 아마 하퍼 리가 이러한 작가 중 한 사람이라고 생각했던 모양이다.

더구나 1966년 1월 『앵무새 죽이기』는 금서로 지정되는 수모를 겪었다. 이해 버지니아주 리치먼드시에 위치한 해노버군 교육위원회는 이 작품을 군 소재 중고등학교 도서관에서 모두 치우도록 결정을 내렸다. 도서관 금서 지정 결정에 대해 교육위원회는 이 작품이 〈비도덕적 문학〉이라는 이유를 들었다. 이 지역의 유명한 의사인 W. C. 보셔는 학부모요 교육위원회 위원이었다. 그는 강간 사건을 다루는 이 소설이 〈우리 아이들이 읽기에는 부적절하다〉고 이의를 제기하였고, 교육위원회는 회의를 거쳐 군 학교 도서관에서 모두 치우도록 결정했던 것이다. 그러나 엄밀히 따지고 보면 이 소설에서 작가가 다루는 강간 사건은 실제로 일어난 것이 아니다. 백인 여성 메이엘라 유얼이 흑인 남성 톰 로빈슨을 유혹하려고 하다 뜻대로 되지 않자 그에게 그러한 혐의를 뒤집어씌운 것에 지나지 않는다. 물론 여기에는 딸과 수상한 관계가 의심되는 메이엘라의 아버지도 한몫을 했다.

해노버군 교육위원회가 『앵무새 죽이기』를 금서로 지정하자 리치먼드에서 발행하던 신문 『리치먼드 뉴스 리더』는 사설에서 교육위원회의 결정을 〈바보 같고 어리석은 처사〉라고 비난했다. 또 다른 〈부도덕한 문학〉이라고 할 찰스 디킨스의 소설 『올리버 트위스트』(1837)에 비들(하급 관리)로 등장하는 유명한 작중 인물로 범블의 이름을 따서 〈비들 범블 기금〉을 만들었다. 이 신문사는 이 기금을 이용해 지역 고등학생 중 『앵무새 죽이기』를 요청하는 학생 50명에게 선착순으로 이 책을 무료로 증정하겠다고 발표했다. 예상했던 대로 이 문제를 두고 찬성과 반대 양쪽으로 갈려 2주에 걸쳐 그야말로 열띤 공방이 오고 갔다. 결국 이 신문사는 작가 하퍼 리에게 최종 판단을 내릴 것을 부탁하였고, 작가 하퍼 리는 신문사에 돈과 함께 다음과 같은 답장을 보냈다.

최근 저는 해노버군 교육위원회의 활동에 대한 여론의 반향이 이 아랫동네까지 내려온 것을 들었습니다. 제가 들은 바로는 그 위원회 위원 중 글을 읽을 수나 있었던 사람이 있었는지 의아한 생각이 듭니다.

단순한 지적 능력의 소유자라도 『앵무새 죽이기』가 오직 두 낱말로 기독교적 윤리에 기반을 두고 모든 남부인들의 유산인 명예 규범을 명시한다는 사실을 알 수 있을 것입니다. 그 소설이 〈부도덕하다〉는 말을 들으니 현재와 1984년 사이의 시간을 계산해 보게 됩니다. 저는 이보다 더 〈이중 사고〉를 보여 주는 더 없이 좋은 실례를 발견할 수 없기 때문입니다.

그러나 저는 이 문제가 마르크스주의의 문제가 아니라 문맹의 문제라고 생각합니다. 그러므로 저는 비록 작은 액수지만 이 돈을 〈비들 범블 기금〉에 기부합니다. 이 돈이 해노버군 교육위원회 위원들의 1학년 등록에 쓰였으면 합니다.

이 편지에는 하퍼 리 특유의 기지와 풍자와 냉소가 찬란하게 빛을 내뿜는다. 해노버군의 공교육을 책임지던 교육위원회 위원들을 〈단순한 지적 능력〉도 갖추지 못했다고 비꼬는 것도 그러하고, 그들을 싸잡아 〈문맹자들〉이라고 매도하는 것도 그러하다. 한마디로 그녀는 도덕적 엄숙주의자들을 비꼬면서 준엄하게 꾸짖는다.

해노버 교육위원회 위원들이 깨달았는지는 모르지만 여기서 하퍼 리는 조지 오웰과 그의 작품을 염두에 두었다. 〈1984년〉은 바로 오웰의 디스토피아 소설 『1984』(1949)를 말한다. 이 소설에서 오웰은 1984년을 전체주의가 극도로 발달된 사회로 상정했다. 그리고 세계는 거대한 초국가들로 분화되고 그들은 영구적인 전쟁 상태에 놓여 있게 된다. 오세아니아는 전체주의 정치 이데올로기인 영국 사회주의의 지배를 받으며, 그 최고위 지배자는 바로 〈빅 브라더〉로 일컫는 인물이다.

또 하퍼 리가 언급하는 〈이중 사고〉는 『1984』에서 오웰이 만들어 낸 신조어로 모순된 두 사고를 동시에 용인하는 능력을 말한다. 이 통제 사회에서 과거의 기록은 하나같이 부정되거나 현재를 위한 도구로 재구성된다. 현재의 모순을 극복하기 위하여 과거의 기록을 조작하고 조작된 기록은 곧 현실로 받아들여진다. 끊임없이 반복되는 전쟁은 주민 통치의 수단으로 이용되고, 〈텔레스크린〉을 통하여 개인의 감정까지도 수시로 감시한다. 특히 〈이중 사고〉를 통하여 개인의 생각까지도 통제하기에 이른다. 한마디로 하퍼 리는 해노버군 교육위원회야말로 개인의 자유를 통제하고 말살하는 〈빅 브라더〉와 같은 존재라고 매도했던 것이다.

해노버군 교육위원회는 하퍼 리를 포함하여 여러 압력에 굴복하여 마침내 금서 결정을 번복하고 『앵무새 죽이기』를 〈복권〉시켰다. 비유적으로 말하자면, 앵무새를 죽였다가 다시 살려 놓은 셈이다. 그러나 해노버군 교육위원회 금서 결정은 미국의 다른 지역 교육위원회에도 영향을 끼쳤다. 많은 중등학교가 『앵무새 죽이기』

를 필독서로 선정한 반면, 적지 않은 학교가 이 작품을 금서 목록에 올려놓았다.

그러고 보니 금서를 둘러싼 이러한 해프닝은 미국 문학사에서 심심치 않게 있었다. 가령 〈미국의 셰익스피어〉니 〈미국 문학의 링컨〉이니 하는 찬사를 받는 마크 트웨인의 『허클베리 핀』(1884)이 그러하였고, 청년 문화의 기수 J. D. 샐린저의 『호밀밭의 파수꾼』(1950)이 그러했다. 그밖에도 많은 작품이 금서 목록에 올랐지만 오히려 독자의 호기심만 자극하여 판매 부수를 늘려 주는 결과를 낳았을 뿐이다.

1988년 미국 영어 교사 협회가 집계한 통계에 따르면, 미국의 공립 학교에서 『앵무새 죽이기』를 가르치는 학교는 전체 학교 중 74퍼센트였다. 이는 셰익스피어의 『로미오와 줄리엣』과 『맥베스』 그리고 트웨인의 『허클베리 핀의 모험』을 제외하고는 가장 높은 비율이다. 지금 통계로는 아마 74퍼센트를 훨씬 상회할 것이고, 글로벌 시대 지구촌 곳곳에서 읽히는 수까지 합한다면 그 비중은 참으로 엄청날 것이다.

여기서 한 가지 흥미로운 것은 이 무렵 먼로군 학교에서는 『앵무새 죽이기』를 가르치지 않았다는 점이다.

물론 학생들에게 추천하는 독서 목록에는 들어 있었지만 교사들은 실제로 교실에서는 가르치려고 하지를 않았다. 이 책이 인종 문제나 강간 혐의 등 민감한 사회 문제를 다루기 때문이다. 또 주민 중에는 이 소설이 그렇게 훌륭한 작품이라고 생각하지 않는 사람들도 있었다. 그런가 하면 이 작품에 등장하는 작중 인물이 자기 식구들이나 친척들과 닮았다고 생각하는 주민들도 더러 있었다.

그런데도 하퍼 리는 몇몇 지역 고등학교를 방문하여 이 소설과 관련하여 이야기를 했다. 한 번은 단과 대학 총장으로 있는 한 친구의 초청을 받고 창작법 강의를 듣는 학생들에게 작가로서의 경험을 진솔하게 들려주기도 했다. 예를 들어 하퍼 리는 〈작가는 누구를 위하여 쓰는지, 왜 쓰는지, 자기가 쓰는 작품이 쓰고 싶은 말을 제대로 하는지 잘 알지 못하면 안 된다〉고 말했다. 그러면서 그녀는 작가 지망생들에게 〈진지한 작가가 되기 위해서는 뼈를 깎는 훈련이 필요하다〉고 역설했다. 작가는 날마다 혼자서 책상 앞에 앉아서 쉬지 않고 글을 써야 하기 때문이다. 많은 사람이 흔히 생각하듯이 작품을 쓰는 일이 멋진 것이 아니라 오히려 대개는 가슴이 찢어지는 고통을 수반하게 마련이라는 것이다.

　하퍼 리가 작가로서 명성을 얻기 시작하자 아버지 애머서 콜먼 리를 비롯한 가족들도 인정을 해주었다. 특히 아버지는 10여 년 전 막내딸이 작가가 되겠다는 〈허황된〉 꿈을 품고 장래가 보장된 로스쿨을 자퇴하고 뉴욕시로 떠나가는 것을 묵묵히 지켜보았다. 그러나 『앵무새 죽이기』가 예상치 않게 대성공을 거두자 그는 한낱 시골 처녀였던 막내딸에게 이러한 행운이 찾아오리라고는 한 번도 생각해 본 적이 없다고 말했다. 그러면서 딸의 성취에 큰 자부심을 느낀다고 밝혔다.

　한편 큰언니 앨리스는 앞으로 하퍼 리의 가족 대변인 겸 매니저로서 역할을 했다. 또한 법적인 문제와 세금을 관리하는 변호사 역할을 맡았다. 하퍼 리의 에이전트인 모리스 크레인은 앞으로 작품 집필을 제외한 실제적인 일은 모두 앨리스와 상의했다. 다만 둘째 언니 루이즈만이 의외로 동생과 그녀의 작품에 냉담한 반응을 보였다. 그녀는 아들의 교사에게 『앵무새 죽이기』는 그야말로 〈웃기는〉 책이라고 털어놓은 것으로 전해진다.

소설에서 영화와 연극으로

　『앵무새 죽이기』가 퓰리처상을 받자 1962년에는 할리우드에서 관심을 보였다. 대형 제작사들은 별다른 반응이 없었는데, 그도 그럴 것이 이 작품의 스카웃이 또 다른 남부 조지아주 출신 여성 작가 카슨 매컬러스의 『결혼 멤버』(1946) 속 작중 인물 프랭크와 여러모로 비슷했기 때문이다. 대형 제작사 중 하나가 매컬러스의 소설을 영화로 만들었다가 완전히 실패했기 때문에 이들은 하퍼 리의 작품을 영화로 만드는 데도 이렇다 할 관심이 없었다. 한편 매컬러스는 하퍼 리를 자신의 작품을 모방한 경쟁자로 생각했다. 이 점과 관련하여 매컬러스는 자신의 조카에게 〈우리가 한 가지 알고 있는 게 있지. 그 여자는 지금 우리 문학 금렵(禁獵) 구역에 들어와서 밀렵을 한다는 거야〉라고 말한 것으로 전해진다.

　『앵무새 죽이기』가 큰 인기를 끌면서 스크린에 올려 보고 싶다는 영화 제작자들이 있었다. 당시에 영화 제작자 앨런 퍼쿨라는 영화 감독 로버트 멀리건과 함께 영화사를 설립하였고, 하퍼 리의 베스트셀러 소설을 첫 번째 영화로 만들고 싶었다. 앞에서 이미 밝혔듯이 하퍼 리의 에이전트인 모리스 크레인의 아내 애니 로리 윌리엄스는 영화와 연극 전문 에이전트여서 애니가 이 일을 도맡았다. 윌리엄스가 다른 영화사의 제의를 거부하고 퍼쿨라와 멀리건의 제의를 받아들인 데는 그럴 만한 까닭이 있었다.

폴란드 이민자의 아들로 예일 대학교를 졸업한 퍼쿨라는 철저한 제작자로 정평이 나 있었다. 한편 뉴욕의 브롱크스 출신인 멀리건은 포덤 대학교에서 방송 커뮤니케이션을 전공한 뒤 CBS 방송사를 거쳐 텔레비전 방송국에서 감독 기술을 익혔다. 어찌 되었든 윌리엄스는 이 두 사람이 환상적인 콤비를 이루어 『앵무새 죽이기』를 가장 훌륭한 영상 미학으로 승화시킬 수 있을 것이라고 판단했다.

1962년 2월 퍼쿨라는 원작자를 만나 보고 또 제작에 필요한 몇몇 사항을 점검하기 위하여 먼로빌로 하퍼 리와 그 식구들을 방문했다. 먼로빌을 돌아본 퍼쿨라는 멀리건에게 〈먼로빌은 이제 더 이상 존재하지 않는다〉고 편지를 보냈다. 지난 30여 년 동안 현대화의 바람이 불어와 법원 건물을 제외하고는 작품 속의 먼로빌이 사

『앵무새 죽이기』의 주요 무대가 된 먼로빌의 옛 법정 내부. 이곳에서
이 소설을 각색한 영화가 촬영되었다.

라져 더 이상 옛 모습을 찾아볼 수 없었다는 말이다. 그래서 퍼쿨라는 할리우드 스튜디오 뒤편에 세트장을 만들어 사용하기로 했다. 법원 내부도 모양과 크기를 측량하여 역시 할리우드 방음 스튜디오에 재현시킬 수밖에 없었다. 퍼쿨라는 먼로빌에 며칠 머물다 캘리포니아로 돌아갔다. 1960년대의 먼로빌에 적잖이 실망한 것을 잘 알고 있던 하퍼 리는 퍼쿨라에게 법원 건물을 비롯한 옛 먼로빌 사진을 몇 장 보내 주면서 참고하라고 했다.

퍼쿨라와 멀리건은 곧 배역 선정에 들어갔다. 이 영화에서 누구보다도 중요한 역이 애티커스 핀치 변호사였다. 제작자와 감독이 애티커스 역으로 제일 먼저 염두에 둔 배우는 바로 록 허드슨이었다. 그러나 허드슨은 각색을 비롯한 제작 과정에서 빚어지는 몇몇 문제 때문에 탈락하고 대신 그레고리 펙이 선정되었다. 밤을 새워 가며 소설을 다 읽은 펙은 아침 일찍 유니버설 스튜디오로 전화를 걸어 애티커스 역을 맡겠다고 알렸다. 펙은 할리우드 배우 중에서도 성실하고 지적이기로 정평이 나 있었다. 가령 그를 두고 스티븐 스필버그는 〈모든 배우들의 위엄 있는 아버지〉라고 불렀는가 하면, 커

『앵무새 죽이기』에서 핀치 변호사 역을 맡은 그레고리
펙. 그는 이 소설을 영화로 만든 작품에서 애티커스 핀치
변호사 역을 맡아 아카데미 남우 주연상을 받았다. 그 이
후 펙은 하퍼 리의 평생 친구가 되었다.

크 더글러스는 〈배우들에게 성실과 정직의 아이콘〉이
라고 불렀다. 그런가 하면 폴리 버건은 펙을 〈가장 완벽
한 신사〉라고 불렀다.

한편 하퍼 리는 하퍼 리대로 애티커스 배역으로 염두
에 둔 배우가 따로 있었다. 그녀는 스펜서 트레이시에
게 편지를 보내 〈솔직히 말해서 저는 애티커스 역으로
스펜서 트레이시 선생님이 아닌 다른 배우를 생각할 수
없습니다〉라고 말했다. 그러나 트레이시는 에이전트를
통하여 지금 촬영하던 작품이 있어 배역을 맡기 곤란하
다고 말하면서 대신 로버트 와그너를 추천했다. 한편
빙 크로스비도 애티커스 역을 맡고 싶다는 의사를 밝혔
다. 이 배역 발탁에 적극적으로 나선 그는 자신이 텍사
스주 출신 여성과의 결혼으로 남부 사투리를 제대로 구
사할 수 있다는 장점을 밝히기도 했다.

유니버설 스튜디오는 마침내 애티커스 핀치 변호사
의 배역으로 그레고리 펙을 확정지으면서 영화 제작은
좀 더 구체적인 모습을 갖추어 갔다. 펙은 다른 배역 선
정, 각색, 그 밖의 다른 결정에도 적지 않은 역할을 한
것으로 알려져 있다. 퍼쿨라, 펙이 이미 공동으로 설립
한 〈브렌트우드 프로덕션〉, 그리고 원작자 하퍼 리가

3자 파트너가 되었다. 세금을 절약하기 위하여 하퍼 리는 하퍼 리대로 큰언니 앨리스와 에이전트 애니 로리 윌리엄스의 도움을 받아 〈애티커스 프로덕션〉을 설립했다.

실제로 이 무렵 하퍼 리에게는 세금도 큰 문제였다. 소득이 많은 대부분의 작가들이 흔히 그러하듯이 그들은 절세 문제에 관심이 많았다. 1963년 한 인터뷰에서 한 기자가 하퍼 리에게 〈책의 인세와 영화 저작권료로 지금 엄청난 부자가 되어 가시겠습니다〉라고 말하자 그녀는 〈수입의 99퍼센트는 세금으로 사라져 버립니다〉라고 대답했다. 수입의 99퍼센트를 세금으로 낸다는 것은 과장된 말이지만, 그녀가 소득세를 많이 내는 것만은 틀림없는 사실이었다. 이 무렵 그녀는 미국의 상류층 부유한 사람들이 내는 세율을 적용받았다. 에이전트 애니 로리 윌리엄스와 매니저 겸 법률 고문 격인 큰언니 앨리스에게 세금 문제를 여러 번 언급하는 것을 보아도 하퍼 리가 얼마나 세금에 신경을 쓰는지 잘 알 수 있다.

영화 「앵무새 죽이기」에서 애티커스 핀치 역 못지않게 중요한 역이 변호사의 두 자녀 제러미(젬)와 진 루이즈(스카웃)였다. 수백 명의 아이들이 오디션에 참가했지만 젬의 역은 이제껏 한 번도 영화에 출연해 본 적이 없는 필리 앨퍼드에게 돌아갔다. 스카웃 역은 한국에서는 〈환상 특급〉으로 번역된 「황혼의 영역」에 출연한 적이 있는 메리 배덤으로 결정되었다. 공교롭게도 두 어린이 모두 앨라배마주 버밍햄 출신으로 남부에서 태어나 자라났다. 앨퍼드는 가난한 노동자의 아들이었지만 배덤은 흑인 유모를 둘 정도로 부유한 집안에서 자라났다.

한편 딜은 여배우 코니 스티븐스의 남동생인 존 메그너가 맡았다. 이밖에도 에스텔 에번스(핀치 집안의 가정부 캘퍼니아 역)를 비롯하여 앨리스 고스틀리(딜의 친척 스테퍼니 크로포드 역), 윌리엄 윈덤(지방 검사 호러스 길머 역), 로즈메리 머피(핀치 집안의 이웃 모디 앳킨슨 역) 등은 모두 브로드웨이를 비롯한 연극 무대에서 활약한 배우들이었다. 흑인 청년 톰 로빈슨 역을 두고는 최종적으로 브록 피터스와 제임스 얼 존스가 서로 경합을 벌이다가 결국 피터스로 낙착되었다.

영화배우로 이 작품에 처음 데뷔한 사람으로는 메이엘라 바이얼릿 유얼 역을 맡은 콜린 윌콕스 팩스턴, 그리고 부 래들리 역을 맡은 로버트 듀벌을 들 수 있다. 특히 듀벌은 호턴 푸트의 연극 「한밤중의 방문객」에서 훌륭한 연기를 보여 주어 작가에게 좋은 인상을 준 배우였다. 듀벌은 집 안에 갇혀 지내는 부 래들리의 역할을 충실히 해내기 위하여 무려 6주 동안 햇볕을 쏘지 않았으며, 초현실적인 분위기를 자아내기 하여 머리카락을 금발로 염색하기도 했다. 이렇듯 모든 배우들이 이 영화를 훌륭한 작품으로 만들기 위하여 온갖 노력을 아끼지 않았다.

1962년 1월 초, 그레고리 펙은 아내 베로니크 파사니와 함께 먼로빌을 방문했다. 이 지역의 분위기를 살피고 특히 애티커스 핀치 변호사의 모델이라고 할 하퍼 리의 아버지 애머서 리 변호사에 대하여 좀 더 자세히 알고 싶었기 때문이다. 펙은 먼저 먼로빌 제1침례교회로 L. 리드 포크 목사를 찾아갔다. 그가 이렇게 한밤중에 갑작스럽게 목사를 방문한 것은 목사가 먼로빌 마을에 대하여 어느 누구보다도 잘 알았기 때문이다. 지역 사회에서 리 변호사의 위치가 어떠한지, 그의 생각과 행동은 어떠한지, 또 그의 언행의 특징은 무엇인지 자세히 알고 싶었던 것이다. 그러자 포크 목사는 리 변호사가 말을 할 때면 조끼 주머니에서 회중시계를 꺼내 어떻게 만지작거리는지, 또 걸음걸이가 어떠한지 몸소 시범을 보여 주었다.

물론 그레고리 펙이 먼로빌을 방문한 첫 번째 이유는 포크 목사를 만나려는 것보다는 하퍼 리와 그녀의 식구들을 만나기 위해서였다. 이 무렵 리 집안은 사우스앨라배마 애비뉴에서 초등학교 건너편 벽돌집으로 이사하여 살았다. 1951년 어머니와 남동생 에드윈이 동시에 세상을 떠나자 큰딸 앨리스가 아버지를 위하여 마련한 새로운 거처였다.

하퍼 리의 아버지는 이제 여든두 살의 노인이었다. 그는 이제껏 그레고리 펙을 직접 만나 본 적이 없었고, 심지어는 영화에서조차 그를 본 적이 한 번도 없었다. 한 시간쯤 펙과 아버지를 만나게 한 뒤 하퍼 리는 펙을 먼로빌 광장으로 안내했다. 광장을 둘러본 뒤 그들은 위다이너 식당에서 점심을 먹고 이번에는 흑인 거주 지역에 있는 집을 방문했다. 이렇듯 펙과 제작진은 촬영에 들어가기 전 소설에 나온 장면들이나 인물들을 꼼꼼히 살폈다.

이렇게 배역이 결정되자 이번에는 원작 소설을 영상

미학으로 가장 잘 표현해 각색할 사람을 찾을 차례였다. 퍼쿨라는 누구보다도 먼저 원작자 하퍼 리에게 각색을 할 의향이 없는지 물어보았지만 그녀는 거절했다. 그도 그럴 것이 그 당시 하퍼 리는 『앵무새 죽이기』의 여세를 몰아 두 번째 소설을 집필하고 있었기 때문이다. 첫 번째 소설보다 훨씬 어려움을 겪은 그녀는 한 신문 기자에게 〈마치 성냥개비로 집을 짓는 것과 같다〉고 털어놓았다. 하퍼 리가 각색을 거절한 두 번째 이유는 소설을 쓰는 작업과 영화 대본을 쓰는 작업은 별개의 문제라고 생각했기 때문이다. 얼핏 원작자가 자신의 작품을 직접 각색하는 것이 가장 이상적인 것처럼 보일지 모르지만 실제로는 반드시 그렇지 않다. 영화의 문법은 소설의 문법과는 질적으로 서로 다르기 때문이다.

퍼쿨라는 극작가인 호턴 푸트에게 『앵무새 죽이기』의 각색을 부탁하였고, 푸트는 기꺼이 그 제안을 받아들였다. 텍사스주 출신인 푸트는 그의 선조가 앨라배마주와 조지아주에서 이주해 온 탓에 작품의 지리적 배경에 그다지 낯설지 않았다. 퍼쿨라의 부탁으로 푸트는 작품에서 3년에 일어나는 일을 1년으로 압축시켰다. 그러다 보니 애티커스 핀치 변호사의 누이동생 알렉산드라와 그 가족들을 아예 뺄 수밖에 없었다. 이밖에도 알렉산드라 파티에 초대받은 교회 여신도들, 스톤월 잭슨 장군을 존경하던 메이콤 대령, 좀처럼 유능한 교사라고 볼 수 없는 스카웃의 1학년 담임 교사 피셔, 할로윈 가장 행렬에서 장황하게 말을 늘어놓는 메리웨더 부인 등도 영화에서는 볼 수 없다. 반면 푸트는 사회 비평 쪽에 무게를 실어 앨라배마주의 인종 차별 문제를 소설에서 보다 좀 더 첨예하게 부각시켰다.

이렇게 푸트가 소설 내용을 적잖이 변경했는데도 하퍼 리는 각색에 대체로 만족했다. 〈영화 각색을 소설가의 의도를 반영했는지 여부의 기준으로 평가한다면 푸트 씨의 각색은 고전적인 예로 연구해야 할 것이다〉라고 칭찬을 아끼지 않았다. 그러나 원작자와는 달리 로버트 멀리건 감독은 푸트의 각색을 그다지 좋아하지 않았다. 그 이유는 스카웃을 비롯한 아이들의 관점이 적잖이 무시되었기 때문이다. 실제로 푸트는 애티커스 핀치 변호사를 전면에 부각시키다 보니 어린아이들의 비중을 축소할 수밖에 없었다. 푸트는 성인 작중 인물이 주인공이 되어야 관객들에게 호소력을 줄 수 있다고 판단하여 어린아이들의 정신적 성장이라는 주제를 약화

시켰던 것이다.

한편 그레고리 펙은 〈앵무새 죽이기〉라는 제목을 별로 좋아하지 않았다. 그래서 다른 제목으로 고치기를 원했지만 영화 저작권 에이전트 애니 로리 윌리엄스가 완강히 거부하고 나섰다. 그녀는 하퍼 리에게 될 수 있는 대로 원작을 훼손하지 않기로 약속했기 때문이다. 더구나 퍼큘라와 멀리건이 나서 영화 제목을 소설 그대로 두기로 했다. 이왕 제목 이야기가 나왔으니 말이지만 영화 「앵무새 죽이기」가 한국에서 개봉되었을 때 그 제목을 〈앨라배마에서 생긴 일〉로 바꾸었다. 일본에서 개봉할 때 붙인 제목을 거의 그대로 가져다 사용하다시피 했다. 일본에서나 한국에서 〈앵무새 죽이기〉라는 제목으로서는 흥행에 성공하기 어렵다고 판단했기 때문일 것이다. 일본에서는 소설이나 영화 모두 제목을 〈ア ラバマ物語〉, 즉 〈앨라배마 이야기〉로 옮겼고, 사정은 지금도 마찬가지다.

멀리건 감독은 영화 「앵무새 죽이기」의 예술적 완성도를 높이기 위하여 컬러 대신 흑백 필름으로 촬영했다. 영화 속 장면은 먼로빌을 답사하여 그린 스케치와 사진을 바탕으로 방음 스튜디오에서 거의 대부분 촬영했다. 그러나 경제 대공황기의 먼로빌의 모습은 로스앤젤레스 외곽의 철거 예정 시골집 모양의 주택들을 세트장에 옮겨 와 그대로 재현했다. 물론 그동안 준비해 온 스케치와 사진들을 참고하여 현관, 셔터, 그네 등을 새롭게 설치하여 한껏 남부 분위기를 자아냈음은 두말할 나가 없다.

다른 원작자들과는 달리 하퍼 리는 로스앤젤레스의 유니버설 인터내셔널 영화 촬영소를 방문하여 영화 제작을 직접 지켜보았다. 먼로빌을 거의 그대로 재현해 놓은 세트에 감동받았을 뿐만 아니라 작품에 임하는 제작진들의 진지한 태도에도 감동을 받았다. 멀리건 감독은 1962년 2월에 비로소 메가폰을 잡고 작품 촬영에 들어갔다. 이때까지만 하여도 하퍼 리는 그레고리 펙이 과연 애티커스 핀치 역할을 잘해 낼 수 있을지 의구심을 품었다. 그러나 그가 핀치 변호사 복장을 하고 의상실을 나오는 순간 그러한 의구심은 순식간에 사라져 버렸다. 뒷날 하퍼 리가 〈펙을 보는 순간 나는 모든 것이 잘될 것이라고 생각했다. 애티커스 바로 그 사람이었다〉고 털어놓을 정도였다.

1962년 크리스마스 날에 맞추어 영화 「앵무새 죽이

기」가 할리우드에서 개봉되었다. 개봉을 축하하기 위하여 열린 파티에는 원작자 하퍼 리를 비롯하여 그레고리 펙, 록 허드슨, 내털리 우드, 폴 뉴먼 같은 쟁쟁한 할리우드 배우들이 대거 참석하여 자리를 빛냈다. 이 영화에 대하여 하퍼 리는 행복한 표정으로 신문 기자들에게 〈믿기 어려울 만큼 훌륭한 영화입니다. 소설의 영혼을 충실하게 재현했습니다. 꾸밈이 없어요. 아무런 가식이 전혀 없어요〉라고 밝혔다. 한편 워싱턴에서는 케네디 대통령의 부인 재키가 자선 모임을 위하여 이 영화를 상영했다. 앨런 퍼쿨라는 일부 상원 위원들과 대법원 판사들을 위한 시사회를 열기도 했다.

하퍼 리는 영화 제작뿐만 아니라 영화가 상영되면서부터는 영화 홍보에도 적극적이었다. 1963년 밸런타인 데이에 맞추어 뉴욕에서 「앵무새 죽이기」를 개봉했을 때도 직접 홍보에 나섰다. 앨라배마주의 주요 도시에 영화가 개봉된 것은 3월 중순경이었고, 먼로빌에는 그로부터 2주 뒤에 개봉되었다. 『앨라배마 저널』은 영화 개봉에 대하여 〈우리는 하퍼 리를 자랑스럽게 생각한다. 우리는 그녀와 함께 이 예술적 승리의 순간을 공유하고 싶다!〉라고 대서특필했다. 한 가지 흥미로운 영화 홍보 방법이 있었는데, 먼로빌 영화관에서는 살아 있는 앵무새를 들고 영화를 감상하러 오는 관객 다섯 명에게 선착순으로 10달러씩 선물을 주었다.

영화 「앵무새 죽이기」에 대한 평가는 『빌리지 보이스』 같은 몇몇 매체를 제외하고는 대체로 호의적이었다. 특히 그레고리 펙은 부드러우면서도 사려 깊고, 강인한 신념과 지성을 지닌 핀치 변호사 역을 잘 소화해 냈다는 평가를 받았다. 1963년 봄, 이 영화는 8개 부문에서 아카데미상 후보에 올랐다. 그리고 각색상과 남우주연상 그리고 미술상을 받았다. 이어서 골든 글로브 시상식에서는 남우 주연상 드라마 부문과 음악상을, 칸 영화제에서는 게리 쿠퍼 상을 받았다. 이 영화는 1963년 미국 작가 조합상 각본상을 받기도 했다. 이 무렵 먼로빌에 머물던 하퍼 리는 아카데미상 수상식 행사를 친구 집에 가서 보았다. 그녀는 집필 활동을 방해한다는 이유로 집에 텔레비전을 들여놓지 않았기 때문이다.

펙은 이러한 공식적인 상 말고도 하퍼 리로부터 아주 소중한 선물을 받았다. 시상식이 거행되기 며칠 전 하퍼 리는 아버지로부터 물려받은 회중시계에 〈하퍼로부터 그레고리에게〉라는 문구를 새겨 펙에게 선물했다. 소피아 로렌이 남우 주연상 수상자를 발표하기 직전 그는 하퍼 리한테서 받은 회중시계를 꼭 쥐었다. 상을 받기 위하여 단상에 걸어 나갈 때도 여전히 한 손에 회중시계를 들고 있었다. 인사말에서 펙이 맨 첫 번째로 고마움을 표한 사람이 다름 아닌 하퍼 리였다.

한편 소설 『앵무새 죽이기』는 영화에 이어 연극으로도 각색되어 공연되었다. 하퍼 리와 에이전트 애니 로리 윌리엄스는 연극 각색과 공연 저작권을 좀처럼 허락하지 않았다. 그러나 일리노이주 우드스톡에 본부를 둔 〈드라마틱 퍼블리싱〉의 소유주 크리스토퍼 서겔이 무려 25년이나 기다린 끝에 1991년 마침내 각색 허가권을 받아 내는 데 성공했다.

1990년은 이 소설 출간된 지 30주년이 되는 해여서 이제는 무대에 올려도 좋을 것으로 판단했던 것이다. 물론 전문 극단이 아닌 아마추어 극단이 공연한다는 단서가 붙었다. 그래서 서겔이 직접 각색하여 1991년 뉴저지주 밀번의 페이퍼밀 극장에서 처음으로 무대에 올렸다. 그 후 20여 년 동안 그는 각색을 고치고 또 고쳤다. 그런데 여기서 흥미로운 것은 이 연극이 처음에는 중고등학교 학생들을 위하여 공연했다는 점이다. 그 뒤 일반 관객의 관심을 받자 점차 미국 전역을 순회하며 공연했다

또한 연극 「앵무새 죽이기」는 해마다 봄이 되면 하퍼 리의 고향 먼로빌에서 공연되었다. 1990년부터 서겔은 먼로빌 광장 법원 건물 밖에 야외무대를 설치하고 사업가, 농부, 학생 같은 주민들이 배역을 맡도록 했다. 재판 장면에 이르면 배우들과 관객들은 직접 법원 건물 안 법정에 들어가 공연을 하여 현장감을 높였다. 초연 날 고향에 머물러 있는 하퍼 리가 격려 차원에서라도 공연장에 나타날 것으로 기대했던 관객들은 실망할 수밖에 없었다.

초연이 성공을 거두자 그 이듬해 〈먼로군 유산 박물관〉에서는 전문 감독을 고용하여 연극을 좀 더 정교하게 다듬어 연례행사로 만들었다. 한 텔레비전 방송국에서 연극의 몇 장면을 영상에 담고 하퍼 리와 배우들을 인터뷰하기를 원했지만 하퍼 리는 〈절대로 안 됩니다, 죽어도 안 돼요!〉라고 말하면서 완강히 거부했다.

하퍼 리의 고향은 연극을 보러 오는 관객들의 마차로 점차 붐볐다. 이름도 없이 나른하기 짝이 없던 먼로빌

먼로빌의 벽화. 1997년 앨라배마 주의회는 먼로군과 먼로빌을 앨라배마 문학 수도로 명명하기로 결정하였다. 『앵무새 죽이기』의 한 장면을 묘사했다.

은 그녀와 『앵무새 죽이기』 때문에 미국 전역에서 스포트라이트를 받게 되었기 때문이다. 먼로빌은 이제 말하자면 〈앨라배마의 문학 수도〉가 되다시피 했다. 문학적 수도일뿐더러 미국의 다른 지역은 말할 것도 없고 심지어 외국에서도 관광객이 찾아오는 관광 명소로 변모하기 시작했다. 먼로빌의 몇몇 주민들은 하퍼 리를 두고 〈황금알을 낳는 거위〉라고 부를 정도였다. 그림에 재능 있는 자원 봉사자들이 무려 3.5미터가 넘는 대형 벽을 세우고 소설의 장면들을 벽화로 그렸다. 대부분의 주민들은 벽화를 좋아했지만 하퍼 리만은 지저분한 〈낙서〉라고 폄하하면서 꺼려 했다.

이렇게 먼로빌이 각광을 받기 시작하면서 하퍼 리의 사생활의 폭은 그만큼 줄어들 수밖에 없었다. 책을 들고 찾아와 서명을 해달라고 부탁하는 독자들이 있는가 하면, 길거리나 모임에서 그녀를 붙잡고 작품 이야기를 나누려는 사람들도 있었다. 또 작품에 대한 질문이나 인터뷰를 요청하는 편지도 전보다 부쩍 늘었다. 사생활을 침해받지 않고 조용히 지내기를 좋아하는 데다 오직 소설 작품으로만 평가받고 싶어하는 하퍼 리에게 이러한 일련의 일은 조금도 달갑지 않았다. 그 때문에 그녀는 점차 먼로빌 행정 당국과 갈등을 빚게 되었다.

연극 「앵무새 죽이기」는 2017년 11월에는 먼로빌을 비롯한 미국의 도시를 떠나 처음으로 뉴욕시의 브로드 웨이 무대에 올랐다. 오스카 수상자 에런 소킨이 각색을 맡고, 「왕과 나」와 「지붕 위의 바이올린」으로 토니상을 수상한 바틀릿 셔가 감독을 맡았고, 제작은 스콧 루딘이 맡았다. 소킨은 하퍼 리의 소설에 새로운 해석을 내리겠다는 야심찬 포부를 밝혔다. 그러면서 작품에 없는 대사를 집어넣는 한편, 어떤 장면은 과감하게 빼기로 했다고 말했다. 크리스토퍼 서겔의 각색이 다분히 아마추어적이라면, 소킨의 각색은 브로드웨이 무대에 올릴 만큼 전문가적인 면모를 선보였다.

하퍼 리와 미국 예술위원회

1966년 봄, 린든 B. 존슨 대통령은 하퍼 리를 6년 임기의 〈미국 예술위원회〉 위원에 위촉했다. 하퍼 리는 처음에는 이 위촉을 받아들이기를 꺼려 했지만 그레고리 펙이 나서 간곡하게 권유하자 받아들였다. 이 위원회에 속한 인물들은 미국 문화계에서 핵심적 역할을 하는 사람들이었다. 예를 들어 매리언 앤더슨, 레너드 번스타인, 애그니스 드 밀, 헬렌 헤이스, 그레고리 펙, 시드니 포이티어, 리처드 로저스, 로절린드 러셀, 랠프 엘리슨, 엘리자베스 애슐리, 존 스타인벡, 아이작 스턴, R. 필립 헤인스, 폴 앵글 같은 쟁쟁한 문화계 인사들이 위원회에 속했다. 그리고 부동산 재벌로 문화계의 대부라고 할 로저 스티븐스가 이 위원회의 의장이었다. 이 위원회의 역할은 미국 예술가들이 신청한 제안서를 심사하는 것이었다. 미술 전시회를 위한 기금에서 연극 공연을 위한 기금, 예술가들이나 그들의 작품을 연구하는 기금에 이르기까지 지원 신청은 다양했다. 또 미국 예술계에서 공헌한 사람에게 대통령이 수여하는 〈미국 예술 메달〉 선정자를 지명하는 것도 이 위원회가 맡은 역할이었다.

하퍼 리가 이 미국 예술위원회 회원에 위촉되는 데는 앞서 언급한 그레고리 펙의 역할이 무척 컸다. 이 위원회의 위원 수는 본디 24명이었지만 펙이 앞장서서 두 명을 더 늘려 26명으로 만들었다. 그것은 바로 하퍼 리와 추상 화가인 리처드 디벤콘을 위원회에 영입하기 위한 시도였다. 헤인스에 따르면, 이 무렵 펙은 하퍼 리를 숭배하다시피 했다. 펙은 회의실에서 서류를 검토하다가도 그녀가 걸어 들어오면 즉시 일어나 그녀에게 의자를 끌어내 줄 정도였다. 위원회의 모임은 주로 경치 좋기로 이름난 뉴욕주의 태리타운에서 며칠 동안 열렸다.

그런데 헤인스에 따르면, 하퍼 리는 말을 아끼고 꼭 필요할 때만 한 문장으로 간단명료하게 의견을 제시했을 뿐이었다고 한다. 회의가 끝나고 식사 전 휴식 시간에는 하퍼 리는 조용한 구석에서 존 스타인벡과 책에 대하여 이야기를 나누곤 했다. 그녀는 스타인벡 말고 다른 문학가 위원 중에서는 〈아이오와 작가 워크숍〉을 책임 맡았던 폴 앵글과 가장 가깝게 지냈다.

영원한 미완성

『앵무새 죽이기』가 큰 성공을 거두자 작가의 에이전트 모리스 크레인, 모리스의 아내 애니 로리 윌리엄스 그리고 J. B. 리핀코트 출판사 편집가 테이 호호프는 하퍼 리의 두 번째 작품을 애타게 기다릴 수밖에 없었다.

1961년 7월, 맨해튼의 이스트사이드 아파트로 하퍼 리에게 쪽지 한 장이 도착했다.

　　사랑하는 넬에게
　　내일은 저의 첫 생일날입니다. 저의 에이전트들은 곧 저의 친구가 될 두 번째 작품이 나와야 한다고 생각합니다. 제가 한 살이 되기 전에 두 번째 책을 쓰기 시작할 수 있을까요? 그렇게 할 수 있다면 우리는 너무 행복할 것입니다.
　　　　　　　앵무새, 애니 로리 그리고 모리스 크레인

　모리스 크레인이 아내 애니 로리와 함께 생각해 낸 기발한 아이디어였다. 얼핏 보면 장난기 가득한 농담 같지만 그 어떤 부탁이나 압력보다도 훨씬 더 웅변적이다. 하퍼 리는 이 쪽지를 받고 아마 정신이 그만 아찔했을 것이다. 하루라도 지체하지 말고 빨리 두 번째 작품 집필을 시작하라는 재촉 편지였기 때문이다. 이튿날이 바로 첫 생일날이라고 말하는 것은 1년 전 바로 그날 『앵무새 죽이기』가 세상에 처음 출간되어 나온 것이다. 〈저의 친구가 될……〉이라고 말하는 것은 마치 외둥이

가 부모에게 자기 혼자라서 너무 외로우니 어서 빨리
동생을 나아 달라고 보채는 것처럼 두 번째 작품을 절
실히 기다린다는 말이다. 농담 속에 진담이 있다고 생
각하면 할수록 하퍼 리에게 은근히 서둘러 두 번째 작
품을 집필하라고 권유하는 말이다.

　하퍼 리의 아버지는 아버지대로 비록 우회적이지만
막내딸에게 압력 아닌 압력을 주었다. 그가 사망하기
전 『앵무새 죽이기』가 『뉴욕 타임스』와 『시카고 트리
뷴』의 베스트셀러 목록에 올라와 있다는 말을 전해 듣
고 그는 〈그 아이가 계속 더 높이 올라가려면 다음에는
더 잘해야 할 것이야〉라고 말한 것으로 전해진다. 첫 번
째 성공에 만족하지 말고 〈더 높은 곳을 향하여〉 계속
앞으로 매진을 하라는 말이다. 만약 하퍼 리가 이 말을
들었다면 아마 적잖이 마음의 부담을 느꼈을 것이다.

　이러한 무언의 압력을 받자 하퍼 리는 두 번째 작품
에 무관심할 수가 없었다. 특히 1962년 4월, 아버지가
사망한 뒤 하퍼 리는 집필에 몰두했다. 이 무렵 트루먼
커포티는 그동안 친하게 지낸 캔자스주의 수사관 앨빈
듀이와 그의 아내에게 보낸 편지에서 〈넬로부터는 편지
한 장 없습니다.《숨어서 열심히 두 번째 소설을 쓰고

있다》는 소식은 잡지에서 읽었습니다만……〉이라고 적었다. 하퍼 리는 시쳇말로 〈잠수를 탔다〉고 할 수 있다. 공적인 사교 생활이라는 수면 밑에 가라앉아 좀처럼 모습을 드러내지 않았다. 커포티가 이렇게 말하는 것을 보면 하퍼 리는 이 무렵 어디에선가에 칩거하여 두 번째 작품 집필에 몰두했음에 틀림없었다.

이 무렵 크레인과 윌리엄스는 하퍼 리에게 작품 집필에 몰두할 수 있도록 자신들의 시골 별장을 자유롭게 이용할 수 있도록 해주었다. 주로 맨해튼에서 일하는 그들에게는 코네티컷주 리버턴에 〈올드스톤 하우스〉라는 별장이 있었다. 이름 그대로 돌과 손으로 잘라 낸 통나무로 18세기 중엽 식민지 시대에 지은 오래된 집으로, 숲으로 둘러싸여 있어 조용히 집필하거나 한가하게 휴식을 취하기에 그야말로 안성맞춤이었다. 집 뒤편에는 채소밭과 정원이 있고 풀장도 두 개나 지어 놓았다.

실제로 크레인 부부는 앨런 패턴이나 캐슬린 윈저 같은 작가들에게 별장을 집필 장소로 내주었다. 별장 이웃에는 『황금 고치』(1924)의 저자 루스 크로스가 남편과 함께 살았다. 올드스톤 하우스에 머물 때 하퍼 리는 마치 직장인처럼 월요일부터 금요일까지 원고에 매달렸다. 그러다가 주말에 모리스 크레인과 애니 로리 윌리엄스가 친척들과 함께 오면 그들과 같이 시간을 보내면서 휴식을 취했다. 오죽하면 글 쓰는 작업에 대하여 하퍼 리가 〈이 세상에서 가장 고독한 작업〉이라고 털어놓았을까.

하퍼 리는 무덥고 습한 여름철이면 올드스톤 하우스나 이스트사이드 아파트에서 작업하지만 추운 겨울이 되면 고향 먼로빌에 내려와 집필하곤 했다. 더구나 아버지가 사망하고 난 뒤 큰언니 앨리스 혼자서 변호사 일을 보며 독신으로 집을 지키는 데다가 나이가 들면서 고향에 대한 그리움이 커졌기 때문이다. 그러나 아침 6시에 일찍 일어나 작업을 하려 하면 으레 마을 친구들이 커피를 마시러 찾아오는 바람에 제대로 일을 할 수 없었다. 이 무렵 아침에 커피를 마시려고 집에 찾아오는 친구들이 무려 3백여 명이나 된다고 털어놓았다. 뉴욕시 같은 대도시와는 달라서 먼로빌 같은 남부 시골에서는 아무 예고도 없이 친구들이 불쑥 찾아와 커피를 마시고 이야기를 나누는 것이 관습처럼 되어 있었다.

그래서 하퍼 리는 먼로빌에 머무는 동안 자주 근처 골프장에 들어가 방을 빌려 작품을 구상하거나 집필에 몰두했다. 그녀에게 한적한 골프장은 더할 나위 없이 좋은 피난처이기도 하지만 실제로 그녀는 골프를 무척 좋아했다. 그녀는 〈내가 알기로는, 골프 치는 것보다 혼자 있는 데 더 좋은 방법은 없다. 공을 한 번 치고, 생각하고, 걷는다. 나는 걸으면서 생각하려고 최선을 다한다. 나는 나 자신에게 말을 걸며 대화를 나눈다〉고 밝힌 적이 있다. 1965년 먼로빌 집에 머무는 동안 부엌에서 프라이팬을 다루다가 오른쪽 손을 크게 다쳐 수술을 받은 적이 있었다. 이때 무엇보다도 걱정이 전처럼 펜을 마음대로 사용할 수 있는지, 전처럼 골프채를 잘 잡을 수 있는지 하는 것이었다.

하퍼 리는 골프 말고는 야구를 무척 좋아했다. 전기 작가 마르자 밀스는 『옆집의 앵무새』에서 하퍼 리를 〈뉴욕 메츠 팀의 광적인 팬〉이라고 불렀다. 『앵무새: 하퍼 리의 초상』(2006)의 저자 찰스 J. 실즈에 따르면, 그녀는 얼마나 메츠 팀을 좋아했는지 메츠 모자를 쓰고 시내를 돌아다닐 정도였다고 한다. 하퍼 리가 메츠 모자 쓰고 다녔다는 것은 아주 이례적이다. 학생 시절부터 모자 쓰는 것을 무척 싫어했기 때문이다. 하퍼 리의 또 다른 취미는 박물관 방문이었다. 반세기 가까운 세월 동안 뉴욕시에 살면서 그녀는 그 도시의 여러 박물관을 자주 방문했다. 그녀는 고향 먼로빌 못지않게 뉴욕시의 역사를 훤히 꿰고 있었다. 평생 자동차를 소유해 본 적이 없는 그녀는 박물관을 방문할 때면 으레 택시보다는 버스를 탔다. 버스 차창 밖으로 펼쳐지는 도회 풍경을 바라보는 것도 그녀가 즐기는 취미 중 하나였다.

『앵무새 죽이기』를 집필할 때보다 엄청난 인세가 들어오면서 하퍼 리의 생활은 안정되고 또 작업 환경도 전보다 비교할 수 없을 정도로 좋아졌지만 좀처럼 작업을 진척시킬 수 없었다. 모리스 크레인과 애니 로리 윌리엄스의 비유를 빌려 말하자면, 그녀는 아무리 노력을 하여도 좀처럼 두 번째 자식이 생기지 않았다. 비록 생겼다 하여도 곧 유산되기 일쑤였다. 작가들의 흔히 사용하는 표현 그대로 하퍼 리의 펜이 원고지 위에서 꽁꽁 얼어붙어 버렸던 것이다.

하퍼 리가 두 번째 작품과 관련하여 자신의 견해를 가장 잘 뚜렷이 피력한 것은 1963년 3월 시카고 기자 클럽 기관지 『오버프레스』와의 인터뷰에서다. 기자가 그녀에게 〈두 번째 작품이 늦게 나온다고 생각하느냐?〉

는 질문을 던진 적이 있다. 그러자 하퍼 리는 〈글쎄요, 죽기 전에 출간되는 것을 보았으면 합니다〉라고 대답했다. 기자가 다시 〈얼마나 오랫동안 집필해 왔습니까?〉라고 묻자 이번에는 〈1년 반쯤 보냈습니다. 『앵무새 죽이기』를 쓰는 데는 2년 반 걸렸습니다만……〉이라고 말끝을 흐렸다. 죽기 전에 작품이 출간되기를 희망한다고 말한다는 것은 스스로 바라는 만큼 작품에 별다른 진전이 없다는 것을 뜻한다.

그러나 하퍼 리는 두 번째 작품의 배경, 소재, 작중 인물, 주제에 대해서는 막연하게나마 어느 정도 염두에 둔 것이 있었다. 첫 번째 소설과 마찬가지로 그녀는 남부 앨라배마주 먼로빌의 일상생활을 다루려고 했다. 작품 배경은 메이콤과 동일하거나 그와 비슷한 곳이 될 것이다. 작품의 소재와 관련해서 그녀는 남부 소읍이나 마을의 삶을 다루고 싶다고 밝혔다.

나는 아주 조그마한 세계에 존재하는 삶의 유형을 기록으로 남기고 싶다. 나는 이 작업을 몇 권의 소설로 아주 빠르게 사라져 가는 것 같은 그 무엇을 기록하고 싶다. 이것은 남부 마을의 중산층 삶으로 고딕 소설과는

157

전혀 다른, 『타바코 로드』와도 전혀 다른, 대농장의 삶
과도 전혀 다른 삶이다.

알다시피, 남부는 여전히 수천 개의 작은 마을로 이루
어져 있다. 이 조그마한 마을에는 내가 매력을 느끼는
분명한 사회적 패턴이 있다. 내 생각에 그것은 비옥한
사회적 패턴이다. 나는 단순히 이것에 대하여 내가 아는
모든 것을 기록하고 싶다. 이 조그마한 세계에는 보편적
인 그 무엇이, 그것을 위해 말해야 할 남부럽지 않은 그
무엇이, 그것이 사라지는 것을 슬퍼해야 할 그 무엇이
존재하기 때문이다.

위의 내용에서 찬찬히 주목해 볼 것은 하퍼 리가 남
부 시골 마을을 기록으로 남기되 한 권의 소설이 아닌
여러 권의 소설 속에 남기고 싶다고 밝힌다는 점이다.
『앵무새 죽이기』 이후 새롭게 쓴 소설이 없다는 사실을
염두에 두면 이 말은 자못 아이러니컬하게 들린다. 『앵
무새 죽이기』보다 먼저 집필한 『파수꾼』을 제외하고는
몇 권은커녕 단 한 권도 집필하지 못했기 때문이다.

미국 문학사에서 이렇게 시골 마을이나 소읍을 중심
배경으로 삼아 소시민의 소소한 일상을 다룬 작품은 이

미 셔우드 앤더슨의 『와인즈버그, 오하이오』에서 엿볼수 있다. 단편집과 장편소설의 중간 형태에 속하는 이작품에서 앤더슨은 〈와인즈버그〉라는 가상의 공간을설정하여 〈그로테스크한 인물들〉이 살아가는 일상을실감나게 그렸다. 더구나 하퍼 리가 말하는 〈남부 마을의 중산층 삶〉은 카슨 매컬러스가 『마음은 외로운 사냥꾼』(1940), 『슬픈 카페의 노래』(1951), 『결혼식 멤버』(1946) 같은 작품에서 이미 다루었다. 조지아주 출신인플래너리 오코너도 장편소설 『현명한 피』(1952), 단편집 『착한 사람은 찾기 어렵다』(1955)에서 남부의 일상을 그렸다. 이 두 작가보다 좀 더 유명하게는 윌리엄 포크너가 20여 권의 작품에서 비슷한 소재로 다룬 적이있다.

그러나 하퍼 리는 다른 남부 시골 마을의 일상을 다루고 방식 역시 다른 작가들과는 다르게 쓰겠다고 천명하는 것이 눈길을 끈다. 좀 더 구체적으로 말해서, 그녀는 지금까지 남부 작가들이 다룬 고딕 소설이나 『타바코 로드』(1932)나 대농장의 삶과는 전혀 다른 작품을집필하겠다는 포부를 밝혔다. 고딕 소설을 언급하는 것은 방금 위에서 언급한 카슨 매컬러스나 역시 조지아주 출신 여성 작가인 플래너리 오코너의 작품을 염두에 둔 것으로 볼 수 있다. 실제로 남부 소설은 비록 정도의 차이는 있지만 거의 대부분 고딕 소설의 요소를 갖추었다고 해도 크게 틀리지 않는다.

『타바코 로드』는 어스킨 콜드웰의 장편소설로 조지아주 담배 운반 도로 옆에서 빈곤과 무지 속에서 살아가는 소작인들을 다룬 작품이다. 〈타바코 로드〉는 관용어로 사용될 정도인데, 가난에 찌든 누추한 일상을 가리킨다. 그리고 〈대농장의 삶〉이란 마거릿 미첼의 『바람과 함께 사라지다』(1936)처럼 남북 전쟁 이전 흑인 노예의 노동력으로 대단위 농사를 짓던 대농장의 시절의 모습을 말한다. 한마디로 하퍼 리는 기존의 남부 소설을 뛰어넘는 새로운 남부 소설을 쓰겠다는 포부를 밝힌 것이다.

위 인용문에서 마지막 문장도 좀 더 찬찬히 눈여겨볼 필요가 있다. 하퍼 리는 비록 조그마한 남부 시골 마을의 삶에 대한 기록일지라도 〈보편적인 그 무엇이, 그것을 위해 말해야 할 남부럽지 않은 그 무엇이, 그것이 사라지는 것을 슬퍼해야 할 그 무엇이〉 들어 있을 것이라고 밝히기 때문이다. 위의 문장에서는 미국 남부의 대표적인 작가 포크너의 그림자가 어른거린다. 〈흙 속의 깃발〉이라는 제목으로 뒷날 출간되는 『사토리스』 (1929)를 집필하면서 포크너는 비로소 셔우드 앤더슨의 충고를 받아들여 〈미시시피주에 있는 손바닥만 한 작은 땅 조각〉을 신화적 왕국과 소우주로 승화시키려고 했다.

이 점과 관련하여 포크너는 뒷날 〈『사토리스』를 쓰면서부터 나는 우표딱지만 한 조그마한 내 고향 땅은 충분히 작품을 쓸 만한 가치가 있고, 나는 그것에 대하여 평생을 두고 써도 다 쓸 수 없을 것이라는 사실을 깨닫게 되었다. 또한 나는 실제 사건을 경외성서적(經外聖書的)인 것으로 승화시킴으로써 내가 지닌 모든 재능을 절대적인 단계까지 마음껏 발휘할 수 있으리라는 사실도 깨닫게 되었다〉고 밝혔다. 하퍼 리가 염두에 둔 작품도 바로 이러한 작품이었을 것이다. 한마디로 그녀는 〈내가 되고 싶은 것은 오직 남부 앨라배마주의 제인 오스틴이었다〉라고 잘라 말했다. 오스틴이 영국 남부 시골 지방의 소소한 일상을 수채화처럼 묘사했듯이, 하퍼 리도 미국 남부 시골의 일상을 그렇게 묘사하고 싶었다.

더구나 하퍼 리는 『앵무새 죽이기』처럼 작가가 잘 알던 사람들을 바탕으로 작중 인물들을 재창조할 생각이었다. 그러나 한 신문 기자가 〈두 번째 작품의 작중 인물들은 실제 인물에 기초를 두고 있습니까?〉라고 묻자, 그녀는 그러하지 않다고 잘라 말했다. 그러면서 〈하지만 고향 사람들은 그렇게들 생각합니다. 어떤 두 사람도 동일한 정체성을 지닐 수 없는데도 말이지요. 그 사람들은 자신들이 작품 안에 묘사되어 있다고는 한 번도 생각하지 않습니다. 그들이 알고 있는 다른 사람들을 작중 인물들과 동일시하려고 하는 겁니다〉라고 덧붙였다.

이렇게 하퍼 리가 실제 인물에서 작중 인물을 취해 오지 않는다고 단호하게 밝히는 데는 그럴 만한 까닭이 있었다. 이 문제로 소송에 휩쓸리고 싶지 않았기 때문이다. 앞에서 언급했듯이 『앵무새 죽이기』의 부 래들리와 관련하여 볼웨어 집안에서 소송을 제기한다고 하는 바람에 곤욕을 치른 적이 있었다. 그래서 두 번째 작품에서는 아예 그런 경우를 미리 차단하고 싶었던 것이다.

하퍼 리는 두 번째 작품의 주제로 『앵무새 죽이기』와

마찬가지로 남부가 직면한 사회 문제를 염두에 두었다. 동료 주민들에게 어떤 문제에 대하여 간절히 호소하고 싶었다. 『오버프레스』의 기자가 그녀에게 〈프리덤 라이드〉, 즉 인종 차별 철폐 운동을 펼치기 위하여 버스를 타고 남부 지방을 순회하는 캠페인을 어떻게 생각하느냐고 물었다. 그랬더니 하퍼 리는 버스를 타고 순회하면서 남부의 주법(州法)을 조롱해 봤자 별로 효과가 없다고 대답했다. 자유 버스 운동보다는 차라리 마틴 루서 킹 목사와 전미 흑인지위향상협회NAACP의 활동이 오히려 더 옳은 방식이라고 지적했다. 기자가 이러한 질문을 던진 것은 그녀가 집필 중인 두 번째 작품의 주제를 알아내기 위해서였다. 기자는 곧바로 〈선생님의 작품이 사회 집단에 대한 고발인지 알고 싶습니다〉라고 말하자, 하퍼 리는 당혹스러운 표정으로 〈그 책은 고발이라기보다는 어떤 문제에 대한 청원, 고향 사람들이 무엇인가 깨닫게 해 도와주는 조언이죠……〉라고 대답했다.

연예인들이나 체육인들에게 슬럼프가 있듯이 작가들도 마찬가지다. 문학가들의 슬럼프를 흔히 〈작가의 블록〉, 즉 작가의 폐색(閉塞)이라고 부른다. 작가의 폐색은 주로 작가가 새로운 작품을 창조하는 능력을 잃거나 창작 활동이 크게 둔화되는 현상이나 상태를 말한다. 이러한 상태에 이르면 작가는 여러 해 동안 작품을 집필할 수 없고 독창적인 발상을 떠올리기도 어려워진다. 하퍼 리는 『앵무새 죽이기』를 출간하고 난 뒤 곧바로 이 〈작가 폐색〉 상태에 놓여 있었다. 그러나 그녀의 경우는 다른 작가들과 비교하여 그 정도가 훨씬 심했다. 다른 작가들은 대개 몇 해가 지나면 꽁꽁 얼어붙었던 펜이 녹으면서 다시 창작을 재개할 수 있게 마련이다.

하퍼 리가 두 번째 작품을 쓰는 데 겪은 어려움은 첫 작품에 성공을 거둔 작가라면 거의 누구나 겪는 현상이었다. 첫 작품이 기대 이상으로 큰 성공을 거둔 작가들은 성공에 대한 부담을 이기지 못한 채 두 번째 작품을 쓰지 못하는 경우가 적지 않다. 그러므로 대부분의 작가들에게 첫 소설의 성공은 축복이 아니라 차라리 재앙에 가깝다. 그런 작가의 경우 첫 작품이 곧 마지막 작품이 되게 마련이다.

하퍼 리도 『앵무새 죽이기』에 대한 심리적 부담 때문에 두 번째 작품을 쓸 수 없었다. 지그문트 프로이트의 정신 분석 이론을 빌려 말하자면, 적어도 무의식에서 아들이 아버지를 살해하지 않고서는 정체성을 찾을 수 없듯이 그녀도 앵무새를 죽이지 않고서는 두 번째 작품을 쓸 수 없었던 것이다.

이와 관련하여 『오버프레스』와의 인터뷰는 시사하는 바 자못 크다. 신문 기자가 하퍼 리에게 〈성공 때문에 작가 하퍼 리가 나쁜 영향을 받지 않겠습니까?〉라고 묻자, 그녀는 〈그러기에는 나이가 너무 많아요〉라고 얼버무렸다. 나이가 너무 많아 나쁜 영향을 받지 않는다는 뜻으로 받아들일 수도 있고, 작가로서 성공 여부에 관심을 갖기에는 이제 나이가 들 만큼 들었다고 받아들일 수도 있다. 이때 하퍼 리의 나이 서른일곱 살, 창작 능력이 가장 왕성한 때였다. 이 애매한 이 대답을 듣고 난 신문 기자는 곧바로 〈선생님의 두 번째 소설에 대하여 어떤 느낌이 듭니까?〉라고 단도직입으로 물었다. 그러자 하퍼 리는 〈겁을 집어먹고 있습니다〉라고 짧게 고백했다.

바로 그것이었다. 『앵무새 죽이기』가 낙양(洛陽)의 지가(紙價), 아니 전 세계의 종이값을 올리고 있자 하퍼 리는 〈겁을 집어먹고〉 있었다. 첫 작품을 읽고 감동을 받은 독자들의 눈높이에 도저히 맞출 자신이 없었다. 독자들의 기대도 기대지만 하퍼 리 자신도 두 번째 작품에 대한 야심이 무척 컸다. 앞에서 언급한 뉴욕시의 WQXR 방송과의 인터뷰에서 그녀는 로이 뉴퀴스트에게 〈내가 출간하는 소설마다 점점 더 나빠지는 작품이 아니라 점점 더 좋아지는 작품이 되기를 바라 마지않습니다〉라고 밝혔다. 이렇듯 하퍼 리는 『앵무새 죽이기』보다 더 좋은 작품을 써야 한다는 강박 관념에 사로잡혀 있었다. 그러나 독자의 기대에 부응하면서 동시에 자신의 야심에 걸맞은 작품을 쓰기란, 즉 동시에 두 마리 토끼를 쫓기란 무척 어려울 것이다.

1965년 10월, 에이전트 애니 로리 윌리엄스는 하퍼 리의 언니 앨리스에게 보낸 편지에서 〈『앵무새 죽이기』가 그렇게 공전의 히트를 쳤으니 그 책에 따라갈 책을 쓴다는 것은 어렵겠지요〉라고 밝혔다. 하퍼 리도 먼 조카뻘 되는 친척 리처드 윌리엄스에게 〈리처드, 맨 꼭대기에 올라가면 이제 내려가는 길밖에는 없는 법이야〉라고 말했다. 그런가 하면 왜 두 번째 소설을 쓰지 않느냐는 질문을 받고는 〈나야 소설을 많이 쓰고 싶지요. 하지만 『앵무새 죽이기』가 누릴 그런 성공을 결코 상상해 볼 수 없었습니다. 나는 완전히 압도당한 셈이지요)라고 말한 것으로 전해지기도 한다.

하퍼 리의 전기를 쓴 찰스 J. 실즈는 1965년 9월이나 10월쯤 그녀가 두 번째 소설의 초고를 거의 마쳤다고 주장했다. 롱아일랜드 남쪽에 위치한 섬 파이어 아일랜드로 마이클 브라운 부부를 방문하려 갈 때 원고를 가지고 가서 다듬을 계획이었다는 것이다. 그러나 여러 정황을 미루어 보면 하퍼 리가 비록 초고 상태라 할지라도 두 번째 작품을 완성한 것 같지는 않다. 비록 완성했다 하여도 J. B. 리핀코트의 편집가 테이 호호프에게 보여 주기에는 모르긴 몰라도 턱없이 모자랐을 것이다.

앞에서 언급했듯이 1965년 10월 초, 하퍼 리는 먼로빌 고등학교 영어 교사 글레이디스 왓슨을 뉴욕시로 초대했다. 하퍼 리는 학교 다닐 때 그녀의 수업을 좋아했을 뿐만 아니라 그녀가 『앵무새 죽이기』 원고를 읽으며 평을 해주었기 때문에 늘 고맙게 생각했다. 그 고마움에 보답하는 마음에서 하퍼 리는 은사와 함께 한 달 예정으로 영국 여행을 떠났다. 초조한 마음으로 두 번째 원고를 기다리던 호호프로서는 하퍼 리의 영국 여행이 전혀 달갑지 않았다. 원고가 계속 지연되자 실망과 함께 이제 초조감을 느끼는 단계에 이르렀다. 이 무렵 호호프와 하퍼 리 사이에서 완충 역할을 해준 사람이 바로 에이전트 애니 로리 윌리엄스였다. 윌리엄스는 호호프에게 가뜩이나 스트레스를 받고 있으니 하퍼 리를 너무 다그치지 말라고 충고했다. 그러면서 일단 그녀가 알아서 하도록 그냥 내버려 두자고 제안했다.

이러한 와중에 하퍼 리의 에이전트인 모리스 크레인이 종양에 걸렸다는 사실이 밝혀졌다. 이미 그 사실을 알았지만 1968년 1월경에는 더 이상 에이전트로서 활동하지 못할 만큼 암이 진행되었다. 이 사실은 하퍼 리에게는 그야말로 엄청난 충격이었다. 모리스는 단순히 그녀의 에이전트가 아니라 친한 친구였기 때문이다. 두 사람 사이를 연인 관계로 의심할 정도로 우정은 깊었다. 물론 이러한 소문을 퍼뜨린 사람은 다름 아닌 트루먼 커포티였다.

하퍼 리가 리핀코트 출판사로부터 원고 압력을 받을 때마다 모리스는 아내 애니 로리 윌리엄스와 함께 작가를 보호해 주려고 애써 왔다. 작가와 에이전트로서의 업무 관계를 떠나 하퍼 리가 손 수술을 받고 맨 처음 눈을 떴을 때 제일 먼저 바라본 사람이 바로 모리스였다.

168

이제는 하퍼 리가 모리스를 위하여 그러한 역할을 해줄 차례였다. 애니 로리는 업무로 맨해튼 사무실을 좀처럼 떠날 수 없었기 때문이다. 하퍼 리는 일을 마치고 저녁에 애니가 돌아올 때까지 모리스의 병시중을 들었다. 1970년 4월, 모리스 크레인은 마침내 세상을 떠났다. 설상가상으로 1970년대 초 테이 호호프도 J. B. 리핀코트 출판사에서 은퇴했다. 그로부터 4년 뒤인 1974년 1월, 호호프도 사망하고 말았다.

두 사람의 죽음은 하퍼 리에게는 크나큰 충격이었다. 이 두 사람이 없었더라면 어쩌면 『앵무새 죽이기』는 출간되지 않았을 수도 있었다. 이렇게 에이전트와 편집가 두 사람을 한꺼번에 잃고 나니 두 번째 소설은 하퍼 리의 뇌리에서 점점 멀어져 갈 수밖에 없었다. 두 번째 작품은 이제는 애틋한 향수처럼 아련하게 남아 있었다.

물론 그렇다고 하퍼 리가 두 번째 소설을 완전히 뇌리에서 잊은 것은 아니었다. 『앵무새 죽이기』의 후속 작품은 그녀를 망령처럼 따라다니며 괴롭혔다. 첫 번째 소설처럼 두 번째 소설에서도 가장 문제가 되는 것은 작품의 구성이었다. 소설은 마치 건축물과 같아서 뼈대가 되는 구성이나 플롯이 견실하지 않으면 쉽게 허물어지게 마련이다. 트루먼 커포티의 연인인 잭 던피에 따르면, 1980년 중반까지도 하퍼 리는 여전히 두 번째 작품과 스카치위스키 술병 사이에서 투쟁을 벌였는데, 스카치위스키가 두 번째 작품을 압도하고 승리를 거두고 있었다는 것이다. 이즈음 하퍼 리는 알코올 중독에 가까울 만큼 술을 많이 마셨다. 이렇게 술을 마시지 않고서는 아마 이 무렵에 느끼던 작가의 폐색과 창작의 무기력 그리고 절망감을 달랠 수 없었을 것이다.

『파수꾼』의 출간

하퍼 리는 『앵무새 죽이기』를 출간한 지 무려 55년 만에 〈두 번째〉 장편소설 『파수꾼』을 출간했다. 엄밀히 말해서 『파수꾼』은 두 번째 소설이 아니라 〈첫 번째 소설〉이라고 해야 한다. 비록 출간은 훨씬 뒤늦게 되었지만 『앵무새 죽이기』보다 먼저 썼기 때문이다. 한국에서는 〈파수꾼〉라는 제목으로 번역되어 출간되었지만 원래 제목은 구약 성경 「이사야서」에서 따온 〈가서 파수꾼을 세워라〉다.

이 작품의 판권을 소유한 미국의 하퍼콜린스 출판사는 신작 『파수꾼』을 미국에서만 초판을 2백만 부 찍었고, 미국의 온라인 쇼핑몰 아마존은 〈「해리포터」 시리즈 이후 선(先)주문이 가장 많은 책〉이라고 밝혔다. 번역 저작권을 얻은 도서출판 열린책들에서도 초판 10만 부를 찍은 것으로 알려져 있다. 이 책은 출간 직후 아마존, 반스앤노블 등 미국의 대형 서점마다 판매 1위에 올랐다.

그러나 하퍼 리의 신간 발표를 전후하여 불거지기 시작한 의혹은 출간 뒤에도 계속되고 있다. 『파수꾼』이 서점에 선을 보이자 이 소설에 대한 영국과 미국의 주요 언론과 평론가들의 반응은 대체로 냉담했다. 이 작품을 읽고 난 독자들이나 비평가들은 실망스럽다거나 『앵무새 죽이기』에 훨씬 못 미친다고 평가했다.

가령 〈앞 작품 『앵무새 죽이기』의 미래 독자들까지 흥미를 떨어뜨리게 한 소설〉이라든지, 〈출간되지 말았어야 할 책〉이라든지 하는 혹평이 쏟아져 나왔다. 하퍼 리가 두 번째 작품을 쓰지 못한 채 결국을 세상을 떠난 것도 바로 이러한 이유 때문이었던 것이다. 위로 오를 때까지 올라간 뒤에는 아래로 떨어질 수밖에 없게 마련이다. 그것은 물리학 법칙일 뿐만 아니라 예술 법칙이 기도 하다.

예를 들어 『뉴욕 타임스』의 서평가 미치코 가쿠타니 는 〈이 신작 소설에서는 『앵무새 죽이기』에서 보여 준 서정성을 찾아볼 수 없다〉고 평했다. 또 문학 평론가 마 크 로슨은 영국 일간지 『가디언』에 〈별로 호감이 가지 않는 소설〉이라는 평을 실었다. 그런가 하면 영국 주간 지 『스펙테이터』는 이보다 한 발 더 나아가 〈진부한 표 현으로 가득 찬 습작 소설〉에 지나지 않는다면서 〈차라 리 출간되지 말았어야 할 책〉이라고 신랄하게 혹평했다.

앞에서 이미 지적하였듯이 하퍼 리가 에이전트 모리 스 크레인을 통하여 J. B. 리핀코트 출판사에 『파수꾼』 의 원고를 제출한 것은 1957년 2월이었다. 그러나 리핀 코트의 편집가 테이 호호프는 하퍼 리에게 몇 번 수정 과 보완을 요청한 뒤 마침내 이 원고를 잠시 접어 두고 여주인공 진 루이즈 핀치의 어린 시절에 초점을 맞추어 다른 작품을 써 보라고 제안했다. 하퍼 리는 그 제안에 따라 새 원고를 쓰기 시작하여 2년 반 만에 완성했다. 그 작품이 바로 『앵무새 죽이기』였다.

하퍼 리가 새로운 작품을 쓰기 시작하는 과정에서

『파수꾼』의 원고는 행방이 묘연해졌다. 그러던 중 2015년 2월, 리의 기록물을 보관해 두는 곳에서 이 미발표 원고가 『앵무새 죽이기』 원본 원고와 함께 발견되었다. 『파수꾼』의 원고를 우연히 발견되었다는 소식이 매스컴을 타고 미국 출판계는 말할 것도 없고 전 세계 출판계에 전해졌다. 공식 발표에 따르면, 이 작품의 원고를 처음 발견한 사람은 하퍼 리의 개인 변호인이며 현재 언론 창구 역할을 맡은 토냐 카터였다. 1978년 J. B. 리핀코트를 인수하여 『앵무새 죽이기』를 출간해 온 하퍼콜린스 출판사는 〈작년 가을 1950년대 중반에 하퍼 리가 쓴 미발표 작품이 발견됐다〉고 밝히면서 〈이 작품을 7월에 출간하기로 결정했다〉고 발표했다.

그동안 하퍼 리의 신작을 가뭄에 비를 기다리듯이 애타게 기다려 온 출판사로서는 잃어버린 보물을 되찾은 것과 다름없었다. 하퍼콜린스는 작가의 법률 대리인인 카터와 곧바로 이 책의 출간 계약을 체결했다. 1960년대 중반 이후부터는 될수록 언론과의 접촉을 피해 온 하퍼 리도 이 계약을 승인했다고 카터는 전했다. 하퍼 리는 카터를 통하여 발표한 성명문에서 〈나는 이 원고가 아직 남아 있다는 사실을 전혀 몰랐고, 내 소중한 친구이자 변호사인 카터가 이를 발견했다는 소식을 듣고 너무나 깜짝 놀랐으며 또한 기쁘기 그지없었다〉고 밝혔다. 그동안 막냇동생의 법률적 후견인 역할을 해오던 하퍼 리의 큰언니 앨리스 리가 2014년 11월 세상을 떠나면서 카터가 작가의 법률 대리인 역할을 맡고 있었다.

물론 출판계에서는 완벽주의자인 작가가 몇십 년 전에 〈폐기〉하다시피 한 첫 작품을 55여 년 만에 출간하는 데 동의했다는 사실을 자못 의외로 받아들였다. 더구나 이 무렵 하퍼 리는 아흔에 가까운 노령으로 요양원에서 지내면서 정상적인 일상생활을 하지 못했다. 2004년부터 하퍼 리의 이웃이며 친구였다는 마르자 밀스는 당시 『뉴욕 타임스』와의 인터뷰에서 〈2007년에 뇌졸중을 일으켜 시력과 청력이 온전치 못한 상태인 채 요양 시설에서 지내는 하퍼 리가 출간 과정에서 의미 있는 역할을 했는지 자못 의문스럽다〉고 주장했다. 밀스는 『옆집의 앵무새』(2015)라는 하퍼 리의 전기를 출간한 『시카고 트리뷴』 출신 저널리스트이다.

더구나 하퍼 리를 대리한 변호인 토냐 카터를 둘러싼 의혹도 일어났다. 『뉴욕 타임스』는 『파수꾼』 출간 계획이 발표된 직후 〈카터가 작년에 발견했다고 주장하는 하퍼 리의 소설 『파수꾼』은 사실 2011년에 발견된 것〉이라고 지적하며 출간 경위에 의문을 제기했다. 이 보도에 따르면, 뉴욕시에 본부가 있는 세계적인 경매 회사 소더비의 희귀 서적 전문가 저스틴 콜드웰이 2011년 10월, 당시 하퍼 리의 저작권 업무를 맡았던 사무엘 핑커스, 그리고 출판사의 연락책이던 카터 변호사와 함께 한 자리에서 이 원고를 검토한 적이 있다는 것이다.

당시 콜드웰은 이 원고의 첫 20쪽 가량을 읽어 보면서 『앵무새 죽이기』의 원고와 대조 작업을 벌였고, 이 자리 함께 있던 핑커스와 카터에게 〈이 작품이 『앵무새 죽이기』의 초본 같다〉고 말한 것으로 전해진다. 그 뒤 소더비는 공식 성명을 발표하여 〈2011년 10월 12일 콜드웰이 핑커스의 요청에 따라 보험 계약 등 여러 업무를 처리하기 위하여 먼로빌을 방문하였으며, 당시 핑커스와 카터와 함께 만났다〉고 확인했다.

그러나 『뉴욕 타임스』의 보도에 따르면 카터는 이러한 사실을 모두 부인했다. 그는 〈당시 그 자리에 간 것은 앨리스 리의 요청에 따른 것이었으며, 그때 무슨 일이 있었는지 잘 기억나지 않는다〉고 얼버무렸다. 이 신문이 〈카터가 작품을 발견한 시점에 대해서도 처음에는 《작년 가을》이라고 밝혔다가 최근에는 《8월》로 바꿔 말하고 있다〉고 보도하면서 카터에 대한 의혹은 더욱더 불거졌다. 『파수꾼』을 출간한 하퍼콜린스는 〈카터가 2011년 소더비와의 만남에 대해서는 언급한 적이 없으며, 작년 8월 원고를 처음 발견했다는 그의 주장을 신뢰한다〉고 밝혔다. 『앵무새 죽이기』가 지구촌의 스테디셀러로 자리 잡은 지금, 『파수꾼』을 출간하고 싶은 출판사로서는 이렇게 사태를 수습할 수밖에 없었을 것이다.

그래서 『파수꾼』 출간을 두고 벌어진 문제는 마침내 법정 소송으로까지 비화되었다. 이 신간이 하퍼 리 자신의 명확한 의사 표명이 없는 상태에서 이루어진 결정이라는 내용의 고발장이 앨라배마주 법원에 접수되었다. 주 정부는 작가가 거주하는 요양 시설에 조사관들을 보내 조사하도록 했다. 조사 결과를 토대로 주 정부는 하퍼 리가 『파수꾼』의 출간을 원한다는 사실을 확인했다고 밝히고 소송을 기각했다. 주 법원은 결국 하퍼콜린스 출판사 쪽의 손을 들어 준 셈이다.

독자들이 『파수꾼』에 실망을 느낀 것은 원고의 발견과 출간을 둘러싼 잡음 때문이 아니라 작품 내용 때문이었다. 두 번째로 출간 작품에서는 작가 하퍼 리의 세계관이 크게 달라졌다. 1930년대 초반 『앵무새 죽이기』에서 여섯 살에서 아홉 살이던 주인공 스카웃은 『파수꾼』에서는 스물여섯 살의 성인 여성으로 등장한다. 앞 작품에서 스카웃의 아버지 애티커스 핀치 변호사는 주위 사람들의 비난에도 살인 누명을 쓴 흑인 청년 톰 로빈슨을 영웅적으로 변호한다.

스카웃과 그녀보다 네 살 많은 오빠 젬은 처음에는 아버지의 그러한 행동을 이해하지 못하지만 재판 과정을 지켜보면서 그의 용기 있는 행동에 무척 감동한다. 스카웃은 스카웃대로 오빠에게 〈내 생각으로는 오직 한 종류의 인간만이 있을 뿐이야. 그냥 사람들 말이지〉라고 말한다. 그러나 어찌 된 일인지 그로부터 20년이 채 지나지 않아 아버지는 지독한 인종 차별주의자로 변신한다. 이 사실을 깨닫고 절망에 빠진 진 루이즈는 아버지와 갈등을 빚으며 대립한다.

문제는 『앵무새 죽이기』와 『파수꾼』을 별개의 작품으로 볼 것인가, 아니면 동일 작품의 별개 판본으로 볼 것인가 하는 점이다. 앞에서 이미 지적했듯이 『파수꾼』은 하퍼 리가 『앵무새 죽이기』를 쓰기 전에 먼저 쓴 것으로 J. B. 리핀코트 출판사의 편집가 테이 호호프에게 제출했던 원고였다. 그러나 편집가의 권고와 제안에 따라 하퍼 리는 성인이 된 진 루이즈 핀치의 이야기를 20여 년 과거로 거슬러 올라가 열 살 이전의 어린 주인공 스카웃의 이야기로 만들었다.

그러다 보니 이 두 작품 사이에는 유사점이나 공통점이 많을 수밖에 없다. 실제로 두 소설 속에서 유사하거나 동일한 낱말이나 어구 또는 문장이 완전히 겹치는 경우가 더러 있다. 가령 소설의 배경인 가상의 마을 〈메이콤〉의 기원에 대한 설명, 스카웃의 고모 알렉산드라가 일요일에 입는 코르셋에 대한 묘사, 알렉산드라 고모의 성격에 대한 묘사, 이름이 같은 두 〈커닝햄〉 일가에 대한 일화를 다루는 장면 등은 이러한 경우를 보여주는 좋은 예다.

그러나 『파수꾼』은 『앵무새 죽이기』와는 아무래도 별개의 독립된 작품으로 보아야 할 것 같다. 하퍼 리가 후자의 작품을 집필하면서 전자의 원고에서 비록 몇몇 구절이나 문장을 그대로 가져다 사용한 것은 사실이지만, 형식·주제·기교 등에서 두 작품은 많은 차이가 나기 때문이다. 진 루이즈 핀치가 아버지 애티커스 변호사에게 크게 실망을 느끼는 것도 따지고 보면 20여 년 이라는 시간이 흐르기 때문이다. 이렇게 긴 시간이 지나면서 작중 인물들의 인생관이나 세계관도 얼마든지 달라질 수 있을 것이다. 세계 문학사를 보면 이렇게 동일한 작중 인물들이나 배경을 다루는 작품이 생각보다 많다. 흔히 〈연작 소설〉이라고 부르는 작품들이 거의 대부분 이 경우에 해당한다. 그렇다고 『앵무새 죽이기』와 『파수꾼』이 연작 소설이라는 것은 물론 아니다.

하퍼 리의 이 두 작품은 어떤 의미에서 마크 트웨인의 『톰 소여의 모험』(1876)과 『허클베리 핀의 모험』(1884)과 비슷하다고 할 수 있다. 동일한 작중 인물들과 동일한 시간적 공간적 배경을 다루면서도 전자에서는 부랑 소년 허클베리에 초점이 모아지는 반면, 후자에서는 비교적 풍요롭게 자라는 톰에 초점이 모인다. 전자가 다분히 낭만적인 유년에 대한 향수를 다룬다면, 후자는 좀 더 구체적인 현실을 다룬다.

『파수꾼』을 둘러싼 온갖 논란에도 불구하고 이 소설은 2015년도 미국 출판 시장에 선풍을 일으켰다. 미국 최대 온라인 서점 아마존닷컴에서는 출간되자마자 『파수꾼』과 『앵무새 죽이기』가 나란히 베스트셀러 1, 2위에 올랐다. 영국 『북셀러 매거진』은 이 작품의 영국판 공식 판매사인 펭귄랜덤하우스의 발표를 인용하여 〈배포 첫날 영국에서만 무려 10만 5천 부가 판매되었다〉고 발표했다.

판매 부수나 독자들의 관심을 떠나 『파수꾼』은 하퍼 리의 문학 세계에서 『앵무새 죽이기』 못지않게 중요하며 전작 소설에 기대지 않고서도 홀로 설 수 있는 작품이다. 만약 『앵무새 죽이기』가 없었더라면 이 작품은 홀로 설 수 없을 것이라고 평가하는 것은 좁은 소견이다. 이 두 작품은 상호 보완적이어서 하퍼 리의 문학 세계를 이해하는 데 필수적이다. 『파수꾼』은 앞의 작품을 더욱 풍요롭게 할지언정 그 가치를 훼손시키지 않는다. 두 번째 작품은 첫 번째 작품의 속편 이상의 의미가 있기 때문이다. 어찌 되었든 작가는 어디까지나 훌륭한 작품으로 평가받을 뿐 평균치로 평가받지 않는 법이다.

첫째, 두 작품은 작중 인물들과 주제 등에서 서로 밀접하게 연결되어 있다. 『앵무새 죽이기』를 좀 더 잘 이해하기 위해서는 반드시 『파수꾼』을 읽어야 한다. 이와는 반대로 『파수꾼』을 제대로 이해하려면 반드시 『앵무새 죽이기』를 읽지 않으면 안 된다. 두 번째 작품에서는 첫 번째 작품에는 등장하지 않는 새로운 작중 인물이 소개된다. 가령 애티커스 핀치 변호사의 주니어 파트너인 헨리 클린턴이 그러하다. 젬이 사망한 뒤 핀치 변호사의 정신적 아들 역할을 하는 헨리는 진 루이즈와 연인 관계에 있다. 젬과 같이 학교에 다녔는데도 그는『앵무새 죽이기』에서는 언급조차 되어 있지 않다. 먼로빌 감리교회 성가대 지휘자 허버트 젬슨, 학교 교장 찰스 터핏, 애티커스 핀치가 몹시 싫어하는 메이콤의 주민 윌리엄 윌러비, 백인 우월주의자 그레이디 오핸런 등이 두 번째 작품에 새롭게 등장한다. 이밖에 핀치 집안의 흑인 가정부인 캘퍼니아의 집안 식구들도 좀 더 많이 그리고 좀 더 자세히 소개된다.

둘째, 『파수꾼』은『앵무새 죽이기』의 지리적 배경인 가상의 마을 메이콤을 좀 더 잘 이해할 수 있게 한다. 두 번째 작품에서 메이콤은 단순한 지형적 차원을 뛰어넘어 사회적 차원으로 확대된다. 두 번째 작품을 읽으면 메이콤이 단순히 한 소설 작품의 공간적 배경이 아니라 미국 남부 전체를 축소해 놓은 소우주라는 사실을 깨닫게 된다. 〈분리되어 있되 평등하다〉라는 미국 연방 정부의 인종 차별 정책이 얼마나 허구적인지, 또 남부 사회

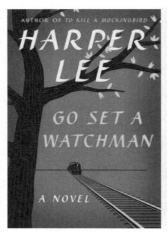

하퍼 리의 두 작품 『파수꾼』(2015)과 『앵무새 죽이기』(1960)의 표지.
『파수꾼』은 『앵무새 죽이기』보다 먼저 집필되었지만 다루는 내용은
20년 후의 사건이다. 이 두 작품은 상호 배타적 관계가 아니라 오히려
상호 보완적 관계이다.

는 연방 정부의 새로운 인종 정책에 어떻게 반응하는지 등을 알 수 있다. 한마디로 하퍼 리의 두 작품은 〈전체는 부분의 총화〉라는 에우클레이데스의 기하학 원리가 문학 작품에는 잘 적용되지 않는다는 사실을 여실히 입증한다.

셋째, 『파수꾼』은 하퍼 리의 문학적 상상력과 작가의 예술적 발전 과정을 이해하는 데도 도움을 준다. 그녀는 이 작품을 『앵무새 죽이기』와 거의 동시에 집필했다. 그러나 작가가 이 두 작품을 거의 같은 시기에 썼다고는 좀처럼 믿어지지 않을 만큼 큰 차이가 난다. 말하자면 이 두 작품 사이에서는 양자적 도약이 일어난다. 그렇다면 그 도약은 과연 어디에서 비롯하는 것일까? 이 질문에 답하기 위해서는 『파수꾼』을 반드시 읽어야 한다.

〈미국의 제인 오스틴〉

하퍼 리는 좀처럼 대중 앞에 좀처럼 나서지 않는 은둔 작가로 유명하다. 『앵무새 죽이기』가 출간된 1960년과 그즈음 출판사의 부탁으로 매스컴과 몇 차례 인터뷰를 한 적이 있었다. 그러나 1964년부터는 인터뷰를 비롯한 거의 모든 공식 행사를 거부한 채 은둔 생활에 들어가다시피 했다. 어쩌다 공적인 자리에 모습을 드러낼 때도 하퍼 리는 되도록 나서지 않으려고 했다. 흔히 〈O〉로 일컫는 오프라 윈프리가 발행하는 잡지 『오프라 매거진』에서 하퍼 리는 〈나는 얼마나 현대적인 생활과 격리되어 있는지 모른다. 사람들은 노트북, 아이포드, 아이폰의 풍요 속에 살아간다. 그러나 나는 빈방에서 홀로 책을 읽는다〉고 술회할 정도였다.

예를 들어 2001년에 앨라배마주에서 〈명예의 아카데미〉에 하퍼 리를 추대했다. 말하자면 주 정부 차원의 예술원 비슷한 기관이었다. 그녀야말로 앨라배마주가 낳은 〈가장 위대한〉 작가이기 때문이다. 바로 옆에 위치한 미시시피주는 노벨 문학상을 받은 윌리엄 포크너의 출생지로 미시시피주를 전 세계에 널리 알렸다. 이를 주최한 주 정부 측에서는 하퍼 리가 명예의 아카데미 추대식에서 연설을 해주기를 기대했지만 그러한 기대는 물거품이 되었다. 그녀는 단상에 올라 〈제가 바보가 되기보다는 차라리 침묵을 지키는 쪽이 더 낫습니다〉라고 짧게 말하고는 단상에서 내려왔다.

그런데 미국 문학사에서 하퍼 리와 같은 문학가들이 생각보다 많다. 예를 들어 19세기에는 시인 에밀리 디킨슨이 그러하였고, 20세기에 들어와서는 윌리엄 포크너를 비롯하여 『호밀밭의 파수꾼』으로 이름을 떨친 J. D. 샐린저, 토머스 핀천, 카슨 매컬러스, 코맥 매카시 같은 작가들이 사생활을 지키기 위하여 온갖 노력을 아끼지 않았다. 심지어 포크너는 케네디 대통령으로부터 백악관에 초대받고도 농부가 집을 비우면 누가 가축을 돌보겠느냐고 말하면서 초대에 응하지 않았다. 이때 포크너는 고향 미시시피주 옥스퍼드가 아니라 워싱턴에 가까운 버지니아주에 머물었다.

하퍼 리의 은둔과 익명성은 세월이 흐르면서 더욱더 심해졌다. 그러나 그녀가 대중 앞에 나타나지 않을수록 매스컴에서는 더 호기심을 느끼고 관심을 기울였다. 1년에도 몇 번씩이나 〈하퍼 리에게 무슨 일이 일어났는가?〉라는 제호의 특집 기사가 신문에 실렸다. 하퍼 리가 의도했건 의도하지 않았건 그녀는 알 수 없는 〈신비스러운 존재〉로 많은 사람에게 호기심을 자아냈다. 먼로빌과 뉴욕시를 오가며 살았지만 작품 집필은 이렇다 할 진전이 없었다. 날씨가 무더운 여름철에는 주로 뉴욕의 이스트사이드 아파트에 거주했고, 나머지 달은 거의 대부분 먼로빌에서 지냈다.

베스트셀러 인기 작가가 뉴욕 맨해튼에 산다고 하면 아마 호화로운 아파트나 타운하우스를 떠올리기 쉬울 테지만 하퍼 리는 한 달에 1백 달러 남짓 하는, 침실 하나 딸린 싸구려 아파트에 살았다. 1961년 2월 마흔한 살의 나이로 사망하기 몇 달 전에도 그녀는 그동안 몇십 년 살아온 82번 도로 433번지에 위치한 허름한 5층 아파트 임대 계약서에 서명했다. 1949년 맨해튼에 처음 도착하여 살던 요크 애비뉴 82번 도로 1539번지 아파트는 1967년에 철거되는 바람에 길 하나 건너편에 위치한 아파트를 빌려 살았다. 야구를 좋아하던 하퍼 리였지만 아파트에 텔레비전이 없어 야구 경기를 구경할 수 없었다.

하퍼 리는 아파트 지배인을 제외하고는 철저하게 자신의 신분을 숨겼다. 사망하기 얼마 전 그녀가 살던 1층 아파트의 라디에이터에 구멍이 나 아래층 지하 방으로 물이 새는 사태가 일어났다. 아래층에 살던 주민은 이때 처음 바로 위층에 하퍼 리가 산다는 사실을 알 정도였다. 1층 입구 우편함에는 〈Lee. H.〉로 표기되어 있어 누가 사는지 알 수 없었던 것이다. 〈Lee. H.〉라는 이름 표를 보고 〈하퍼 리〉로 생각할 사람은 아마 거의 없을 것이다.

이 맨해튼 아파트에 사는 동안 하퍼 리는 근처 오토 마넬리 브라더스 음식점을 즐겨 이용했다. 아침 7시 30분에 이 음식점에 들려 블랙커피 한 잔과 건포도 스콘으로 아침 식사를 한 뒤, 늦은 오후 다시 이 가게에 들려 닭고기나 양고기, 또는 델모니코 스테이크를 저녁 식사로 들었다. 가게 주인 오토마넬리에 따르면, 그녀는 스테이크를 주문하면서 〈내 나이프가 그다지 날카롭지 않으니 스테이크가 연해야 해요〉라고 말하곤 했다고 한다.

이렇게 은둔 생활을 하면서도 하퍼 리는 명예박사 수여 제의에는 비교적 흔쾌히 허락했다. 비록 명예 학위라고는 하지만 학사 학위도 받지 못한 그녀에게는 영광스러운 일이었을지도 모른다. 1962년 11월, 매사추세츠주 사우스 해들리에 위치한 마운트 홀리요크 대학교가 맨 처음으로 하퍼 리에게 명예 문학 박사 학위를 제안하였고, 그녀는 흔쾌히 수락했다. 메인주 상원 의원 마거릿 체이스 스미스와 함께 받는 명예박사 학위였다. 이 두 여성은 〈각자의 분야에서 보통 남성들이 받게 마련인 인정을 받았다〉고 선정 이유를 밝혔다. 학위 수여식에서 리처드 글렌 게텔 총장은 하퍼 리에게 〈센세이션도 없이, 냉소주의도 없이, 또 신랄함도 없이 오직 섬세함과 힘과 동정심과 엄격함으로 정의와 고통과 이해의 증진이라는 위대한 주제를 인간적으로 취급하여 그것을 기억에 남을 예술 작품으로 승화시켰다〉고 칭찬했다.

이를 시작으로 하퍼 리는 1993년에는 모교라고 할 앨라배마 대학교로부터 명예박사 학위를 받았다. 1997년에는 앨라배마주 모빌에 위치한 스프링힐 대학교에서, 2004년에는 테네시주 스워니에 위치한 남부 대학교에서, 그리고 2006년에는 노터데임 대학교에서 명예박사 학위를 받았다.

한편 2001년 시카고시에서는 〈한 권의 책, 하나의 시카고〉 캠페인을 벌여 큰 관심을 모았다. 이 캠페인은 1998년 시애틀 공공 도서관의 사서 낸시 펄이 처음 전개한 〈한 도시, 한 책 읽기〉 운동에 뿌리를 둔다. 시카고시는 공공 도서관과 공동으로 시카고의 모든 성인 시민이 『앵무새 죽이기』를 읽도록 권장하는 운동을 펼쳤다. 이 책을 읽은 시민에게는 앵무새를 새긴 기념 핀을 증정했다. 시민들은 이 핀을 옷깃에 달고 다녔고, 책을 읽은 시민들을 쉽게 확인할 수 있었다. 시카고 공공 도서관을 중심으로 이 소설에 관한 강연회와 토론회를 열어 작품을 이해하는 데 도움을 주기도 했다. 시카고의 이 독서 캠페인이 큰 성공을 거두자 미국의 다른 도시에서도 이와 비슷한 독서 운동을 전개했다.

또한 2002년에는 앨라배마 대학교에서 고등학교 학생들을 대상으로 『앵무새 죽이기』 독후감 콘테스트를 연례행사로 주최했다. 하퍼 리는 처음 얼마 동안은 해마다 시상식에 참석하여 학생들을 격려하고, 책에 서명도 해주고, 이 행사를 주관하는 학교 당국자들과 함께 점심 식사도 했다. 그러나 그 뒤로는 좀처럼 공식 행사에 참석하지 않으려고 애썼다. 2008년 11월, 먼로빌의 옛 법원 건물을 박물관으로 개조하여 하퍼 리와 관련한 자료를 전시했다. 오랫동안 먼로빌에 머물면서도 그녀는 한 번도 이 박물관을 방문하지 않다가 이때 처음으로 방문할 정도였다.

2007년 11월, 조지 W. 부시 대통령이 하퍼 리에게 〈대통령 자유의 메달〉을 수여할 때 백악관을 방문하여 대통령과 함께 기념사진을 찍었다. 문학가로서 그녀가 이룩한 업적을 두고 부시 대통령은 〈우리 역사에서 위

2007년 11월 하퍼 리가 미국 대통령이 수여하는 〈자유 메달〉을 받은 뒤 조지 W. 부시 대통령과 다정하게 인사를 나누고 있다. 대통령은 『앵무새 죽이기』가 〈평등을 위한 투쟁〉에 크게 이바지했다고 평가했다.

기의 순간에 그녀의 훌륭한 책 『앵무새 죽이기』가 평등을 위한 투쟁에 미국을 하나로 모으는 데 기여했다〉고 높이 평가했다. 또 2011년 3월에는 버락 오바마 대통령이 백악관으로 그녀를 초빙하여 〈2010년도 예술 메달〉을 증정하기도 했다.

하퍼 리는 『파수꾼』을 출간하기 전만 하여도 단 한 권의 작품으로 문학사에서 이름을 크게 떨친 몇 안 되는 작가 중 한 사람이다. 미국 문학에서는 랠프 엘리슨이 『보이지 않는 인간』(1952) 한 권으로 소설가로서 명성을 얻었다. 물론 사망한 뒤 유작 소설로 『준틴스』(1999)가 출간되었지만 이렇다 할 반응을 얻지 못했다. J. D. 셀린저도 중단편을 제외하고 나면 그의 명성은 『호밀밭의 파수꾼』 한 권에 달려 있다. 이보다 좀 더 앞서 마거릿 미첼이 『바람과 함께 사라지다』 한 권으로 대중 문학에서 선풍적인 인기를 끌었다. 영국 문학에서는 에밀리 브론테가 『폭풍의 언덕』(1847) 한 권으로 영문학사에 큰 업적을 남겼다.

지금 우리는 〈세계화 시대〉니 〈글로벌 시대〉니 하는 그럴듯한 이름에 가려 우리 주변의 사회적 약자나 나라 밖 제3세계 주민을 자칫 잊고 살아간다. 하퍼 리가 『앵무새 죽이기』와『파수꾼』를 집필한 지 60여 년이 지났지만 작가가 전하는 메시지는 아직도 빛을 잃지 않았다. 빛을 잃기는커녕 오히려 그 어느 때보다 더더욱 찬찬하게 빛을 내뿜는다. 반목과 질시, 불평등과 불의의 골이 점점 더 깊어 가는 지금, 하퍼 리가 전하는 메시지는 그녀의 작품을 읽는 독자들에게 여전히 큰 감동과 함께 깊은 반향을 불러일으킨다. 인류 역사에서 오늘날처럼 인간 존엄성과 타자에 대한 배려와 관심, 사회 정의가 절실하게 느껴지는 적이 없었기 때문일 것이다.

앵무새가 사회적 약자를 상징하는 야생조라면 우리는 앵무새를 〈죽이는〉 일이 아니라 오히려 〈살리는〉 일에 대해 생각해야 한다. 앵무새가 없어지면 생태계 질서가 위협받듯이, 사회적 약자가 설 땅을 잃으면 인간 생태계도 그만큼 위협받는다. 그리고 주위에서 일어나는 위선, 편견, 차별, 불의 따위에 대해서도 경계를 늦추지 말아야 한다. 차이는 인정하되 차별은 과감하게 버려야 한다. 한마디로 사회 정의를 지키는 파수꾼이 되어야 한다. 이것이 바로 〈미국의 양심〉 하퍼 리가『앵무새 죽이기』와『파수꾼』에서 독자들에게 전하고 싶은 소중한 메시지일 것이다.

2장
『앵무새 죽이기』
자아의 벽을 넘어 타자로

미국 남부 작가 하퍼 리

모든 유기체는 진공 속에서는 태어나지도 자라나지도 못한다. 이 점에서는 문학을 비롯한 예술도 예외가아니다. 의식적이건 무의식적이건, 의도하건 의도하지않건 모든 작가는 자신이 태어나 뿌리를 박은 특정 지역으로부터 직간접으로 영향을 받을 수밖에 없다. 19세기 중엽 프랑스의 문학 비평가 이폴리트 텐이 일찍이인종·환경·시대의 세 요소를 문학 연구의 세 지렛대로삼은 것은 바로 그 때문이다. 실제로 문학 작품을 에워싸는 이 세 요소를 배제하고 문학 작품을 연구하기란거의 불가능하다.

하퍼 리의 작품을 이해하고 연구하는 데도 텐이 말하는 세 요소는 중요하다. 인종으로 보자면, 그녀는 두말할 나위 없이 미국 사회의 주류를 이루는 앵글로색슨 백인이다. 『앵무새 죽이기』에서 흔히 〈스카웃〉이라는 별명으로 부르는 진 루이즈의 아버지 애티커스 핀치 변호사는 딸에게 〈무엇보다도 간단한 요령 한 가지만 배운다면 모든 사람들과 잘 지낼 수 있어. 누군가를 정말로 이해하려고 한다면 그 사람의 입장에서 생각해야 하는 거야〉라고 말한다. 그러면서 아버지는 계속하여 〈말하자면 그 사람 살갗 안으로 들어가 그 사람이 되어서 걸어다니는 거지〉라고 덧붙인다. 여기서 아버지는 자신의 입장이 아닌, 상대방을 입장에서 생각해야 한다는 점을 비유적으로 말한다.

그러나 텐처럼 생물학적 관점에서 보면, 그 살갗 안에 도는 피는 인종에 따라 다를 수밖에 없다. 물론 텐이 말하는 인종은 오늘날 흔히 사용하는 의미보다 좀 더 넓은 개념으로 집단적인 문화적 성향을 가리키는 것이었다. 생물학적 개념인 인종*race*보다는 사회학적 개념인 민족*ethnicity*에 더 가깝다.

더구나 하퍼 리는 『앵무새 죽이기』를 창작하면서 텐

이 말하는 환경적 요소를 염두에 두지 않을 수 없었다. 동일한 인종 집단 안에서 개인과 개인을 서로 구분 지어 주는 것이 바로 환경이다. 같은 인종에 속해도 개인에 따라 서로 차이가 나는 것은 환경 때문이다. 여기서 환경이란 개인의 성격을 왜곡하거나 발전시키는 특정한 상황을 말한다. 하퍼 리의 문학을 규정짓는 환경은 두말할 나위 없이 넓게는 미국, 좁게는 남부 사회, 더 좁게는 앨라배마주 남서부에 위치한 조그마한 마을 먼로빌이다.

그런가 하면 하퍼 리는 작가로서 인종과 환경과 함께 시대의 영향을 많이 받았다. 텐이 말하는 시대란 좁게는 한 개인의 축적된 경험, 더 넓게는 시대정신을 뜻한다. 환경이 사회적 공간이라면 시대는 역사적 시간을 의미한다. 하퍼 리의 문학은 그녀가 태어난 1926년에서 사망한 2016년에 걸쳐 있다. 말하자면 20세기 거의 대부분을 차지하는 셈이다. 그중에서도 『앵무새 죽이기』를 집필하던 1950년대는 특히 가장 중요한 시기다. 물론 하퍼 리가 태어나기 전인 19세기 말엽과 20세기 초엽도 그녀가 작품을 창작하는 데 직간접적으로 적잖이 영향을 끼쳤다.

흑인 민권 운동의 온상 앨라배마

미시시피주나 아칸소주, 루이지애나주와 함께 미국 남부 가운데에서도 가장 오지라고 할 앨라배마주는 흑인 민권 운동의 온상이었다. 흔히 〈미국의 성자〉로 일컫는 마틴 루서 킹 목사가 처음 미국의 양심으로 그 이름을 떨친 곳도 이곳이요, 인종 차별과 관련한 일련의 사건으로 1960년대 흑인 민권 운동에 처음 불이 지펴진 곳도 이곳이다. 흑인 민권 운동의 불길은 이렇게 앨라배마주에서 처음 활활 타오르고 난 뒤에야 비로소 미국의 다른 지역으로 퍼져 나갔다.

1865년 5월, 남북 전쟁이 북부의 승리로 끝나면서 흑인 노예 제도는 적어도 공식적으로는 철폐되었다. 그러나 흑인들은 서류상으로만 해방되었을 뿐 제도적으로는 여전히 노예 상태 놓여 있는 것과 마찬가지였다. 1883년 미 대법원은 노예 제도를 철폐한 헌법 수정안 제14조가 개인의 차원에는 적용되지 않는다고 판결을 내림으로써 여러 악법에 처음 길을 열어 주었다. 이러한 악법 때문에 흑인들은 어떤 면에서 노예 제도가 철폐되기 이전보다 더 열악한 환경에서 살아야 했다.

악법 중에서도 백인과 흑인 사이에 제도적으로 인종 차별의 빗장을 굳게 채운 것이 바로 1890년 처음 그 모습을 드러낸 〈짐 크로 법〉이다. 이 법은 온갖 방법으로 흑인들의 권리를 제한하는 악법 가운데에서도 가장 심한 악법으로 꼽힌다. 예를 들어 흑인들은 공공건물에 들어갈 때 백인이 사용하는 문이 아닌 다른 문을 사용해야 했다. 식당에서도 흑인은 백인과 같은 공간에서 식사를 할 수 없었다. 물론 화장실이나 물을 마시는 음료대도 백인용과 흑인용이 엄격히 구별되어 있었다. 버스나 기차를 타도 흑인들은 맨 뒷자리에 앉아야 하고, 그 뒷자리마저도 백인이 버스에 올라타면 백인에게 양보해야 했다. 심지어 한 분밖에 없는 하느님을 섬기는 교회도 따로 있었고, 죄를 짓고 갇히는 감옥도 따로 있었으며, 죽어서 묻히는 묘지까지도 달랐다.

이러한 인종 차별은 목숨을 내걸고 싸우는 전쟁터라고 예외는 아니었다. 제1차 세계 대전 때 미군에 체포된 독일 군인들은 백인 막사에서 식사가 허용된 반면, 아군인 흑인들은 백인 군인 막사를 출입하는 것과 백인 군인 식당에서 식사하는 것을 엄격히 금지했다. 한마디로 흑인 병사들은 백인 포로들보다도 못한 취급을 받은 것이다. 그래서 이러한 차별에 분노한 흑인 병사들의 집단 항명 사건을 일으키기도 했다.

이렇듯 흑인들은 그동안 백인 중심 사회에서 백인의 〈타자(他者)〉로서 중심부에서 밀려나 주변부에서 살아 왔다. 미국 독립 선언문과 헌법에 명기된 〈모든 인간은 평등하게 창조되었다〉는 말은 빛 좋은 개살구에 지나지 않았다. 그래서 의식 있는 흑인 지식인들을 흑인 인권 운동에 불을 지필 사건을 찾고 있었다.

그러던 중 1955년 12월 1일 앨라배마주 먼트가머리 에서 놀라운 사건 하나가 벌어졌다. 봉제 공장에서 일 하는 로자 파크스라는 흑인 여성으로 생긴 사건이다. 파크스는 하루 일을 마치고 피곤한 몸을 이끌고 만원 버스에 올라타 겨우 자리를 잡았다. 바로 그때 30대의 백인 남성 한 사람이 버스에 올라탔고, 운전기사가 그 녀에게 자리를 양보하라고 했다. 다른 흑인들은 모두 자리에서 일어났는데도 파크스만은 끝까지 자리를 내 주지 않았다. 결국 파크스는 백인 남성들한테 구타를 당한 뒤 경찰에 체포되기에 이르렀다.

앨라배마주 전미 흑인지위향상협회의 의장인 E. D. 닉슨은 로자 파크스 사건을 계기로 흑인들에게 파업과 함께 버스 승차를 거부할 것을 부르짖었다. 흑인 교회 목사들과 함께 먼트가머리 흑인 인권 개선 협회MIA를 구성한 닉슨은 마틴 루서 킹 목사를 이 협회 의장으로 추천했다. 흑인들이 버스 승차 거부에 동참한 지 3일 뒤, 킹 목사는 먼트가머리시의 시장 W. A. 게일을 만나 합의를 도출하려고 했지만 별다른 성과가 없었고, 백인 주민들은 백인 주민들대로 흑인들의 요구를 무시했다. 1956년 1월 말, 흑인들의 버스 승차 거부 운동이 좀처럼 사그라지지 않자 게일 시장은 강경책으로 선회하여 흑인들을 억압했다. 그 결과 승차 거부에 동참한 많은 흑인들은 일터에서 쫓겨나게 되었다.

사태 수습의 기미가 보이지 않자 연방 지방 법원은 대중교통 수단에서 인종 차별을 하는 행위가 위헌이라는 판결을 내렸다. 그러자 먼트가머리시 당국은 대법원에 즉시 항소했지만 1956년 11월, 미합중국 대법원은 마침내 연방 지방 법원의 결정을 지지한다는 판결을 내렸고, 1년이 넘게 계속된 버스 승차 거부 운동은 마침내 막을 내렸다. 이로써 앨라배마주에서는 이제 더 흑인들은 이 문제로 차별을 받지 않게 되었다. 이 로자 파크스 사건은 남부 역사에서 흑인들이 조직적으로 집단 항의를 한 첫 번째 사건으로 꼽힌다.

같은 해 앨라배마주 터스컬루사에서도 비슷한 사건이 일어났다. 오서린 루시라는 여성이 흑인으로는 처음으로 오직 백인들만이 다니던 터스컬루사 소재 앨라배마 대학교에 입학했다가 곤욕을 치렀다. 이 학교는 바로 하퍼 리가 다니던 대학교였다. 앨라배마 대학교 당국은 루시가 흑인인 줄 모르고 입학을 허가했다가 뒤늦게야 그 사실을 알게 되었다. 백인 학생들이 이를 문제삼아 소동을 일으키자 이 대학의 이사회는 루시가 입학한 지 몇 달 만에 학교를 그만두게 했다. 그러자 이 사건은 법정 소송으로 비화되었다. 대법원에서는 루시에게 손을 들어 주었지만 대학 당국은 어처구니없이 그녀가 학교 명예를 실추시켰다는 이유를 들어 퇴학 처분을 내렸다. 루시는 이 사건 후 몇십 년이 지난 1992년에 이르러서야 비로소 이 학교에서 석사 학위를 받았다.

이 두 사건보다 몇십 년 앞서 1931년 3월, 그러니까 하퍼 리가 겨우 다섯 살 때 〈스코츠보로 재판〉 사건으로 앨라배마주는 말할 것도 없고 미국 전역이 시끌벅적한 적이 있다. 흑인 청년 아홉 명과 백인 청년 두 명 그리고 백인 여성 두 명이 테네시주에서 화물차를 얻어 타고 앨라배마주로 가고 있었다. 화물차 안에서 흑인 청년과 백인 청년 사이에 싸움이 벌어지고 결국 백인 청년들은 강제로 차에서 내리게 되었다. 앨라배마에 도착하자마자 흑인 청년들은 앨라배마주 스코츠보로 근처에서 백인 여성들을 강간했다는 혐의로 경찰에 체포되었다. (백인 여성 중 한 명은 뒤에 매춘부로 밝혀졌다.)

무려 6년을 끈 긴 재판 과정에서 배심원은 흑인 청년 아홉 명 모두에게 유죄 판결을 내렸다. 그리고 사건을 맡은 판사는 아홉 명 중 아직 열두 살밖에 되지 않은 한 소년을 제외한 나머지 여덟 명에게 사형을 선고했다. 재심에서는 한 명에게만 사형이 선고되고 나머지 여덟 명은 보석이나 사면 등으로 석방되었다. 사형 선고를 받은 범인은 앨라배마주 형무소에 수감되어 있던 중 탈출하여 미시건주 디트로이트로 도망갔고, 미시건 주지사는 끝내 범인을 앨라배마주로 송환하지 않았다.

한편 백인들은 백인들대로 연방 정부가 인종 차별 정책을 철폐하는 것에 문제를 제기했다. 가령 1957년 앨라배마 못지않게 미국 남부의 오지로 가난한 아칸소주 리틀록에서는 백인들이 이러한 정부 정책에 거세게 항의하는 바람에 연방 정부군 군인이 출동하는 사태가 빚어지기도 했다. 백인들은 인종 차별 정책으로 그동안 누려 온 기득권이나 혜택을 조금도 양보하려고 하지 않았다.

『앵무새 죽이기』의 소재와 배경

하퍼 리는 『앵무새 죽이기』를 쓰면서 앨라배마주에서 일어난 일련의 사건에서 영감을 받았다. 이 작품의 플롯에서 가장 중요한 백인 여성 메이엘라 유얼과 흑인 청년 톰 로빈슨을 둘러싼 재판 사건은 스코츠보로 사건에서 영향을 받았을 가능성을 배제할 수 없다. 스코츠보로 사건과 로빈슨의 유얼 강간 사건이 앨라배마주 시골 읍이나 마을에서 일어났다는 점에서 그러하고, 흑인이 백인 여성을 강간했다는 혐의로 기소되었다는 점에서도 그러하다. 그런가 하면 정의라는 그럴 듯한 이름을 내걸고 재판을 하지만 결국 흑인에 대한 편견과 오해가 소송에서 결정적인 역할을 했다는 점에서도 그러하다. 두 사건 모두에서 평결을 내리는 배심원들은 하나같이 백인들로, 인종적 편견에 사로잡힌 평결을 내릴 수밖에 없었다. 비록 정도의 차이는 있지만 로자 파크스 사건과 오서린 루시 사건도 하퍼 리가 이 작품을 쓰는 데 적잖이 영향을 끼쳤다.

그러나 하퍼 리는 『앵무새 죽이기』를 집필하는 동안 1931~1937년 간의 스코츠보로 사건에서 간접적으로는 몰라도 직접적으로는 영향을 받지는 않았다. 이 사건에서 영향을 받기에는 하퍼 리의 나이가 너무 어렸다. 더구나 그녀는 자기 작품 속에 〈아주 조그마한 세계에 존재하는 삶의 유형을 기록으로 남기고 싶다〉고 천명했다. 남부뿐만 아니라 미국 전역을 떠들썩하게 한 이 대형 사건은 그녀가 말하는 〈조그마한 세계〉의 삶과는 거리가 멀다. 하퍼 리가 염두에 둔 캔버스에 담기에는 그 사건은 너무 크다고 할 수 있다. 실제로 뒷날 하퍼 리는 리처드 라이트 전기를 쓴 헤이즐 롤리에게 『앵무새 죽이기』를 집필하면서 자못 선정적인 스코츠보로 사건을 염두에 두지 않았다고 고백했다.

하퍼 리는 메이엘라 유얼과 톰 로빈슨 사건을 다루면서 굳이 스코츠보로 사건에 의지할 필요가 없었다. 작가가 살던 먼로빌에서도 그와 비슷한 사건이 일어났기 때문이다. 이 사건은 그녀의 아버지 애머서 콜먼 리와 큰

영화 「앵무새 죽이기」에서 애티커스 핀치 변호사가 백인 처녀를 강간했다는 혐의로 기소된 흑인 청년 톰 로빈슨을 변호하는 장면. 변호사는 메이콤 주민들로부터 〈깜둥이 애인〉이라는 욕설을 들으면서도 사회 정의를 위하여 끝까지 싸운다.

언니 앨리스가 경영하는 『먼로 저널』에도 크게 실릴 만큼 이 조그마한 마을에서 그야말로 큰 화제가 되었다.

1933년 11월, 먼로빌 근처에 사는 월터 렛이라는 흑인이 나오미 라우리라는 백인 아가씨를 강간했다는 혐의로 기소되었다. 신문 기사에 따르면, 나오미는 목요일에 먼로빌 남쪽에 위치한 벽돌 공장 근처에서 월터가 자신을 강간했다고 경찰에 신고했다. 렛은 토요일 오후 체포되어 수감되었지만, 이 소식을 전해들은 백인 주민들이 그를 사형시킬 것이 염려되어 보안관은 렛의 안전을 위하여 그를 그린빌 감옥으로 이송했다는 것이다.

월터와 나오미 두 사람 모두 그동안 밑바닥 인생을 살아온 불행한 사람들이었다. 서른한 살인 월터는 전에도 10년 동안 감옥에 갇힌 경험이 있었다. 스물두 살인 나오미는 남편과 함께 테네시주 멤피스에서 어렵게 살다가 부평초처럼 앨라배마주 먼로빌까지 흘러 들어왔다. 월터는 강간 혐의를 완강하게 부인했다. 자신은 나오미를 알지도 못할뿐더러 강간했다는 그 시간에 다른 곳에서 일하고 있었다고 알리바이를 댔다. 여러 정황으로 미루어 보아 그는 거짓 혐의를 뒤집어쓰는 듯했다. 어쨌든 나오미가 백인 여성이라는 이유 하나만으로도 흑인 남성에게는 상황이 불리하게 돌아갈 수밖에 없었다.

1934년 3월에 열린 재판에서 배심원은 월터의 강간 혐의를 모두 유죄로 인정하여 사형 평결을 내렸다. 그러나 먼로빌의 유지들이 그의 유죄 평결에 의문이 든다는 이유를 들어 앨라배마 주지사에게 탄원서를 제출하였고, 주지사는 마침내 사형에서 무기 징역형으로 감형했다. 이때 탄원서를 제출한 유지 중에 모르긴 몰라도 아마 하퍼 리의 아버지 애머서 리 변호사가 들어 있었을 것이다.

월터 렛의 혐의와 관련하여 『앵무새: 하퍼 리의 초상』에서 찰스 J. 실즈는 두 가지 가능성을 제시했다. 첫째, 월터와 나오미는 아마 연인 관계에 있었을지 모른다. 그러한 관계로 있던 중 두 사람 사이에 무슨 일이 생겨 나오미가 월터에게 강간 혐의를 뒤집어씌웠을 것이다. 둘째, 나오미는 이 무렵 남편 외의 다른 남성과 관계를 맺었을 수도 있다. 특히 이러한 상황에서 여성이 임신하게 되면 강간을 빙자하거나 다른 남성에게 혐의를 뒤집어씌우는 일이 종종 있기 때문이다. 여러 정황상 하퍼 리는 메이엘라 유얼과 톰 로빈슨의 플롯을 집필하면서 스코츠보로 사건보다는 렛과 나오미 사건에서 힌트를 얻었다고 보는 쪽이 좀 더 합리적인 판단이다.

하퍼 리가 『앵무새 죽이기』라는 소설의 집을 짓기 위하여 사용한 재목은 비단 이것만이 아니다. 이 작품은 작가 자신과 주변의 실제 경험을 바탕으로 쓴 〈자서전적 소설〉의 성격이 짙다. 예를 들어 이 작품의 화자요 주인공인 스카웃의 아버지 애티커스 핀치는 여러모로 작가 자신의 아버지 애머지 콜먼 리와 닮은 데가 많다. 그녀의 아버지도 애티커스처럼 앨라배마주에 있는 조그마한 읍에서 변호사로 일했다. 작가 자신도 아버지나 애티커스와 마찬가지로 변호사가 되려고 한때 법률을 전공한 적이 있다.

한편 하퍼 리는 딜(찰스 베이커 해리스)이라는 작중 인물을 실존 인물에서 빌려 왔다. 앞으로 미국 문단에서 〈논픽션 소설가〉로 이름을 떨칠 트루먼 커포티가 바로 그다. 이 작품이 출간되기 직전 하퍼 리는 커포티를 따라 캔자스주 홀콤과 가든시티를 방문하여 그가 『냉혈』(1966)을 집필하는 데 여러모로 도움을 주었다. 또한 집에 갇혀 지내면서 스카웃과 젬에게 선물을 주고 그들을 위험에서 구출해 주는 아서 부 래들리도 하퍼 리 집에서 남쪽으로 두 집 떨어진 곳에 살던 선 볼웨어를 모델로 한 인물이다. 물론 하퍼 리는 소송 사건에 휘말리지 않으려고 그 사실을 완강히 부인했다. 그런가하면 스카웃은 적어도 사내아이 같은 말괄량이라는 점에서 하퍼 리 자신의 분신으로 보아도 크게 틀리지 않다. 젬도 하퍼 리의 오빠 에드윈과 여러모로 비슷하다. 물론 젬은 스카웃보다도 네 살 많지만 에드윈은 하퍼 리보다 여섯 살 많다.

흥미롭게도 하퍼 리는 작중 인물들의 이름을 짓는 데 자신의 집안과 관련 있는 실제 이름에서 거의 대부분 빌려 왔다. 예를 들어 〈핀치〉라는 가문의 성은 작가의 어머니 〈프랜시스 커닝햄 핀치〉의 이름에서 가져왔다. 다시 말해서 하퍼 리는 자신의 외가 성을 애티커스 집안의 성으로 삼았다. 〈프랜시스〉는 크리스마스 휴가 중 핀치스 랜딩에서 스카웃과 한바탕 싸움을 벌이는 알렉산드라 고모의 손자 이름으로 사용했다. 어머니의 중간 이름 〈커닝햄〉은 메이콤(먼로빌) 변방에 사는 〈가난한 백인〉 집안의 성으로 사용했다. 월터 커닝햄은 스카웃과 같은 반 친구로 어느 날 집으로 데리고 와 함께 점심을 먹기도 한다. 그러니까 하퍼 리는 어머니 이름을 하나도 남김없이 요리조리 가져다 써먹었던 셈이다.

이밖에도 〈알렉산드라〉라는 고모의 이름은 하퍼 리의 할아버지의 이름 〈캐더 알렉산더 리〉에서 빌려 왔다. 다만 〈알렉산더〉라는 남성형 이름을 〈알렉산드라〉라는 여성형 이름으로 살짝 바꾸었을 뿐이다. 애티커스 핀치와 알렉산드라 고모의 동생인 의사 삼촌 존 (잭) 핀치의 이름은 리 집안의 선조 중 한 사람의 이름에서 빌려 왔다.

물론 그렇다고 『앵무새 죽이기』는 단순히 작가 하퍼 리가 어린 시절을 보낸 고향을 그대로 묘사한 소설은 아니다. 윌리엄 포크너의 작품처럼 비록 자신이 잘 아는 남부 마을을 배경으로 삼았다고 하여도 그것은 특정한 남부 지역이라기보다는 어디라고 딱 못 박아 말할 수 없는 막연한 지역일 뿐이다. 따지고 보면 굳이 남부 마을이나 읍이라고 한정지을 필요도 없다. 1961년 한 인터뷰에서 하퍼 리는 〈사람들이란 어디에 갖다 놓아도 역시 사람들입니다〉고 밝힌 적이 있다. 포크너는 일찍이 『모기』(1927)라는 두 번째 장편소설에서 〈삶이란 어느 곳에서나 마찬가지다. 삶을 영위하는 방식은 서로 다를지 모른다……. 그러나 인간이 예로부터 강요받고 있는 심리적 부담, 의무와 성향, 즉 그가 살고 있는 다람쥐 집의 축과 원주는 달라지지 않는다)고 말한 적이 있다. 하퍼 리의 말이나 포크너의 말이나 문학이 찬란한 빛을 내뿜을 때 특정한 지역에 관계없이 보편적인 삶의 모습을 다룬다는 것이다.

성장 소설로서의 『앵무새 죽이기』

『앵무새 죽이기』는 소설 전통에서 보면 〈빌둥스로만(성장 소설)〉의 테두리에 들어간다. 성장 소설이란 요한 볼프강 폰 괴테의 『빌헬름 마이스터의 수업』(1796)을 비롯하여 찰스 디킨스의 『위대한 유산』(1861), 마크 트웨인의 『허클베리 핀의 모험』(1884), J. D. 샐린저의 『호밀밭의 파수꾼』(1951)처럼 나이 어린 주인공이 온갖 시련과 고통을 겪으면서 정신적으로 성장해 가는 과정을 그린 작품을 말한다.

그러나 같은 성장 소설 전통에 속하면서 『앵무새 죽이기』가 특별히 눈길을 끄는 것은 나이 어린 소년이 아니라 소녀를 화자요 주인공으로 삼았다는 점이다. 지금까지 문학사에 우뚝 서 있는 성장 소설들은 거의 대부분 소년을 중심인물로 다루어 왔다. 앞에서 예로 든 작품의 경우만 하더라도 핍, 허클베리 핀, 홀든 콜필드 등은 모두 사내아이일 뿐이다. 이 말을 뒤집어 보면 나이 어린 여성은 정신적으로 성장할 필요가 없거나 설령 성장한다고 하여도 남성 중심의 가부장 사회에서 별로 관심의 대상이 되지 않는다는 것을 뜻한다. 그러고 보니 남성 중심의 가부장 질서는 여러 곳에서 드러나는 셈이다.

하퍼 리의 작품은 나이 어린 여성을 화자와 주인공으로 삼은 몇 안 되는 작품 가운데 하나로 꼽을 만하다. 하퍼 리와 함께 미국 문학사에서 본격적으로 여성 인물을 성장 소설의 주인공으로 삼은 작품은 흑인 여성 작가 마야 에인절루의 『새장에 갇힌 새가 왜 노래하는지 나는 아네』(1969)일 것이다. 자전적 소설이라고 할 이 작품에서 에인절루는 세 살 때부터 사춘기에 이르는 과정을 감동적으로 그렸다. 영국 문학사에서는 작가 도리스 레싱이 『황금 노트북』(1962)을 통해 주인공의 정신적 성숙 과정을 다룬다. 이 세 작가가 〈여성 성장 소설〉을 쓴 것은 두말할 나위 없이 남성이 아닌 여성이기 때문

211

이다. 또한 세 작품의 출간 연대에서도 볼 수 있듯이, 1960년대는 가부장 질서에 과감하게 맞서는 페미니즘 운동이 본격적으로 주목받기 시작한 시기이기도 하다.

성장 소설 전통에 속하는 작품은 하나같이 인식론적 이야기라고 할 수 있다. 온갖 역경과 시련을 헤치고 주인공은 아주 값진 삶의 교훈을 배워 나가기 때문이다. 성장 소설에서 〈배우다〉니 〈깨닫다〉니 하는 낱말이 자주 쓰이는 것은 바로 그 때문이다. 『앵무새 죽이기』의 화자이자 주인공은 〈스카웃〉이라는 별명으로 더욱 잘 알려진 진 루이즈 핀치다. 이 소설은 스카웃이 초등학교에 입학하기 직전부터 초등학교 2학년까지, 그러니까 줄잡아 3년여 동안에 벌어지는 사건을 다룬다. 작가는 어른이 된 진 루이즈가 여섯 살에서 아홉 살 때까지 일어난 사건을 회상하는 수법을 사용한다. 때로는 스카웃의 말과 생각 그리고 행동이 미처 열 살도 안 된 어린 소녀라고는 믿기 어려운 것은 바로 그 때문이다.

작품이 처음 시작할 때의 스카웃과 작품이 끝나는 장면에서 독자가 만나는 스카웃 사이에는 큰 차이가 있다. 물론 나이를 세 살 더 먹었다고는 하지만 생리적 성장이나 육체적 발육을 훨씬 뛰어넘는 정신적 성숙이나 영혼의 개안을 느낄 수 있다. 스카웃은 네 살 위인 오빠 젬과 함께 어린 시절 순수성의 세계에서 벗어나 점차 경험의 세계로 옮아간다. 말하자면 무지와 순수에서 경험과 환멸의 세계로 이행하는 것이 이 작품의 중심 플롯이다.

맨 마지막 장면에서 스카웃은 지금껏 그렇게도 만나 보고 싶던 부 래들리를 뜻하지 않게 만나게 된다. 정상적인 삶의 궤도에서 벗어나 살아가는 래들리는 이제까지 그녀를 비롯한 젬과 딜에게는 공포의 대상인 동시에 조롱과 놀이의 대상이었다. 그러나 한밤중에 젬이 밥 유얼의 공격을 받을 때 가까스로 그를 구출해 준 장본인이 바로 래들리 아저씨다. 아버지의 부탁으로 스카웃은 아저씨를 부축하다시피 하여 집에까지 데려다 준다. 스카웃과 함께 계단을 걸어 올라간 래들리는 현관문을 열고 안으로 들어간 뒤 문을 닫는다.

나는 집으로 돌아가려고 몸을 돌렸습니다. 가로등이 읍내까지 길을 환히 비춰 주고 있었습니다. 나는 여태껏 이 방향에서 우리 동네를 바라본 적이 없었습니다. 모디 아줌마네, 스테퍼니 아줌마네, 그리고 우리 집이 있었고, 현관에 있는 그네가 보였습니다. 레이철 아줌마네 집이 우리 집 건너에 환히 보였고요. 듀보스 할머니네 집까지 보였습니다.

　나는 뒤를 돌아다봤습니다. 갈색 문 왼쪽 편에 기다란 겉창이 달린 창문이 있었습니다. 그곳으로 걸어가 그 앞에 서 있다가 돌아섰습니다. 아마 대낮이라면 우체국 모퉁이도 볼 수 있을 것 같다는 생각이 들었습니다.

위 인용문에서 눈여겨볼 것은 스카웃의 시선이 향하는 방향이다. 〈나는 여태껏 이 방향에서 우리 동네를 바라본 적이 없었습니다〉라고 밝혔듯이, 지금까지 그녀는 줄곧 자기 집 쪽에서 래들리 집을 바라보았을 뿐이다. 그러나 지금은 180도 방향을 바꾸어 래들리 아저씨 집에서 자기 집과 이웃집을 바라보는 것이다. 스카웃은 다시 래들리 집의 덧문이 달린 창으로 다가가 그곳에서 마을을 바라본다. 어두워서 보이지 않았지 만약 밝은 대낮이라면 더 멀리 있는 우체국 모퉁이까지도 보였을 것이라고 생각한다.

　이렇게 스카웃이 전혀 다른 방향에 서서 마을을 바라본다는 것은 자못 상징적이다. 그녀가 지금까지의 생각이나 생활방식을 버리고 조금씩 다른 생각이나 생활 방식을 모색한다는 것을 뜻한다. 스카웃은 무엇보다도 먼저 〈부 아저씨는 우리 이웃이었습니다〉라고 말하면서 그를 마을 공동체의 일원으로 받아들인다. 래들리한테 여러 선물과 함께 심지어 생명을 받았는데도 지금껏 그에게 아무것도 돌려주지 않았다는 사실을 떠올리면서 안타깝게 생각한다. 스카웃은 〈그래서 나는 슬펐습니다〉라고 말한다. 스카웃은 곧 가랑비를 맞으며 집을 향하여 걸어간다. 걸어가는 동안 그녀는 갑자기 자신이 부쩍 나이가 들었음을 느낀다.

집으로 가는 동안 나는 나이가 부쩍 든 것 같은 느낌이 들었습니다. 코 끄트머리에 작은 작은 안개 방울이 맺혀 있는 것이 보였습니다. 하지만 사팔뜨기처럼 눈을 흘겨 쳐다보다가 현기증이 나서 그만뒀습니다. 집으로 걸어가면서 내일 젬 오빠에게 무슨 말을 해줄까 생각했지요. 오늘 일을 놓친 것에 화를 내며 아마 며칠 동안 내게 말을 걸지 않을 것 같았습니다. 집으로 걸어가는 동안 나는 오빠와 내가 부쩍 자랐다는 생각이 들었습니다. 아마 대수를 빼놓고는 이제 우리가 배워야 할 게 별로 많지 않은 것 같았습니다.

    이 인용문의 첫 문장에서 스카웃은 〈나는 나이가 부쩍 든 것 같은 느낌이 들었습니다〉라고 밝힌다는 점은 주목해 볼 필요가 있다. 마지막에서 두 번째 문장에서도 〈집으로 걸어가는 동안 나는 오빠와 내가 부쩍 자랐다는 생각이 들었습니다〉라고 다시 한 번 말한다. 여기서 스카웃이 말하는 나이란 다름 아닌 정신적 연령을 가리킬 뿐 육체적 나이와는 그다지 상관이 없다. 스카웃의 말대로 오빠 젬도 비록 정신적으로 성장하지만 역시 여동생 스카웃에는 미치지 못한다. 그녀의 정신적인 키는 오빠의 키에 맞먹을 정도다.

    스카웃은 3년이 아니라 아마 몇 년 또는 몇십 년이 지나야만 비로소 배울 수 있는 소중한 삶의 교훈을 얻는다. 조금 과장하여 말하면, 스카웃은 아직 육체적 나이가 어리지만 말하고 생각하고 행동하는 것이 마치 나이 지긋한 어른과 같은 〈애늙은이〉라고 할 수도 있다. 이렇게 정신적으로 성장했기 때문에 학교에서 필수 과목으로 가르치는 대수를 제외하고 나면 이제 더 이상 배울 것이 없다고 자신만만한 태도를 보이는 것이다.

그러고 보니 스카웃이 왜 그토록 제도 교육을 싫어하는지 이제 알 만하다. 그녀는 학교 교실보다는 오히려 삶의 현장에서 삶의 지혜와 도덕적 교훈을 터득하려고 한다. 젬과 스카웃에게 사회적 양심을 일깨워 주려고 노력하는 애티커스 핀치와는 달리, 미스 캐럴라인 피셔 같은 학교 교사들은 대학에서 습득한 교육 방법과 기술을 곧이곧대로 엄격히 적용하려 할 뿐 아이들한테 참으로 필요한 것이 무엇인지 제대로 모르는 경우가 적지 않다. 또는 히틀러가 유대인들에게 편견을 가지고 학대하는 것에 대해서는 끔찍이도 싫어하면서도 미국의 흑인을 차별하는 데는 아랑곳하지 않는 경우처럼 도덕적으로나 윤리적으로 위선적인 태도를 취하는 교사들도 있다.

스카웃이 이렇게 정신적으로 〈부쩍〉 성장하는 데는 변호사인 아버지 애티커스 핀치의 역할이 무척 크다. 미국 소설, 아니 세계 문학을 샅샅이 뒤져 보아도 애티커스처럼 그렇게 아이들을 이해하고 사회적 양심을 불어넣어 주는 이상적인 아버지를 찾아보기 힘들다. 애티커스가 백인 여성을 강간했다는 혐의로 체포되어 기소된 흑인 청년 톰 로빈슨을 변호하자 메이콤 주민들은 애티커스의 행동을 비난한다. 물론 애티커스의 행동을 지지하고 찬사를 보내는 주민도 없지 않지만 그들의 수는 손가락에 꼽을 만하다. 젬과 스카웃도 여기저기서 〈깜둥이 애인〉이라는 욕설에 가까운 말을 듣고 당황해한다. 그래서 하루는 스카웃이 아버지에게 이 말뜻을 물어본다. 그러자 그는 〈스카웃, 《깜둥이 애인》이란 아무 뜻도 없는 그런 말들 중의 하나란다. (……) 무식하고 쓰레기 같은 사람들이 어느 누가 자기보다 흑인들을 더 좋아한다고 생각할 때 쓰는 말이지. 누군가를 욕하는 점잖지 못하고 상스러운 용어가 필요할 때 우리 같은 사람들이 상습적으로 사용하는 말이 되어 버렸어〉라고 대답한다.

또 한 번은 스카웃이 아빠에게 많은 사람들이 싫어한다면 거기에는 그럴 만한 까닭이 있지 않겠느냐고 따진다.

「아빠, 아빠가 잘못 생각하시는 거예요.」

「어째서 그렇게 생각하지?」

「음, 모든 사람들은 자기가 옳고 아빠가 틀렸다고 생각하는 것 같아서…….」

「그들에겐 분명히 그렇게 생각할 권리가 있고, 따라서 그들의 의견을 충분히 존중해 줘야 해.」아빠가 말씀하셨습니다. 「하지만 난 다른 사람들과 같이 살아가기 전에 나 자신과 같이 살아야만 해. 다수결에 따르지 않는 것이 한 가지 있다면 그건 바로 한 인간의 양심이다.」

위 인용문에서 맨 마지막 두 문장을 찬찬히 눈여겨보아야 한다. 〈다른 사람들과 같이 살아가기 전에 나 자신과 같이 살아야〉한다는 것은 곧 공동 사회의 가치관보다 더 중요한 것이 개인의 가치관이라는 말이다. 프랑스 실존주의자 장폴 사르트르는 〈실존이 본질에 앞선다〉는 명제의 초석 위에 실존주의적 개인주의라는 집을 세웠다. 그는 개인이 완전히 자유로운 입장에서 스스로 자신의 존재 방식을 선택해야 한다고 주장했다. 누가 만들었는지도 모르는 기존 전통이나 인습 또는 가치관에 따라 살아가는 것은 소중한 일회적 삶을 〈중고품처럼〉 사용하며 살아가는 것이라고 부르짖었다. 그래서 사르트르는 오직 자신의 신념에 따라 사는 방식이야말로 진정한 삶이라고 지적했다. 타인에 의하여 개인의 자아가 함몰되는 상황을 그는 더 이상 방치할 수 없었다.

더구나 애티커스는 스카웃에게 〈다수결에 따르지 않는 것이 한 가지 있다면 그건 바로 한 인간의 양심〉이라고 말한다. 두말할 나위 없이 다수결 원칙은 민주주의 사회의 초석이 되는 가장 핵심적인 원리이면서 가장 기본적인 원리다. 민주주의 사회에서 어떤 사안에 관하여 의견이 서로 갈리지만 토론과 타협 등의 절차로 만장일치를 이루어 낼 수 없을 때 이용하는 의사 결정 방식이 바로 다수결 원칙이다. 평등사상에 기초하여 참여자들이 각각 동등한 영향력을 행사하여 좀 더 많은 사람이 찬성하는 쪽으로 의사를 결정하는 것을 말한다.

그러나 다수결의 원칙은 다수의 횡포를 통하여 정치적 패권주의를 형성하여 다수가 소수를 배제할 수 있다는 점, 사람들이 기존 질서를 중시하는 경향이 강하다는 점 등에서 문제가 있다. 무엇보다도 소수자의 권리나 주장을 보호할 수 없다는 한계가 있다. 일찍이 공자는 『논어』의 「위령공편(衛靈公篇)」에서 〈많은 사람들이 싫다 하여도 반드시 깊이 살필 것이 있으며, 많은 사람들이 좋다 하여도 역시 깊이 살필 것이 있다(衆惡之 必察焉, 衆好之 必察焉)〉고 하지 않았던가. 또 블레즈 파스

칼도 『팡세』(1670)에서 〈왜 사람들은 다수에 복종하는가? 더 많은 도리를 가지고 있기 때문일까? 아니다, 더 많은 힘을 가졌기 때문이다〉라고 잘라 말했다.

애티커스 핀치는 법을 다루는 변호사이면서도 이렇게 다수결 원칙의 문제점을 첨예하게 깨닫는다. 그 이유는 다름 아닌 〈인간의 양심〉 때문이다. 다수결 원칙으로는 개인 각자의 양심을 제대로 헤아릴 수 없다. 지금 그가 흑인 편에 서는 백인을 경멸하여 일컫는 〈깜둥이 애인〉이라는 먼로빌 주민들의 비난과 식구들의 걱정을 무릅쓰고 톰 로빈슨을 변호하려는 것은 바로 개인의 양심을 지키기 위해서다. 만약 그가 주위의 압력에 굴복하여 이 일을 포기한다면 그는 양심을 저버리는 것이 된다. 그리고 만약 자신의 양심을 저버리게 되면 아이들에게 부끄러운 아버지가 될 뿐만 아니라 먼로빌에서도 떳떳하게 살아갈 수도 없다.

애티커스 말고도 스카웃의 오빠 젬, 여름방학이면 미시시피에서 먼로빌 친척집에 찾아오는 딜 해리스를 비롯하여 이웃에 사는 헨리 라피엣 듀보스 할머니, 모디 앳킨슨 아줌마, 고모 알렉산드라, 흑인 가정부 캘퍼니아 등도 하나같이 스카웃이 정신적으로 성장하는 데 직간접적인 산파 역할을 맡는다. 특히 캘퍼니아는 어머니가 없는 아이들에게 어머니로서의 역할을 대신하면서 어떻게 살아가야 하는지 가르쳐 준다.

흑백 갈등을 넘어

그렇다면 나이 어린 스카웃 핀치가 온갖 고통과 좌절과 시련을 겪고 성장하면서 깨닫는 〈영혼의 개안〉이란 무엇인가? 삶의 어떤 모습에 조금씩 마음과 정신의 눈을 뜨기 시작하는가? 좀 더 쉽게 말하자면, 스카웃이 배워 나가는 소중한 삶의 교훈이란 과연 무엇인가? 그녀가 대수 과목을 빼고는 더 이상 배울 것이 없다고 자신감 있게 말한 데는 아마 그럴 만한 까닭이 있을 것이다.

스카웃이 깨닫는 첫 번째 값진 삶의 교훈은 인간이란 피부 색깔이나 사회 계급에 관계없이 평등하다는 사실이다. 다시 말해서 그녀는 흑백 갈등의 인종 문제에 처음 눈을 뜬다. 앨라배마주를 비롯한 남부는 미국의 다른 어느 지역보다도 계급 질서가 뚜렷이 구분되어 있었다. 비록 눈에 보이지는 않지만 이 사회 계급은 알게 모르게 메이콤 주민들의 의식과 행동을 지배해 왔다. 그런데 『앵무새 죽이기』에서 사회 계급은 크게 네 부류로 나뉜다. 스카웃보다 네 살 위인 젬 핀치는 메이콤군의 사회 계급이나 계층을 잘 알고 있다. 그는 소설의 한 장면에서 스카웃에게 최근에 생각해서 얻어 낸 결과라며 이 세상에는 서로 다른 사람들이 살고 있다고 밝힌다.

「이 세상에는 네 부류의 인간이 있어. 우리나 이웃 사람같이 평범한 사람들이 있고, 숲속에 사는 커닝햄 집안 사람 같은 사람들이 있고, 쓰레기장에 사는 유얼 집안 사람 같은 사람들이 있고, 흑인들이 있어.」

여기서 젬은 〈이 세상〉이라고 말하지만 실제로는 메이콤군을 비롯한 남부 사회를 가리키는 것과 크게 다르지 않다. 그는 지금껏 한 번도 메이콤군의 경계를 벗어난 본 적이 없기 때문에 그가 살아 온 메이콤이 곧 그의 세계요 우주이기 때문이다. 젬은 메이콤의 사회 계층을 네 부류로 분류하지만 좀 더 엄밀히 따져보면 네 부류가 아니라 다섯 부류로 나뉜다.

비교적 부유한 핀치 집안들은 메이콤의 사회 계급의

사다리에서 가장 높은 꼭대기를 차지한다. 애티커스는 직업이 변호사고, 그의 동생 잭 핀치는 의사다. 미국 남부 사회에서 변호사와 의사는 존경받는 전문직에 속한다. 특히 애티커스 핀치는 먼로빌의 유지로 대접받을 뿐만 아니라 변호사로서 법률 문제가 있을 때마다 주민들을 돕는다. 마땅히 먼로빌 주민들은 그를 존경하지 않을 수 없을 것이다. 또한 애티커스는 10년 동안 먼로빌을 대표하여 주 의회 의원을 역임했다. 이 점과 관련하여 스카웃은 작품 첫머리에서 〈아빠가 지난 몇 해 동안 한 번도 낙선하지 않고 주 의회 의원으로 뽑혀 일하시고 있다는 사실도 빼놓을 수 없었습니다. 우리 선생님들이 선량한 시민이 되는 데 필수 조건이라고 생각하는 바로 그 적응이라는 것도 거치지 않고 말이지요〉라고 밝힌다.

애티커스의 여동생이요 잭의 누이인 알렉산드라는 핀치 집안 사람 중 가장 가문을 내세우는 인물이다. 가문에 대한 긍지나 자부심이 어떤 의미에서는 도를 조금 넘어선다. 그녀는 조카인 스카웃과 젬에게 늘 핀치 가문의 명예에 어울리게 행동하라고 가르친다. 알렉산드라 고모는 애티커스 오빠에게 아이들 교육 문제를 언급하며 좀 더 엄격하게 다루어야 한다고 말한다. 그래서 어느 날 애티커스는 아이들에게 고모의 말을 전해 준다.

「고모가 내게 부탁하기를, 너희들이 평범한 가문 출신이 아니라 몇 대에 걸친 뼈대 있는 가문의 후손이라는 점을 마음속에 깊이 새겨 두기를 (……) 뼈대 있는 가문의 후손이라는 점을 말이다. (……) 그리고 너희는 가문에 걸맞게 살아가야 한다고 (……) 고모가 내게 부탁하기를, 너희들은 숙녀와 신사처럼 행동하도록 노력해야 한단다. 고모는 핀치 가문에 대해, 또 우리 가문이 지난 몇십 년 동안 메이콤군에서 어떤 의미를 지니고 있었는지에 대해 너희들에게 말하고 싶었던 거지. 너희들이 어느 가문에 속해 있는지 조금이라도 이해하고 그 가문에 걸맞게 처신하기를 바라면서 말이다.」

이렇게 사회 계급에서 상층부를 차지하는 핀치 집안 사람들은 비교적 유복하게 살아간다. 비록 1930년대의 경제 대공황의 어두운 터널을 지나면서도 그들 가족은 의식주에서 이렇다 하게 어려움을 겪는 것 같지 않다.

예나 지금이나 경제 위기가 몰아닥치면 중류 이하 사람들이 고통을 받을 뿐 상류 사회 사람들은 비교적 고통을 적게 겪게 마련이다.

메이콤 사회에서 핀치 집안 바로 아래쪽에는 모디 애킷슨, 레이철 해버포드, 스테퍼니 크로포드, 헨리 라피엣 듀보스, 에이브리 같은 이웃 사람들이 차지한다. 그들은 핀치 집안과 마찬가지로 읍내 중심부에 산다는 공통점이 있다. 또한 애킷슨이 잭 핀치 의사와는 친구 사이고, 해버포드는 핀치 집에 자주 드나든다. 그러나 그들은 사회적 신분에서 보면 아무래도 핀치 집안보다도 조금 아래쪽에 위치한다고 볼 수밖에 없다.

메이콤의 일반 주민들 바로 아래쪽에는 흔히 〈가난한 백인〉으로 일컫는 부류의 사람들이 위치한다. 먼로빌 변방에서 농사를 짓고 살아가는 커닝햄 집안 사람들이 바로 그들이다. 그들은 가난하여 변호사 수임료나 의사 진료비를 돈으로 지불하지 못해 농사를 지은 히코리 열매나 감자 등으로 대신 지불할 정도다.

그러나 비록 가난하여도 성실하고 정직하게 살아가려는 사람들이다. 가난하여 점심을 싸오지 못하는 월터 커닝햄에게 캐럴라인 선생이 그에게 25센트 동전 하나를 건네주며 읍내에 가서 점심을 사 먹고 오라고 말한다. 그러자 스카웃이 선생에게 〈커닝햄 사람들은요, 무엇이든 갚을 수 없는 물건은 받지 않아요. 교회에서 주는 음식 바구니도 대용 지폐요. 그 사람들은 어느 누구한테도 아무것도 받은 적이 없어요. 그 사람들은 자신들이 갖고 있는 걸로 그럭저럭 살아간답니다. 가진 것은 별로 없지만 그렇게 살아가요〉라고 말한다. 커닝햄 집안 사람들이 좀처럼 남에게 의존하지 않고 얼마나 자급자족하여 살아가는지 잘 알 수 있다.

커닝햄 집안 사람들 바로 아래쪽에는 흔히 〈백인 쓰레기〉로 부르는 유얼 집안이 자리 잡는다. 경제적 상태에서는 그들은 커닝햄 집안 사람들처럼 가난하지만 도덕적이고 윤리적인 측면에서는 사뭇 다르다. 유얼 집안 사람들은 부도덕하고 비윤리적이다. 가령 메이엘라 유얼은 흑인 톰 로빈슨을 자신의 의도대로 유혹할 수 없자 강간 혐의를 뒤집어씌운다. 이렇게 무책임한 행위는 결국 톰을 사망에 이르게 만드는 결과를 낳는다. 메이엘라의 아버지 밥 유얼은 톰을 변호했다는 이유로 애티커스 핀치 변호사와 그 자녀들을 해치려고 하고, 마음에 들지 않는다며 판사에게도 위협을 가하려고 한다.

만약 부 래들리의 도움이 없었더라면 아마 스카웃과 젬은 큰 부상을 입거나 사망했을 것이다. 밥 유얼은 사회의 규범이나 관습 또는 법을 지키지 않고 제멋대로 행동하는 무법자에 가깝다.

유얼 집안의 반사회적 행동은 어른들뿐만 아니라 아이들도 마찬가지여서 스카웃과 같은 반에 있는 버리스는 교사에게 버릇없이 굴기 일쑤다. 캐럴라인 선생이 그의 버릇없는 행동을 교장 선생에게 보고하겠다고 말하자, 버리스는 콧방귀를 끼면서 느긋하게 문 쪽으로 걸어 나가 안전한 거리에 이르자 교사를 향하여 이렇게 소리를 지른다. 〈보고고 나발이고 해볼 테면 해보시지, 빌어먹을 년 같으니라고! 콧물이나 흘리는 화냥년 같은 선생이 나한테 무슨 짓을 할 수 있겠어! 어디에라도 보내 보라지. 선생님, 잊지 말고 꼭 기억해 두세요. 선생님은 날 어디로도 보낼 수 없다고요!〉 초등학교 학생의 말이라고는 좀처럼 믿기지 않는다.

메이콤 사회의 계급적 사다리에서 가장 밑바닥에 놓여 있는 사람들은 다름아닌 흑인들이다. 인간성이 백인들 못지않고, 어떤 의미에서는 몇몇 백인들보다 더 존경받을 만하지만, 흑인들은 피부가 검다는 이유만으로 메이콤 사회에서 여러모로 차별받고 무시당하면서 살아간다. 예를 들어 내세울 것이라고는 흰 피부밖에 없는 유얼 집안 사람들은 방금 언급했듯이 톰 로빈슨 같은 흑인을 박해함으로써 보잘것없는 자신의 신분을 과시하고 떨어진 위신을 보상받으려고 한다. 얼핏 보면 흑인들은 백인들과 비교하여 겉모습이 호감이 가지 않는 것처럼 보이기도 한다. 가령 스카웃은 자기 집에서 가정부로 일하는 캘퍼니아를 독자들에게 처음 소개하면서 〈아줌마는 광대뼈가 톡 튀어나오고 뼈가 앙상했으며 근시에다가 사팔뜨기였습니다. 손은 침대 널빤지처럼 넓적했고 딱딱하기는 그보다 두 배나 되었습니다〉라고 말한다.

그러나 이러한 투박한 외모와는 달리 캘퍼니아는 인격적으로나 도덕적으로 어느 백인 못지않게 훌륭하다. 스카웃이 두 살 때 사망한 핀치 부인을 대신하여 자상한 어머니로서의 역할을 충실히 수행한다. 알렉산드라는 오빠 애티커스에게 캘퍼니아를 집에서 내보내자고 설득하지만 그는 여동생의 좀처럼 말을 들으려고 하지 않는다. 그는 차분한 목소리로 〈알렉산드라, 캘퍼니아가 원할 때까지는 내보낼 수 없어. 네 생각은 다르겠지만 난 지금까지 그녀 없이 살림을 꾸려 올 수 없었어. 그녀는 이제 어엿한 집안 식구고, 넌 그것을 현실로 받아들여야 해〉라고 말한다. 어머니로서의 역할을 제대로 하지 못한, 하퍼 리의 실제 어머니 프랜시스 커닝햄 핀치와 비교해 보면, 캘퍼니아는 아이들에게 핀치 부인보다 더 어머니로서의 역할을 잘해 낸다.

이러한 사정은 비단 캘퍼니아에 그치지 않고 톰 로빈슨에게서도 엿볼 수 있다. 흑인들은 흔히 게으르고 무책임하다고 생각하는 백인들이 적지 않지만 톰은 근면하고 성실하게 살아가는 젊은이다. 스물다섯인 톰은 일찍 결혼하여 자녀 세 명을 두었으며 가장으로서 역할을 다하려고 노력한다. 경범죄로 30일 형을 받은 적이 있지만 문제가 된 그의 행동은 어디까지 정당방위에 지나지 않았다. 어머니를 대신하여 혼자서 일하는 메이엘라 유얼이 안쓰러워 톰은 때로 그녀를 돕는다. 그런데도 톰이 흑인이라는 이유로 메이엘라는 친절한 행위에 고마움을 느끼기는커녕 오히려 강간이라는 죄로 뒤집어씌운 것이다.

인종 문제와 관련하여 메이콤 주민들은 대체로 지금까지 남부에서 전해 내려온 관습과 전통에 따라 행동해

왔다. 그러나 애티커스 핀치는 〈깜둥이 애인〉이라는 달갑지 않은 비난을 받으면서까지 그러한 관습과 전통에 용기 있게 맞서 싸운다. 아버지가 톰 로빈슨 사건 변호를 맡은 것에 스카웃과 젬이 불만을 보이자 그는 스카웃에게 〈이 사건, 톰 로빈슨 사건은 말이다, 아주 중요한 한 인간의 양심과 관계 있는 문제야……. 스카웃, 내가 그 사람을 도와주지 않는다면 난 교회에 가서 하나님을 섬길 수가 없어〉라고 밝힌다.

애티커스가 하는 말에서 만약 톰의 사건을 변호하지 않으면 더 이상 〈하나님을 섬길 수 없어〉라고 말한다는 점을 주목해 보아야 한다. 백인이건 흑인이건 모든 인간은 똑같이 하나님의 형상으로 빚어진 피조물이다. 아직 나이 어린 탓에 스카웃은 아직 종교적이나 신학적으로 이 문제를 깊이 있게 생각하기는 어려울 것이다. 그러나 그녀는 이제까지 눈으로 보고 귀로 들은 경험과 가정과 학교 교육을 통하여 모든 인간은 피부 색깔에 관계없이 소중한 〈하나님의 자녀〉라는 사실을 깨닫는다. 특히 아버지 애티커스의 언행은 스카웃이 사회 계급에 따른 차별이 얼마나 비이성적이고 파괴적인지 깨닫게 된다.

적어도 이 점에서 『앵무새 죽이기』는 『허클베리 핀의 모험』과 아주 비슷하다. 인종 차별의 주제에서 이 두 작품은 마치 쌍둥이처럼 서로 닮아 있다. 허클베리 핀은 종교·도덕·법률·문화라는 그럴듯한 이름으로 사회의 모든 구성원들에게 요구하는 편견과 그릇된 가치관의 가면을 훌훌 벗어던지고 직관적인 자아와 자연스러운 내적 충동에 따라 살기를 바란다. 탈출한 노예 짐을 도피시키고 있다고 양심을 가책을 느끼는 핀은 짐의 노예주 왓슨 아줌마에게 짐이 펠프스 농장에 체포되어 있다는 편지를 띄우기로 결심한다.

그러나 그는 그동안 짐이 자기에게 베풀어 준 온갖 행동과 그의 착한 본성을 생각하며 마침내 그 편지를 북북 찢어 버린다. 그러면서 그는 〈좋아, 난 지옥으로 가겠어!〉라고 말한다. 이 말에 대하여 핀은 〈그것은 끔찍스런 생각이었고 무서운 말이었지만 벌써 입 밖으로 내뱉고 말았습니다. 그리고 나는 내뱉은 말을 취소하지 않고 그냥 그대로 내버려 두었습니다〉라고 말한다. 그렇다면 톰 로빈슨은 트웨인의 작품에서 흑인 짐에 해당하고, 스카웃은 허클베리 핀에 해당하는 셈이다. 앞에서 하퍼 리의 작품과 트웨인 작품이 다 같이 성장 소설 전통에 속한다고 지적한 점을 다시 한 번 떠올리는 것이 좋을 것이다.

『앵무새 죽이기』의 작중 인물들 중에서 가장 인종 차별적인 인물은 알렉산드라 고모다. 이 소설에서 그녀만큼 철저한 백인 우월주의자는 찾아보기 힘들다. 여러 장면에서 그녀는 드러내 놓고 흑인을 경멸하는 태도를 보여 준다. 가령 스카웃과 젬이 캘퍼니아가 다니는 흑인 교회에 나간 것에 적잖이 불만을 느낀다. 또한 알렉산드라 고모는 스카웃이 가끔 캘퍼니아 집에 놀러 가고 싶다고 말하자 절대로 가면 안 된다고 한마디로 잘라 말한다. 애티커스 핀치가 흑인 하녀 캘퍼니아를 한 식구로 간주하는 것에 대해서도 알렉산드라는 아주 못마땅하다. 캘퍼니아에 대한 애티커스의 태도는 남부의 전통이나 인습과는 적잖이 위배되기 때문이다.

이렇듯 흑인 문제에서 애티커스 핀치는 알렉산드라와는 사뭇 다르다. 한 핏줄에서 태어났으면서도 이렇게 다를 수 있다는 데 새삼 놀라게 된다. 결국 스카웃이 인종 차별의 벽을 허무는 데 누구보다도 큰 영향을 끼치는 인물은 다름아닌 아버지 애티커스다. 애티커스 핀치는 비단 캘퍼니아뿐만 아니라 톰 로빈슨의 변호를 맡는

데, 인종 차별은 사회적인 문제일 뿐만 아니라 문화적인 문제로 주민의 의식에 뿌리 깊이 박혀 있는 메이콤 군에서는 어려운 일이다. 톰에게 죄가 없다고 믿는 사람들조차 그를 위하여 섣불리 나설 수가 없는 것이 이 무렵 남부의 현실이다. 유죄이건 무죄이건 백인 여성의 주장을 거스르면서까지 흑인을 옹호하는 것은 사회적 인습에 어긋나는 것이다. 그런데도 애티커스는 자신이 옳다고 생각하는 바를 용기 있게 실천에 옮긴다.

스카웃과 젬은 어렸을 적부터 아버지의 이러한 언행을 보며 평등사상을 조금씩 내면화하게 된다. 특히 아버지의 행동은 그 어떤 웅변보다도 그들에게 설득력이 있다. 크리스마스 때 알렉산드라 고모 집에 갔을 때 스카웃이 고모의 외손자 프랜시스와 몸싸움을 벌인 것도 그가 애티커스를 〈깜둥이 애인〉라고 불렀기 때문이다. 프랜시스는 어디에서 스카웃의 아버지가 흑인을 변호한다는 소리를 들은 것이다. 스카웃은 아버지를 통하여 조금씩 흑인도 백인과 다르지 않은 인간 가족의 일원이라는 사실을 깨닫는 것이다.

백인 사회의 차별

『앵무새 죽이기』는 인종 문제에 가려 자칫 놓쳐 버리기 쉽지만 백인의 사회 계급이나 계층에 관한 문제에도 아주 중요하다. 방금 앞에서 지적했듯이 대부분의 남부 지방의 백인들처럼 메이콤의 백인들도 그 나름대로 서로 다른 사회 계급으로 분화되어 있다. 이러한 백인들 사이에 놓여 있는 사회 계층의 벽은 젬이 스카웃에게 하는 말에서도 단적으로 엿볼 수 있다. 그는 〈솔직히 말하면 우리 같은 사람들은 커닝햄 집안 사람들을 별로 좋아하지 않아. 커닝햄 집안 사람들은 유얼 사람들을 좋아하지 않고, 유얼 집안 사람들은 흑인들을 증오하고 경멸하지〉라고 말한다. 젬은 메이콤군의 사회 계급이나 계층을 정확히 꿰뚫어 보는 셈이다.

어른들의 세계에서 이러한 사회적 계급은 주민들에게 여러모로 영향을 끼치며 작용한다. 메이콤에서 어느 누구보다도 사회 계급을 가장 첨예하게 의식하는 인물은 알렉산드라 고모다. 모디 앳킨슨 아줌마와 거의 동갑으로 핀치스 랜딩에서 이웃에서 같이 자랐지만 사회 계급에 대한 태도에서 이 두 사람은 그야말로 하늘과 땅만큼 큰 차이가 난다. 시대착오적이라고 할 만큼 아직도 남부의 전통이나 인습에 무게를 싣는 알렉산드라는 속물근성을 지닌 반면, 앳킨슨은 좀처럼 사회적 신분에 따라 인간을 차별하려 하지 않는다.

남부 귀부인이라는 환상에 빠져 있는 알렉산드라는 오빠 애티커스 핀치가 젬과 스카웃을 자유분방하게 키우는 것에 적잖이 불만을 품는다. 알렉산드라는 스카웃이 멜빵바지를 입고 사내아이처럼 험하게 노는 것을 무척 싫어한다. 특히 그녀는 조카의 옷 문제에 대해서는 그야말로 광적으로 민감하다. 이 일로 스카웃은 알렉산드라 고모와 적잖이 마찰을 빚는다.

[고모는] 바지를 입고 다니면 도저히 숙녀가 될 수 없다는 겁니다. 드레스를 입고서는 아무것도 할 수 없다고 대답하자, 고모는 바지를 입어야 할 수 있는 일은 해서는 해서는 안 된다고 말씀하셨습니다. 고모가 생각하는 내 품행이란 작은 스토브와 차 세트를 가지고 놀고, 내가 태어날 때 고모가 준 진주 목걸이를 걸치는 거였습니다. 아빠의 외로운 삶에서 한줄기 햇살이 되어야 한다고도 하셨고요. 바지를 입고서도 얼마든지 한줄기 햇살이

될 수 있다고 대답했지만 고모는 여자란 햇살처럼 행동해야 한다느니, 나는 태어날 때는 착하게 태어났지만 해마다 점점 못돼진다느니 하고 말씀하셨습니다.

스카웃은 옷 문제로 그동안 고모와 얼마나 실랑이를 벌였는지 〈나는 고모 때문에 기분이 상하고 화가 났습니다〉라고 밝힌다. 스카웃은 아버지에게 옷 문제를 물어보고, 아버지는 딸에게 집안에는 이미 햇살이 충분할 뿐더러 그녀의 행동에 그다지 걱정하지 않는다고 대답한다. 다시 말해서, 스카웃은 알렉산드라 고모가 자신을 〈남부의 귀부인〉으로 만들려고 한다고 불평을 털어놓는다. 스카웃은 이 작품의 한 장면에서 사람을 산에 빗댄다면 〈알렉산드라 고모는 에베레스트산에 견줄 수 있었을 겁니다. 내 어린 시절 내내 고모는 차갑게 그 자리에 계셨으니까요〉라고 말한다.

그런데 스카웃이 알렉산드라 고모를 에베레스트산에 빗대는 것이 무척 흥미롭다. 에베레스트산은 두말할 나위 없이 지구에서 가장 높은 산이다. 가장 높은 산인 만큼 전문적인 산악인이 아니라면 감히 접근할 수 없다. 또한 바람이 강하게 불고 기온이 낮아 몹시 추운 곳이기도 하다. 한마디로 메이콤 사회에서 알렉산드라가 차지하는 위상을 실감나게 표현하는 말이다.

더구나 알렉산드라는 스카웃에게 학교 친구인 월터 커닝햄이 가난한 시골 농부의 아들이라는 이유로 그와 함께 어울리지 못하도록 하기도 한다. 올드새럼이라는 읍 변방에 사는 그는 신발이 없어 맨발로 헛간이나 돼지우리를 돌아다니다 보니 십이지장충병에 걸려 있다. 스카웃은 〈월터에게 신발이 있다면 아마 학교 오는 첫날에나 신발을 신고 한겨울이 될 때까지는 맨발로 지낼 겁니다〉라고 말한다. 본디 가난한 농사꾼 집안인데 가득이나 경제 대공황 시절이어서 가정 형편은 더더욱 말이 아니다. 그래서 알렉산드라 고모는 월터를 두고 심지어 〈쓰레기 같은 아이〉라고 말하기도 한다.

비록 정도의 차이는 있지만 젬 핀치도 알렉산드라 고모처럼 월터를 자신보다 낮게 취급한다. 물론 젬이 내세우는 이유는 고모의 이유와는 조금 다르다. 젬이 스카웃과 함께 뼈대 있는 가문에 대하여 이야기를 나누는 장면에서 배경이란 오래된 가문보다는 얼마나 오래전부터 글을 읽고 쓸 수 있는가 하는 능력에 달려 있다고 말한다. 그러면서 젬은 커닝햄 집안 사람들은 글을 읽을 줄도 쓸 줄도 모르기 때문에 사회 계급이나 계층에서 자신들보다 아래에 있을 수밖에 없다고 밝힌다.

알렉산드라 고모가 가문이나 사회적 위치에 따라 사람을 구분 짓는다면, 젬은 이렇게 학식이나 지적 능력에 따라 사람을 구분 짓는 셈이다. 그러자 스카웃은 날 때부터 글을 읽고 쓸 줄 아는 사람은 이 세상에 한 사람도 없다고 젬의 말에 이의를 제기하면서 월터 커닝햄은 그 나름대로 똑똑하다고 지적한다.

알렉산드라 고모나 젬과는 달리 애티커스 변호사와 캘퍼니아는 월터 커닝햄을 조금도 무시하거나 경멸하지 않는다. 오히려 스카웃의 친구로 친절하게 대해 준다. 스카웃과 젬이 그를 데리고 집으로 점심을 먹으러 왔을 때 애티커스는 그를 반갑게 맞는다. 그러면서 애티커스는 마치 전에 만난 것처럼 다정하게 그와 농작물 이야기를 나눈다. 물론 읍내에서 태어나 자란 스카웃과 젬은 두 사람이 주고받는 이야기를 이해할 리 없다. 스카웃이 대화에 끼어들어 〈그 사람한테도 감자 한 자루로 일삯을 준 거야?〉라고 묻자 애티커스는 그녀를 향하여 고개를 가로젓는다. 딸의 질문이 자칫 월터의 자존심을 상하게 할까 봐 걱정되기 때문이다.

이렇게 월터를 자상하게 대하는 것은 캘퍼니아도 마찬가지다. 식사 예절을 배우지 못한 월터는 시끄러운 소리를 내며 식사를 한다. 또 채소니 고기니 할 것 없이 음식에 시럽을 쏟아붓다시피 한다. 그도 그럴 것이 가난한 그는 자기 집 식탁에서 좀처럼 시럽을 볼 수 없었기 때문이다. 월터의 이러한 태도를 보고 스카웃이 깔보듯이 말하자 캘퍼니아가 그녀를 부엌으로 불러낸다. 캘퍼니아는 스카웃을 노려보며 몹시 화난 목소리로 이렇게 나무란다.

「우리와 다른 식으로 식사하는 사람들도 있는 법이야. (……) 하지만 그 사람들이 우리처럼 식사를 하지 않는다고 해서 식탁에서 무안을 줄 수는 없어. 저 앤 네 손님이고, 그러니 만약 그 애가 식탁보를 먹어 치우고 싶다고 해도 그냥 내버려 둬야 해. 내 말 알아듣겠어?」

「아줌마, 저 앤 손님이 아니에요. 그저 커닝햄 집 ─」

「입 닥치지 못하겠어! 그 애가 누구건 상관없어. 일단 이 집에 발을 들여놓았으면 누구든 다 손님인 거야. 한 번만 더 잘난 체하면서 다른 사람에 대해 이러니저러니 어디 입방아만 놀려 봐! 너희 집 사람들이 커닝햄 사람들보다 잘났는지 모르지만, 네가 그 사람들을 망신 주는 걸 보면 그 잘났다는 것도 별 볼 일 없는 거야. 식탁에서 그런 식으로 굴려면 차라리 여기 부엌에 앉아 먹어!」

위 인용문을 읽노라면 캘퍼니아의 인간성에 절로 고개가 숙여진다. 비록 백인 집안에서 가정부로 일하는 흑인 여성이지만 그녀는 어떤 백인 여성 못지않게, 아니 어떤 면에서는 그들보다 더 정신이 건강하고 올곧다. 캘퍼니아와 비교해 보면 입만 열면 남부 귀부인을 내세우는 알렉산드라가 오히려 초라하게 느껴진다.

이 장면에서 캘퍼니아는 스카웃에게 〈우리와 다른 식으로 식사하는 사람들도 있는 법이야〉라고 밝히지만, 그녀는 단순히 식사법을 언급하는 것에 그치지 않고 인간의 모든 행위를 언급한다. 생각하는 것도, 말하는 것도, 행동하는 것도 우리와 다른 식으로 하는 사람들이 있다는 사실을 깨닫는 것이야말로 아주 현명한 일일 것이다.

월터 커닝햄이나 부 래들리에 대한 태도에서 엿볼 수 있듯이 스카웃도 친구들이나 주위 사람들을 이런저런 이유로 구분 짓지 않으려고 애쓴다. 사회적 계급에 따른 편견이나 차별이 인간과 인간 사이의 참다운 관계를 방해하는 부정적 요인이 된다는 사실을 깨닫기 때문이다. 그녀에게는 사회적 신분이나 능력에 관계없이 모든 사람은 인간 가족의 일원일 뿐이다. 스카웃은 젬에게 〈내 생각으로는 이 세상에는 오직 한 종류의 인간만이 있을 뿐이야. 그냥 사람들 말이지〉라고 말한다. 이렇게 말하는 스카웃을 보면 그녀의 정신적 신장을 가늠해 볼 수 있다. 스카웃이 인간에 네 부류가 있다고 생각하는 젬보다도 정신적으로 훨씬 더 성숙해 있는 것 같다.

타자에 대한 배려

커닝햄 집안 사람들이 경제적 약자라면 래들리 집안 사람들은 사회적 약자라고 할 수 있다. 지식인 사회에서 흔히 〈타자〉라고 부르는 사회적 약자에 대한 배려와 관심이 하퍼 리가 『앵무새 죽이기』에서 다루는 또 다른 주제다. 작가는 이 소설에서 사회적으로 여러 가치를 박탈당한 채 열악한 환경에서 살아가는 약자를 배려하고 그들에게 관용과 사랑을 베푸는 것이 얼마나 소중한

지 일깨운다. 스카웃 핀치는 자신의 입장에서 남을 생각하고 판단하기보다는 이와는 반대로 남의 입장에서 생각하고 판단하여야 한다는 사실을 배운다. 스카웃은 〈아빠의 말이 정말 옳았습니다. 언젠가 상대방의 입장이 되어 보지 않고서는 그 사람을 정말로 이해할 수 없다고 하신 적이 있습니다. 래들리 아저씨네 집 현관에 서 있는 것만으로도 충분했습니다〉라고 밝힌다. 한 마디로 그녀는 아버지를 통하여 남을 배려하고 관용을 베풀며 사랑하는 마음을 배운다.

앞에서 언급했듯이 이 작품의 마지막 장면에서 스카웃은 그토록 무서워하던 래들리 집 현관에서 버티고 서서 자신의 집과 이웃을 바라다본다. 언제나 자신의 집 현관에서 래들리 집을 바라보던 태도에서 이제는 방향을 완전히 바꾸어 래들리 집 현관에서 자신의 집을 바라본 것이다. 이렇게 달라진 입장에서 자신의 집과 마을을 바라보며 스카웃은 비로소 타자 또는 상대방의 입장이 되어 보지 않고서는 그 사람을 제대로 이해할 수 없다는 아버지 말뜻을 깨닫는다.

앞에서 〈타자〉라는 용어를 사용했지만 스카웃은 자신보다 열등한 위치에 있는 사람에 대해서는 특별히 관

심을 기울여야 한다고 생각한다. 스카웃의 이웃집에 사
는 부 래들리가 바로 그러한 사람 가운데 하나다. 그는
어린 시절에는 스카웃이나 젬 못지않게 순진하고 똑똑
한 소년이었지만 사춘기 때 친구를 잘못 사귄 탓에 잠
시 읍내에 물의를 일으키고 그 사건 때문에 평생 집 안
에 갇혀 지내는 신세가 된다. 어찌 보면 도덕적으로 경
직된 아버지한테 잔인하게 희생당하는 인물이다. 부 래
들리는 마을 사람들로부터는 완전히 따돌림을 받고, 스
카웃과 젬 그리고 딜 같은 아이들로부터는 놀이의 대상
이 될 따름이다.

그러나 집 안에 틀어박혀 몇십 년 동안 젬과 스카웃
이 자라는 것을 지켜보는 부 래들리는 아이들 모르게
나무 옹이 구멍에 선물을 넣어 주기도 하고, 젬의 찢어
진 옷을 꿰매 주기도 하며, 그들이 어려움을 당할 때면
도와주기도 한다. 마지막 장면에서 밥 유얼로부터 살해
당할 뻔한 아이들을 구출해 주는 것도 바로 부 래들리
였다.

스카웃은 자신의 집 안에서는 부 래들리를 마치 어린
아이처럼 자상하게 돌보아 주지만, 막상 집 밖으로 나
와서는 오히려 래들리로 하여금 자신을 인도하도록 배

려한다. 행여 래들리가 이웃 사람들에게 약하거나 무능한 존재로 비칠까 봐 걱정되기 때문이다. 이렇듯 작품의 마지막 장면에 이르러 래들리를 대하는 태도에서 스카웃은 그 이전과는 사뭇 다른 모습을 보인다. 래들리는 유령이나 흡혈귀가 아니라 아버지처럼 자상하게 어린이들을 돌보아 주는 다정다감한 인간임을 새삼 깨닫는다. 그녀에게는 부 래들리처럼 사회 부적응자이건 톰 로빈슨처럼 사회 계층의 밑바닥에 있는 흑인이건 인간은 오직 〈인간 가족〉의 일원일 뿐이다.

스카웃은 알렉산드라 고모로부터 숙녀가 되도록 강요받는다. 고모는 스카웃을 〈숙녀〉로 만들려는 데 온갖 관심과 주의를 기울인다. 언제나 멜빵바지를 입고 사내 아이들과 어울려 놀면서 나무 위에 올라가고 걸핏하면 친구들과 싸우는 스카웃에 적잖이 실망을 느낀다. 비교적 자유분방한 북부와는 달리 남부 사회에서는 여성이 귀부인답게 처신해야 하기 때문에 알렉산드라가 그렇게 안달하는 것도 조금은 이해가 간다. 심지어는 젬마저도 스카웃이 〈계집애〉처럼 처신하기를 바랄 때가 있다.

그러나 스카웃에게 숙녀가 된다는 것은 알렉산드라

를 비롯한 남부 여성이 흔히 생각하는 것과는 사뭇 다르다. 〈숙녀〉란 우아하게 드레스를 차려입고 바느질을 하거나 요리를 잘할 줄 안다고 하여 되는 것은 아니다. 또한 파티에 참석하여 우아하게 사람들과 사교하고 춤을 잘 춘다고 되는 것도 아니다. 스카웃에게는 타자에 대한 배려와 관심을 기울이는 것이야말로 참다운 의미의 숙녀가 되는 일이다. 찰스 디킨스는 『위대한 유산』에서 나이 어린 주인공 핍이 〈신사〉가 된다는 것이 과연 무엇인지 깨달아 가는 과정을 다룬다. 『앵무새 죽이기』는 스카웃이 〈숙녀〉가 된다는 것이 과연 무엇인지 깨달아 가는 과정을 다룬 작품이다. 적어도 이 점에서 핍과 스카웃은 허구적 남매라고 보아도 크게 틀리지 않을 것 같다.

모든 제도가 백인 중심으로 짜여 있는 미국 사회에서 흑인들은 부 래들리보다도 훨씬 더 열악한 위치에 놓여 있다. 앞에서 말한 스코츠보로 사건이나 로자 파크스 또는 오서린 루시 사건에서도 엿볼 수 있듯이, 미국 사회에서 흑인은 언제나 서자(庶子) 취급을 받아 왔다. 톰 로빈슨의 사건을 통하여 스카웃은 인간이란 피부 색깔에 따라 구분될 수 없다는 사실을 깨닫는다. 비단 겉으로 드러난 피부 색깔만이 아니라, 젬의 지적대로 몸속에 흑인 피가 단 한 방울이라도 섞여도 흑인으로 취급받는 것이 이 무렵 남부 사회의 현실이었다. 유얼 집안 사람들처럼 내세울 것이라고는 오직 흰 피부밖에 없는 백인들에게 흑인들은 자신들의 울분과 분노를 터뜨리는 대상에 지나지 않는다. 백인 중심 사회에서 흑인들은 희생양의 역할을 맡기 일쑤다. 애티커스 핀치 변호사를 비롯하여 존 테일러 판사와 보안관 헥 테이트 그리고 모디 앳킨슨 같은 몇몇 백인을 빼놓고서는 메이콤 군 주민들은 거의 하나같이 흑인을 무시하고 경멸하는 인종 차별주의자들이다.

앵무새 살리기

다른 작품의 제목도 마찬가지이지만 『앵무새 죽이기』의 제목은 자못 상징적이다. 애티커스 핀치는 아이들에게 크리스마스 선물로 공기총을 사 주면서도 총을 쏘는 법을 가르쳐 주려고 하지 않는다. 결국 잭 삼촌이 젬과 스카웃에게 기본적인 사격술을 가르친다. 아버지는 아이들에게 총을 쏘더라도 뒤뜰에서 깡통이나 쏘았으면 좋겠다고 말한다. 그러면서 〈하지만 새들도 쏘게 되겠지. 맞힐 수만 있다면 쏘고 싶은 만큼 어치새를 모두 쏘아도 된다. 하지만 앵무새를 죽이는 건 죄가 된다는 점을 기억해라〉고 말한다. 애티커스가 아이들에게 어떤 일을 하면 죄가 된다고 말하는 것은 이 장면이 처음이다.

물론 여기서 하퍼 리가 말하는 앵무새는 우리가 흔히 아는 앵무새와는 조금 다르다. 이 작품에서 말하는 앵무새는 새장에 갇힌 채 인간의 말을 흉내 내는 반려조인 〈앵무새parrot〉가 아니라, 산 속에서 살면서 자유롭게 지저귀는 〈흉내쟁이지빠귀mockingbird〉이다. 부리가 길고 날개가 짧고 둥글며 꼬리가 긴 이 새는 숲속에서 곤충을 잡아먹거나 열매를 따먹고 산다. 숲속에 사는 다른 새들의 소리를 그럴듯하게 잘 흉내 내기 때문에 그러한 이름이 붙은 것이다.

메이콤에서 『메이콤 트리뷴』이라는 신문을 혼자서 만드는 언더우드는 배심원이 톰 로빈슨에게 유죄 평결을 내린 것과 관련하여 직접 언급하는 대신 어린애들도 알아들을 수 있도록 〈서 있건 앉아 있건 아니면 도망치

건, 불구자를 죽이는 건 죄악〉이라고 말한다. 또 톰이 도망치다 총에 맞고 사망한 사건에 대해 〈사냥꾼이나 아이들이 노래 부르는 새를 무분별하게 죽이는 행위〉라고 톰 로빈슨을 앵무새에 빗대어 말한다.

또한 스카웃은 이 작품의 마지막 장면에서 부 래들리에게 상처를 입히는 것은 마치 〈앵무새를 쏴 죽이는 것〉과 같다고 생각한다. 밥 유얼의 죽음과 관련하여 애티커스 핀치는 보안관 헥 테이트의 제안에 따라 유얼이 실수로 자기 칼에 넘어져 죽은 것으로 처리하기로 마음먹는다. 행여 부 래들리에게 피해를 주지나 않을까 걱정되기 때문이다. 애티커스는 오랫동안 마룻바닥을 쳐다보다가 마침내 고개를 들고 스카웃을 바라본다. 그리고는 〈스카웃, 유얼 씨는 자기 칼 위로 넘어졌어. 이해할 수 있겠니?〉라고 묻는다. 그러자 스카웃은 아버지한테 달려가 껴안고 있는 힘을 다해 키스를 하면서 〈물론이죠, 아빠. 전 이해할 수 있어요. 테이트 아저씨 말씀이 옳아요〉라고 말한다. 애티커스는 놀라서 스카웃을 껴안던 팔을 풀고는 그녀를 쳐다보며 〈이해하고 있다니, 그게 무슨 뜻이냐?〉라고 반문한다. 그러자 스카웃은 〈글쎄, 말하자면 앵무새를 쏴 죽이는 것과 같은 것이죠?〉라고 말한다.

그리고 누구보다도 앵무새의 의미를 스카웃과 젬에게 가르쳐 주는 사람은 이웃집 아줌마 모디 앳킨슨이다. 애티커스가 〈죄〉 운운하며 앵무새를 쏘아 죽이지 말라고 타이르는 것이 선뜻 이해가 되지 않는 스카웃과 젬은 앳킨슨을 찾아가 물어본다. 그러자 앳킨슨은 아이들에게 이렇게 대답해 준다.

「너희 아빠 말씀이 옳아. (······) 앵무새들은 인간을 위해 노래를 불러 줄 뿐이지. 사람들의 채소밭에서 뭘 따 먹지도 않고, 옥수수 창고에 둥지를 틀지도 않고, 우리를 위해 마음을 열어 놓고 노래를 부르는 것 말고는 아무것도 하는 게 없어. 그래서 앵무새를 죽이는 건 죄가 되는 거야.」

여기서 앳킨슨은 앵무새가 인간을 위하여 노래를 부르는 것 말고는 아무런 해가 되는 짓도 하지 않는다고 말한다는 점을 주목해야 한다. 그녀는 다른 새들과 달리 앵무새는 아름다운 목소리로 사람들의 귀를 즐겁게 해줄 뿐 곡식을 먹거나 창고에 둥지를 트는 등 해를 끼치지 않는다고 밝힌다. 애티커스 핀치 변호사도 아이들에게 아무런 해를 끼치지 않는 앵무새를 죽이는 것은 죄가 된다고 말하는 까닭이 바로 여기에 있다.

그러나 앵무새(흉내쟁이지빠귀)가 인간에게 해를 끼치지 않는다는 말은 실제 사실과는 적잖이 다르다. 조류학자들은 그동안 앵무새가 곡식을 먹어 인간에게 해를 끼친다고 지적해 왔다. 물론 하퍼 리는 앵무새와 관련하여 과학적 진실보다는 예술적 진실을 말할 뿐이다. 그러므로 과학적 사실에 어긋난다고 하퍼 리를 비판하는 것은 옳지 않다. 문학가들은 과학적 진실보다는 오히려 예술적 진실에 더 관심이 있다.

이 작품에 등장하는 인물 가운데 부 래들리 같은 백인이나 톰 로빈슨 같은 흑인은 바로 앵무새 같은 인간이다. 재판 과정과 그 결과를 보고 환멸을 느끼고 점차 삶에 냉소적인 태도를 보이는 젬이나, 흑인 여자와 결혼하여 혼혈 아이들을 낳고 백인들과 멀찌감치 떨어져 흑인 동네에 사는 돌퍼스 레이먼드 씨도 어떤 점에서는 앵무새와 무관하지 않다. 그들은 하나같이 다른 사람들에게 직접 해를 끼치지 않는데도 편견이나 오해 또는 아집 때문에 적잖이 고통받고 심지어 목숨까지 잃기 때문이다.

한편 하퍼 리가 제목으로 삼은 〈앵무새〉는 또 다른 점에서도 특별한 의미를 지닌다. 영어 〈*mockingbird*〉에서 〈*mock*〉은 〈흉내 내다〉라는 뜻 말고도 〈조롱하다〉, 〈우롱하다〉, 〈비웃다〉, 〈놀리다〉 등의 뜻이 있다. 작가는 이 작품에서 좁게는 미국 남부, 넓게는 미국 전역, 더 넓게는 지구촌이 직면한 여러 문제점을 조롱하면서 비판한다. 앞으로 지적하겠지만 교육 제도, 사법 제도, 정부의 인종 차별 정책, 사회 문제 등 하퍼 리가 조롱과 비판의 대상으로 삼는 문제가 무척 많다.

선과 악의 발견

하퍼 리는 『앵무새 죽이기』에서 좀 더 형이상학적인 주제를 다루기도 한다. 스카웃은 여섯 살에서 아홉 살에 이르는 3년여에 걸친 유년 시절을 보내면서 처음으로 악의 존재를 발견하고 더 나아가 선과 악의 본질을 조금씩 깨달아 간다. 인간은 본질적으로 선한 존재인가, 아니면 악한 존재인가? 선과 악은 마치 흰색과 검은

색처럼 이항 대립적으로 존재하는가, 아니면 때로는 분리할 수 없을 만큼 서로 깊이 연관되어 있는가? 하퍼 리는 스카웃과 젬이 정신적으로 성장하는 모습을 통하여 이 질문에 답하려고 한다.

젬과 마찬가지로 스카웃은 처음에는 사람들이 하나같이 착한 존재라고 생각한다. 그녀가 이렇게 생각하는 것은 아직 인간의 악한 모습을 보지 못했기 때문이다. 그러나 메이콤에서 일어나는 여러 사건, 그중에서도 톰 로빈슨과 관련한 재판 과정을 지켜보면서 처음에 가졌던 순진한 생각을 조금씩 버리기 시작한다. 메이컴 주민들의 삶은 편견, 위선, 무지, 증오 등으로 얼룩져 있다. 아무런 죄가 없는 톰이 배심원으로부터 유죄 평결을 받는 것을 보고 스카웃은 엄청난 충격을 받는다.

젬이 받는 충격은 스카웃보다 훨씬 더 크다. 너무 화가 난 젬의 얼굴은 눈물 자국으로 얼룩져 있다. 〈말도 안 돼〉라는 그의 말에는 절망감이 짙게 묻어 있다. 미국의 사법 제도는 말할 것도 없고 정의와 인간성에 대한 신념마저 흔들리는 그는 마침내 환멸 상태에 빠진다.

애티커스 핀치는 스카웃과 젬에게 어떻게 인간의 선에 대한 믿음을 잃지 않으면서도 악의 존재를 받아들일

수 있는지 가르쳐 준다. 그는 이 세상에는 선한 사람들
만이 있는 것도 아니고, 그렇다고 악한 사람들만이 있
는 것은 아니라고 생각한다. 이 두 부류의 사람들이 서
로 뒤얽혀 살고 있는 것이 인간 조건이요, 삶의 현실이
다. 한 개인으로 좁혀 보면 한 사람 안에 선한 측면과 악
한 측면이 공존한다. 이를 달리 말하자면, 이 세상에는
선하기만 한 사람도 없고, 악하기만 한 사람도 없다.

　이 점에서는 모디 앳킨슨도 크게 다르지 않다. 톰 로
빈슨의 유죄 평결을 보고 절망에 빠진 젬에게 그녀는
〈젬, 너무 마음 아파하지 마라. 세상만사란 곁에 보이는
것처럼 그렇게 형편없진 않단다〉라고 위로한다. 이 세
상에는 악 못지않게 선도 존재한다는 점을 지적한 말로
받아들여도 크게 틀리지 않을 것이다.

　『앵무새 죽이기』에서 선과 악의 이중적인 모습이 가
장 잘 나타나는 것은 헨리 라피엣 듀보스 할머니의 행
동이다. 이 작품에서 가장 감동적인 장면 중 하나는 젬
과 듀보스가 갈등을 빚는 장면이다. 읍내에 장난감을
사러 가던 젬과 스카웃은 듀보스 할머니네 집 앞을 지
나가게 되고, 성격이 괴팍한 할머니는 아이들에게 온갖
욕설을 퍼붓는다. 특히 젬은 할머니가 〈핀치 가문 사람

이 식당에서 종업원 노릇을 할 뿐만 아니라, 또 한 사람은 법원에서 깜둥이를 위해 변호를 한다니!)라고 빈정거리자 가까스로 분노를 참는다. 여기서 듀보스 할머니가 언급하는 식당은 일반 식당이 아니라 광장 북쪽에 있는 조금 수상쩍은 구석이 있는 〈오케이 카페〉라는 곳이다. 또 애티커스가 깜둥이를 변호한다는 말은 그를 〈깜둥이 애인〉이라고 욕하는 것과 같다.

장난감을 사 가지고 집에 돌아오던 길에 젬은 스카웃이 산 지휘봉을 낚아채서는 사납게 휘두르면서 계단을 올라가더니 앞마당 꽃밭으로 들어간다. 그는 듀보스 할머니가 기른 동백꽃의 머리 부분을 모조리 잘라 버린다. 이 장면을 두고 스카웃은 〈꽃밭이 어지럽게 뒤덮인 뒤에야 마음을 가라앉히기 시작했습니다. 그러고서는 무릎에 대고 내 지휘봉을 두 동강이 낸 뒤 던져 버렸습니다〉라고 말한다. 이 일로 아버지에게 야단을 맞은 젬은 듀보스 할머니를 찾아가 사과하고 꽃밭을 원래 상태로 만들어 놓고 또 한 달 동안 토요일마다 할머니에게 책을 읽어 주기로 약속한다.

약속한 한 달이 다 끝나고 난 뒤 어느 날 밤, 애티커스는 한밤중에 전화를 받고 급히 듀보스 할머니 집에 간다. 얼마 뒤 집에 돌아온 아버지는 할머니가 사망했다고 말하며 젬에게 캔디 상자를 건네준다.

오빠는 상자를 열었습니다. 그 안에는 축축한 솜뭉치에 싸인, 창백하고 하얀 동백꽃 한 송이가 고스란히 놓여 있었습니다. 눈꽃동백이었습니다.

젬 오빠의 두 눈은 거의 튀어나올 것 같았습니다. 「늙은 악마 할머니 같으니, 늙은 악마 할머니 같으니!」 오빠가 상자를 내팽개치며 버럭 소리를 질렀습니다. 「왜 나를 가만히 내버려 두지 않는 거야!」

젬은 아버지의 셔츠 앞자락에 얼굴을 파묻고, 아버지는 그를 위로하며 〈그분은 이런 식으로 네게 말씀하려는 거였어. 젬, 이제 모든 게 잘되었어. 이제 아무런 문제가 없을 거야. 너도 알잖니, 할머니는 훌륭한 귀부인이셨다는 걸〉이라고 말한다. 그러자 젬은 고개를 쳐들고 〈귀부인이셨다고요? (……) 아빠에 대해 그런 말을 해댔는데도, 훌륭한 귀부인이라고요?〉라고 항의한다. 애티커스는 아들에게 〈그래, 훌륭하신 귀부인이셨어〉라고 대꾸한다.

「아들아, 네가 그때 만약 이성을 잃지 않았어도 난 너에게 할머니께 책을 읽어 드리도록 시켰을 거다. 네가 할머니에 대해 뭔가 배우기를 원했거든. 손에 총을 쥐고 있는 사람이 용기 있다는 생각 말고 진정한 용기가 무엇인지 말이다. 시작도 하기 전에 패배한 것을 깨닫고 있으면서도 어쨌든 시작하고, 그것이 무엇이든 끝까지 해내는 것이 바로 용기 있는 모습이란다. 승리하기란 아주 힘든 일이지만 때론 승리할 때도 있는 법이거든. 겨우 45킬로그램도 안 되는 몸무게로 할머니는 승리하신 거야. 할머니의 생각대로 그 어떤 것, 그 어떤 사람에게도 의지하지 않고 돌아가셨으니까. 할머니는 내가 여태껏 본 사람 중에서 가장 용기 있는 분이셨단다.」

젬은 캔디 상자를 집어 들어 불 속에 던져 버린다. 그러고 나서 듀보스 할머니한테서 선물로 받은 눈꽃동백을 집어 든다. 스카웃이 잠자러 침실로 갈 때 바라보니 젬은 그 넓적한 꽃잎을 손가락으로 어루만지고 있다. 젬의 이 상징적 몸짓을 보면 그는 이제 듀보스 할머니의 행동을 이해하는 듯하다. 철저한 인종 차별주의자이면서도 모르핀 중독에서 벗어나기 위하여 그렇게 안간

힘을 써가며 참고 견디면서 죽어 가는 모습은 가히 영웅적이라고 할 만하다. 이러한 행동은 젬이나 스카웃이 이제까지 알던 할머니의 모습과는 전혀 다른 것이다.

또한 부 래들리도 언뜻 악의 화신처럼 보일는지 모르지만 아직 악의 때에 물들지 않은 순수한 어린이와 같다. 밥 유얼의 공격에서 젬을 구출하여 집으로 데려오는 마지막 장면은 이 점을 뒷받침한다. 래들리는 〈지금껏 사내아이를 한 번도 본 적이 없는 것처럼〉 수줍은 듯한 호기심 어린 표정으로 침대에 누워 있는 젬을 바라본다. 그러자 스카웃은 그에게 잠들어 있는 젬의 몸을 한 번 만져 보라고 말한다. 래들리는 오빠의 머리 위로 손을 쳐들고 있다가 마침내 젬의 머리카락 위에 가볍게 내려놓는다. 그 모습을 바라보며 스카웃은 〈나는 아저씨의 몸짓 언어를 배우기 시작하고 있었습니다. 아저씨의 손이 내 손을 꼭 잡았고, 그것은 바로 이제 그만 가봐야 한다는 신호였습니다〉라고 말한다.

스카웃은 래들리를 앞쪽 현관으로 안내하고, 그곳에서 그는 불안한 발걸음을 멈춘다. 그는 여전히 스카웃의 손목을 잡고는 놓으려는 기미를 전혀 보이지 않는다. 래들리는 스카웃에게 집에까지 바래다달라고 부탁한다. 스카웃은 〈아저씨는 어둠을 무서워하는 어린애의 목소리로 나지막하게 속삭이듯 말씀하셨습니다〉라고 말한다. 이 장면에서 래들리는 성인이라기보다는 순수한 어린애와 같다.

어떤 의미에서 청소년기에 집에 갇히는 순간 부 래들리는 발육이 정지된 채 어린이의 순수성을 그대로 간직하고 있다고 볼 수 있다. 잔인하다고밖에는 표현할 수 없는 아버지한테 집에 갇혀 살게 된 뒤 래들리는 거의 평생 집 밖에 나오지 않고 어두컴컴한 집안에서 수인(囚人)처럼 지낸다. 마치 형무소를 떠올리게 하는 래들리 집 안의 어둠은 그의 창백한 얼굴과 묘한 대조를 이룬다. 어둠과 창백한 얼굴은 각각 악과 선을 상징하고, 이 둘은 서로 분리할 수 없을 만큼 뒤엉켜 있다고 볼 수 있다.

한마디로 하퍼 리는 듀보스 할머니와 부 래들리를 통하여 선과 악이란 이분법적으로 그렇게 구분 지을 수 없다는 사실을 보여 준다. 애티커스를 통해서도 젬과 스카웃에게 선과 악은 서로 따로 떼어 놓을 수 없기 때문에 선에 대해서는 존중하는 마음을 품는 한편, 악에 대해서는 동정하고 연민하는 너그러운 마음을 품어야 한다고 가르친다. 아버지로서 그는 희망을 잃거나 냉소적인 태도를 취하지 않은 채 양심을 지키며 살아갈 수 있다는 절묘한 방법을 몸소 보여 준다.

선과 악의 문제에서 스카웃은 젬보다 좀 더 성숙한 태도를 보이는 것 같다. 톰 로빈슨 사건을 지켜보면서 인간성에 대한 기본적인 믿음을 좀처럼 잃지 않기 때문이다. 아버지처럼 악의 존재를 인정하면서도 궁극적으로 선이 승리하리는 믿음을 저버리지 않는다. 어쩌면 지금 젬은 감수성이 예민한 사춘기를 겪고 있는 반면, 스카웃은 아직 그러한 단계에 들어서지 않았기 때문일는지 모른다. 물론 두 아이의 성격과 그것에서 오는 세계관이 더 큰 몫을 할 수도 있다.

어찌 되었던 스카웃은 지적인 면에서뿐만 아니라 정서적인 면에서도 오빠 젬보다 더 성숙한 모습을 보여 줄 때가 있다. 애티커스 핀치가 스카웃에게 말하는 것처럼 젬에게는 최근에 겪은 엄청난 경험을 되새기고 그것에 적응할 시간이 필요할 따름이다. 아버지의 기대대로 젬은 앞으로 환멸을 극복하고 삶에 좀 더 성숙한 태도를 가지게 될 것이다.

녹색 소설로서의 『앵무새 죽이기』

　문학 작품은 시대마다 새롭게 쓰인다는 말이 있다. 여기서 〈쓰인다〉는 말은 〈읽힌다〉는 뜻으로 받아들여도 별로 무리가 없다. 가령 윌리엄 셰익스피어의 『햄릿』(1600)은 그것이 쓰인 르네상스 시대에 주는 의미가 다를 것이고, 대영 제국의 해질 날이 없던 19세기에 주는 의미가 다를 것이며, 돈을 주고 지식과 정보를 사고판다는 21세기 정보화 시대에 주는 의미가 다를 것이다. 『앵무새 죽이기』도 처음 출간된 1960년대 초엽에는 사회 계급 문제나 흑백 갈등을 둘러싼 인종 문제나 선악의 문제에 주로 초점을 맞추어 읽었다면, 그 어느 때보다 환경 오염이나 자연 파괴가 화급한 의제로 떠오르는 요즈음 자연과 환경에 초점을 맞추어 읽어야 할 것이다.

　요즈음 서구에서는 인종을 비롯한 계급과 성차(性差) 문제가 좁게는 문학 연구, 넓게는 문화 연구에서 핵심적인 화두로 떠오른다. 진보적인 비평가들을 중심으로 인종·계급·성차의 벽을 허물려는 것이 문화 연구가 지향하는 궁극적인 목표다. 그런데 이 세 가지 차별 못지않게 중요한 것이 자연이다. 인종이나 계급 또는 성차에 따른 차별은 어디까지나 인간과 인간 사이에서 이루어지는 것이지만 자연에 대한 차별은 인간이 아닌 대상에 이루어지는 것이다. 자칫 인간 중심주의의 그늘에 가려 놓쳐 버리기 쉽지만 자연도 인간이라는 〈동일자(同一者)〉의 입장에서 보면 어디까지나 〈타자(他者)〉에 지나지 않는다. 자연 파괴와 환경 오염이 날이 갈수록 심해져 피부로 느껴지고 환경 재앙이 눈앞의 현실로 다가온 지금, 『앵무새 죽이기』는 이제 〈생태 소설〉이나 〈환경 소설〉로서의 새로운 의미를 지닌다.

이 소설을 꼼꼼히 읽어 보면 하퍼 리가 자연에 여간 깊은 관심을 기울이고 있지 않다는 사실을 깨닫게 된다. 작가는 동료 인간에 대한 배려와 관용 그리고 사랑을 인간뿐 아닌 다른 피조물에 대한 관심으로까지 좀 더 넓혀 나간다. 이 소설에는 무엇보다도 동물이나 식물이 유난히 많이 나온다. 예를 들어 작가는 땅 위에서 사는 동물 가운데에는 고양이와 개를 비롯하여 토끼, 다람쥐, 거북이, 말, 돼지 등 무려 16여 종을, 공중에 날아다니는 새로는 작품 제목으로 사용하는 앵무새를 비롯하여 블루제이(큰어치), 마틴(흰털발제비), 비둘기 등 10여 종을 언급한다. 그냥 무심코 지나쳐 버리기 쉽지만 애티커스 집안의 성(姓) 〈핀치〉도 본디 새 이름이다. 〈핀치〉란 콩새나 멋쟁이새 따위를 두루 일컫는 되새 종류를 가리킨다.

식물에 대한 언급도 많아서 동백을 비롯하여 진달래, 칡, 등, 홀리(서양호랑가시나무), 참죽나무, 청미래덩굴속(屬)의 식물인 사르사파릴라 등 무려 16 종류 이상이 나온다. 작가가 이 작품에서 언급하는 어떤 것들은 동물도감이나 식물도감을 뒤져 보아야 겨우 알 수 있는 것들이 적지 않다.

더구나 이 작품의 작중 인물들이 인간이 아닌 다른 피조물에 보여 주는 태도가 보통 수준을 넘는다. 예를 들어 애티커스 핀치 변호사는 젊었을 때는 〈명사수〉라는 별명을 얻을 만큼 총을 잘 쏘았다. 열다섯 발을 쏘아서 비둘기 열네 마리를 맞추어도 탄환을 낭비했다고 투덜거릴 정도였다. 그런데도 그는 이제는 좀처럼 총을 들지 않으려고 않는다.

심지어 광견병에 걸린 개가 먼로빌 주택가에 나타날 때도 애티커스는 끝까지 총을 쏘려고 하지 않는다. 군 보안관 헥 테이트가 간곡히 부탁하는 데다 다른 사람이 총을 잘못 쏘다가는 자칫 래들리 집을 명중시킬지도 모

르기 때문에 마지못하여 총을 잡을 뿐이다. 밥 유얼의
협박을 받은 뒤 아이들이 총을 가지고 다니라고 설득하
여도 애티커스는 전혀 귀를 기울이지 않는다.

이렇게 애티커스가 총을 사용하려 하지 않는 데는 그
나름대로 까닭이 있다. 남달리 타고난 사격술 때문에
자칫 쉽게 다른 생명을 앗지나 않을까 걱정되기 때문이
다. 이 점과 관련하여 이웃집에 사는 모디 앳킨슨은 스
카웃에게 〈사격술이란 말이다, 하나님이 주신 재능이
야. (……) 너희 아빠는 하나님께서 자신에게 살아 있는
모든 생물에 비해 과도한 재능을 주셨다는 걸 깨닫고
아마 총을 내려놓으신 걸 거야. 꼭 필요한 경우가 아니
면 총을 쏘지 않겠다고 결심하신 거지〉라고 말한다.

따지고 보면 이렇게 말하는 모디 앳킨슨도 인간이 아
닌 다른 피조물을 사랑하는 마음이 무척 남다르다. 메
이콤에서 가장 마음이 넓고 자상한 사람 중의 하나인
그녀는 정원 일에 지칠줄 모르는 관심과 정열을 기울인
다. 스카웃에 따르면, 〈아줌마는 하나님의 땅에서 자라
는 것이라면 무엇이든지, 심지어는 잡초까지도 사랑하
셨습니다〉고 밝힌다. 물론 여기에도 예외가 하나 있기
는 하다. 그녀는 마당에서 향부자 잡초를 발견이라도

하면 여간 수선을 떨지 않는다. 그러나 그것도 향부자를 사랑하지 않아서라기보다는 그 번식력이 너무 강하여 잡초 한 줄기면 온 마당을 망칠 뿐만 아니라 가을이 되면 말라비틀어져 바람을 타고 온 동네 전체로 퍼져나가기 때문이다.

그동안 오랫동안 북아메리카 대륙에 살아온 인디언들은 일찍이 이 세상에는 잡초란 것은 존재하지 않는다고 생각했다. 그들에게는 땅에서 자라는 모든 것의 〈위대한 영혼〉은 인간에게 도착한 소중한 선물일 뿐이다. 인간은 오직 자신에게 쓸모가 있느냐 그러하지 않느냐 하는 유용성의 잣대로 다른 식물을 잡초와 구분 지을 뿐이다. 그런데 그러한 유용성의 잣대마저도 엄격하지 않은 경우가 참 많다. 엄밀히 따지고 보면 우리가 흔히 잡초라고 부르는 것이 다른 문화권의 사람들에게는 먹을거리가 되거나 소중한 약초가 되기도 한다. 굳이 다른 문화권을 들먹이지 않더라도 한 문화권 안에서 한 지방 사람들이 잡초라고 여기는 것을 다른 지방 사람들은 약초라고 여긴다.

식물 세계에서 잡초가 천덕꾸러기라면 동물 세계에서 천덕꾸러기는 해충이다. 만약 이 세상에 잡초가 없다면 아마 해충도 없을 것이다. 동물 세계에서 잡초에 해당하는 것이 바로 이[蟲]나 벼룩 또는 빈대 같은 해충이다. 모디 앳킨슨이 땅에서 자라는 모든 식물을 소중하게 여기듯이 스카웃의 오빠 젬은 땅 위에 기어 다니는 동물을 하나같이 소중하게 여긴다. 『앵무새 죽이기』의 제25장에서는 하찮은 벌레마저 소중히 여기는 젬의 태도를 가장 잘 엿볼 수 있다. 이 장은 젬이 스카웃이 집 안으로 들어온 쥐며느리 벌레를 죽이지 말고 뒤쪽 계단에 올려놓으라고 소리치는 장면으로 시작한다. 이러한 태도를 미친 짓이라고 못마땅하게 생각하면서도 스카웃은 마지못하여 오빠 말대로 벌레를 뒤쪽 계단에 올려놓는다.

한숨을 내쉬며 나는 그 작은 벌레를 들어 계단 위에 올려놓고는 내 간이침대로 돌아갔습니다. 9월이 됐지만 아직도 날씨가 시원해질 기미는 조금도 보이지 않았습니다. 그래서 우리는 그때까지도 방충망이 있는 뒤쪽 현관에서 잠을 잤습니다. 개똥벌레가 아직도 여기저기 돌아다녔고, 여름 내내 방충망에 부딪치던 큰 지렁이들과 날벌레들도 가을이 오면 가는 곳으로 아직 가지 않았습니다.

앞에서 밝혔듯이 하퍼 리가 동물에 얼마나 깊은 관심을 기울이는지 잘 보여 주는 대목이다. 짧은 단락 안에 온갖 벌레들이 득실거린다. 책을 읽던 스카웃이 간이침대 옆 바닥에 책을 내려놓다가 그 벌레를 처음 발견한다. 손가락으로 그 벌레를 만지면서 장난을 치다가 졸음이 오자 그것을 죽이려고 하는 순간에 젬이 소리를 지르는 것이다. 그녀는 〈오빠가 동물을 잔인하게 대하지 않는다는 것은 잘 알고 있었지만 그 자비심이 벌레에까지 미치는지는 미처 몰랐던 겁니다〉라고 불평을 늘어놓는다.

「왜 눌러 죽이면 안 되는 건데?」내가 물었습니다.

「그 벌레들은 너를 괴롭히지 않으니까.」오빠가 어둠 속에서 대답했습니다. 오빠는 독서 등을 꺼뒀습니다.

「오빠는 이제 파리와 모기를 죽이지 않는 단계에 이른 것 같은데. 마음이 달라지면 일러 줘. 하지만 오빠에게 한 가지 말해 둘 게 있어. 나도 붉은별노린재나 죽이고 앉아 있지는 않을 거야.」

「입 다물어.」오빠가 졸린 듯 말했습니다.

이 장면에서 스카웃은 젬을 두고 〈하루하루 지날수록 점점 계집애처럼 되어 가는 사람은 내가 아니라 젬 오빠였습니다〉라고 밝힌다. 벌레를 죽인다고 용감한 것이 아니라는 사실을 스카웃은 아직 깨닫지 못한다. 얼마 전에도 애티커스가 알렉산드라 고모와 관련하여 말하는 동안, 그녀는 다리 위로 기어 올라오는 붉은별노린재 한 마리를 손가락으로 비벼 죽인다. 적어도 생태 의식이나 생태 지수에 관한 한, 스카웃은 젬보다 한 수 떨어진다. 비록 선과 악이나 인간성의 문제에서는 스카웃이 오빠보다 성숙한 모습을 보여 주지만, 피조물에 관심을 기울이고 자연을 사랑하는 일로 말하자면 젬이 스카웃보다 훨씬 더 성숙되어 있다.

형식과 기교

『앵무새 죽이기』는 그동안 도덕 교과서나 수신 교과서처럼 설교를 늘어놓는다고 하여 적잖이 비판을 받아 왔지만, 하퍼 리는 단순히 교훈을 전달하는 데 그치지 않고 몇몇 문학적 기교와 장치를 구사하여 예술성을 높이려고 애썼다. 몇몇 비평가들은 이 작품이 교훈적 메시지를 전달하는 데 급급하다고 지적하지만, 좀 더 꼼꼼히 살펴보면 하퍼 리는 단순히 주제나 내용을 전달하는 데 그치지 않는다. 그녀가 이야기를 구성지게 엮어나가는 솜씨가 여간 놀랍지 않다. 시인나 극작가와는 달라서 소설가에게 스토리텔링 능력보다 더 훌륭한 미덕은 없다. 한마디로 그녀는 〈무엇〉을 전달하느냐 못지않게 〈어떻게〉 전달하느냐에 깊은 관심을 기울였다. 다시 말해서 소설의 기교와 형식에도 자못 큰 관심을 두었다.

가령 하퍼 리는 이 작품에서 계절의 변화나 순환을 강조한다. 여기서 한 가지 짚고 넘어가야 할 것은 소설의 배경이란 사건이 펼쳐지는 장소나 시대 그리고 분위기 이상의 의미를 지닌다는 점이다. 연극 무대 장치와 같은 부수적인 구실을 뛰어넘어 배경은 때로 작품의 다른 구성 요소에 큰 영향을 끼친다. 가령 배경은 작중 인물의 성격이나 행동 또는 주제에 결정적인 영향을 끼치는 경우가 있다. 이 소설의 주제를 좀 더 쉽게 이해하기 위해서는 계절의 변화를 찬찬히 눈여겨보아야 한다.

『앵무새 죽이기』의 전반부에서는 주로 봄과 여름이

중요한 시간적 배경으로 등장한다. 이 소설은 〈젬 오빠의 팔이 심하게 부러진 것은 오빠가 열세 살이 다 되었을 무렵이었습니다. 상처가 아물고 어쩌면 다시는 미식축구를 못 하게 될지도 모른다는 두려움이 사라지자 오빠는 상처에 대해 좀처럼 생각하지 않았습니다〉라는 문장으로 시작한다. 그런데 그 사건의 발단을 두고 젬과 스카웃은 가끔 입씨름을 벌인다. 스카웃은 유얼 집안 사람들 때문이라고 주장하는 반면, 젬은 그보다 훨씬 오래전 딜 해리스가 먼로빌에 처음 오면서부터라고 주장한다. 딜이 맨 처음 먼 친척집을 방문하러 이곳에 온 것이 바로 여름철이었다.

또 작품 첫 부분에서 스카웃은 〈내가 거의 여섯 살이 되어 가고, 젬 오빠가 거의 열 살이 되어 가던 해 여름이었습니다〉라고 말한다. 그런가 하면 그녀는 〈여름철의 해 질 녘은 길고도 평화롭기 그지없었습니다. 가끔 모디 아줌마와 나는 아줌마네 현관에 조용히 앉아서 해질 무렵 노란색에서 핑크색으로 바뀌는 하늘을 바라보곤 했습니다〉라고 밝히기도 한다. 이처럼 작가는 이 작품의 전부에서 여름을 강조한다.

한편 작품의 후반에 가면 갈수록 여름 점차 물러가고

가을이 중심적인 시간 배경으로 부상한다. 제31장에서 하퍼 리는 화자의 입을 빌려 〈어느덧 가을이 됐고, 그 아이들은 듀보스 할머니 집 앞 길에서 서로 다투고 있었습니다. 소년은 바닥에 넘어진 누이동생을 일으켜 세워 줬고, 아이들은 다시 집으로 발길을 향했습니다〉라고 말한다. 또 〈가을이 됐고 아이들은 얼굴에 그날의 희로애락을 간직한 채 길모퉁이를 깡충깡충 뛰며 왔다 갔다 했습니다〉라고 말한다.

두말할 나위 없이 가을은 조락과 소멸의 계절이기도 하지만 성숙과 결실의 계절이기도 하다. 가을과 더불어 스카웃은 비로소 정신적으로 성숙하고 결실을 맺게 된다. 적어도 이렇게 계절의 순환을 주제와 연관시킨다는 점에서는 F. 스콧 피츠제럴드의 『위대한 개츠비』(1925)와 비슷하다.

더구나 하퍼 리는 리얼리즘 전통에 굳건히 서 있는 이 작품에 고딕 소설의 요소를 가미한다. 18세기 한때 영국 문단을 한바탕 휩쓸고 지나간 고딕 소설에서는 어둡고 음산한 배경에 초자연적인 사건이 자주 일어난다. 『앵무새 죽이기』에서 남부 지방인데도 예상치 않게 눈이 내린다든지, 갑자기 화재가 나 모디 앳킨슨 아줌마의 집을 태운다든지, 어린아이들이 부 래들리와 그의 집에 필요 이상으로 공포감을 느낀다든지 하는 점에서 고딕 소설 전통과 맞닿아 있다. 이밖에도 읍내에 갑자기 미친개가 나타난다든지, 할로윈 파티 때 밥 유얼이 젬과 스카웃을 공격한다든지 하는 것도 고딕 소설에서 빌려 온 장치들이다.

하퍼 리가 이렇게 모든 일을 예측할 수 있는 남부 마을에 어울리지 않게 고딕 소설의 요소를 가미하는 것은 선과 악을 둘러싼 주제를 좀 더 뚜렷이 부각시키기 위해서다. 고딕 소설에서는 선과 악의 대립을 즐겨 다루어 왔다. 또한 자칫 졸음이 오듯 나른하고 지루할 수 있는 남부 사회의 이야기에 음산하고 기괴한 고딕 소설의 요소는 극적이고 센티멘털한 효과를 주기도 한다. 그런가 하면 소설에 긴장을 불러일으키고 앞으로 일어날 재판과 그 결과를 미리 보여 주는 역할을 하기도 한다.

하퍼 리가 『앵무새 죽이기』에서 구사하는 기법 중에서도 1인칭 화자를 등장시켜 이야기를 전개하는 방법은 특히 주목해 볼 만하다. 1인칭 화자라도 작가는 스카웃이 자신이 직접 겪거나 보고 들은 것을 독자들에게 전달하는 방식을 사용한다. 말하자면 어니스트 헤밍웨이가 일찍이 『무기여 잘 있어라』(1929)에서 구사한 서술 방식과 비슷하다. 그러나 20대 후반이나 30대 초반인 프레드릭 헨리와는 달리, 스카웃은 겨우 여섯 살에서 아홉 살에 이르는 나이 어린 소녀다. 이렇게 어린 소녀를 화자로 등장시키는 것은 아직 때 묻지 않은 순수하고 순진한 눈으로 사건을 기술하도록 만들기 위해서다. 만약 성인이 화자로 등장한다면 그가 (또는 그녀가) 바라보고 전달하는 내용은 그만큼 굴절되고 왜곡될지도 모른다.

더구나 하퍼 리가 의도하는 남부 현실에 대한 패러디와 풍자를 표현하는 데는 나이 어린 스카웃을 화자로 삼는 것이 안성맞춤이다. 가령 스카웃이 초등학교에 입학하여 첫 수업을 받는 장면은 이러한 경우를 보여 주는 좋은 예다. 캐럴라인 선생은 스카웃이 글자를 배우기도 전에 『모빌 레지스터』 신문을 읽을 것을 보고 크게 놀라며 집에서 먼저 선행 학습을 해오지 말라고 말한다. 교사는 스카웃에게 〈너희 아빠한테 이제 더 이상 가르치지 말라고 해. 새로운 마음으로 책을 읽기 시작하는 게 가장 좋은 방법이니까. 꼭 말씀드려라, 지금부터라도 네가 입은 피해를 선생님이 어떻게든 되돌려 보겠

273

다고 ──〉라고 말한다. 또한 캐럴라인 교사는 갓 대학에
서 배운 〈듀이 십진법〉이라는 새로운 교수법으로 학생
들을 가르치려 하지만 먼로빌 학생들의 수준이나 현실
에는 잘 들어맞지 않는다. 하퍼 리는 이렇게 순수하고
순진한 스카웃의 입을 빌려 이 무렵 남부의 교육 제도
의 모순과 문제점을 날카롭게 꼬집는다.

또한 하퍼 리는 스카웃을 화자로 삼아 먼로빌을 비롯
한 남부 사회가 뿌리 깊은 인종 차별에 기반을 두면서
도 체면을 지키는 점잖은 사회로 남아 있으려는 태도에
도 비판의 고삐를 늦추지 않는다. 남부 사회의 이러한
태도야말로 모순적이고 이율배반적이지 아닐 수 없다.
하퍼 리는 배심원 제도를 비롯한 미국의 여러 사법 제
도도 비판의 대상으로 삼는다. 그러고 보니 작가가 제
사(題詞)로 삼은 〈변호사들도 한때는 아이들인 적이 있
었겠지요〉라는 구절도 그 의미가 새롭게 다가온다.
18세기에서 19세기에 걸쳐 활약한 영국 수필가 찰스
램의 『엘리아 수필』(1823) 중 「이너 템플에 관하여」에
나오는 구절이다.

램의 이 문장은 어떠한 각도에서 보느냐에 따라 그
해석이 저마다 다를 수 밖에 없다. 그러나 축어적(逐語

的)으로 해석하여 어른들도 어린아이 시절이 있었다고 말하는 것은 마치 소금이 짜다고 말하는 것처럼 아무런 의미가 없다. 하퍼 리가 이 문장을 제사로 삼은 까닭은 변호사들을 아이들과 뚜렷이 구별 짓기 위해서다. 그녀는 작게는 변호사, 크게는 사법 제도를 비판하기 위해서 이 구절을 인용했다.

어린아이들은 순수하고 순진하여 보고 듣고 느끼는 것을 아무리 그것이 당황스럽더라도 그대로 말하기 일쑤다. 그러나 이와는 정반대로 변호사들은 수임 받은 사건을 재판에서 이기기 위하여 온갖 수단과 방법을 동원하게 마련이다. 〈변호사들도 한때는 아이들인 적이 있었겠지요〉라는 말을 뒤집어 보면 변호사들은 한때는 순진한 어린아이인 적이 있었지만 성인이 된 지금은 어린아이의 순수성을 모두 잃어버리고 타락했다는 것이다.

『앵무새 죽이기』는 지금까지 한국을 포함하여 무려 40여 개 국가에서 번역되어 전 세계적으로 널리 읽힌다. 이제껏 줄잡아 4천만 부 넘게 팔린 것으로 집계되었다. 지금도 미국에서는 대부분의 중고등학교에서 필독서로 선정하여 학생들에게 권한다. 이 작품에는 흔히

〈20세기 소설 중 가장 영향력 있는 소설 1위〉, 〈영국인들이 뽑은 역사상 가장 위대한 소설 1위〉, 〈20세기에 출간된 가장 훌륭한 소설〉 등 화려한 수식어가 늘 붙어 다닌다. 2006년 영국의 도서관 사서들은 이 작품을 〈모든 성인이 죽기 전에 반드시 읽어야 할 책〉으로 꼽기도 했다.

『앵무새 죽이기』에 2015년 7월 출간된 『파수꾼』까지 합세하여 하퍼 리의 작품은 지금 지구촌 곳곳에서 스테디셀러의 자리를 굳히고 있다. 스물세 살의 나이로 〈남부의 제인 오스틴〉이 되겠다는 포부를 품고 뉴욕시에 처음 도착한 그녀는 이제 〈미국의 제인 오스틴〉, 아니 〈세계의 제인 오스틴〉으로 융숭한 대접받고 있다. 하퍼 리가 집필한 지 70여 년이 지난 지금, 이 두 작품은 빛이 바래기는커녕 더욱 찬란한 빛을 내뿜는다. 그녀가 전하는 여러 메시지는 21세기 독자들에게 더욱 더 가슴 뭉클한 감동을 주기 때문일 것이다.

3장
『파수꾼』
환멸을 찾아 떠나는 여행

『파수꾼』의 집필과 출간

2015년 7월 14일, 『파수꾼』이 논란 속에 처음 출간되면서 하퍼 리와 『앵무새 죽이기』가 한층 더 화제의 중심에 서게 되었다. 미국 남부 앨라배마주 출신 작가와 그녀의 첫 작품은 20세기 후반 출판계와 독서계에 그야말로 싱그러운 바람을 몰고 왔다. 출간되자마자 기대에 미치지 못한다는 반응도 있었지만 『파수꾼』은 이제 『앵무새 죽이기』와는 떼려야 뗄 수 없을 만큼 깊이 연관되어 있다. 『파수꾼』을 읽지 않고서는 하퍼 리에 대해서도, 『앵무새 죽이기』에 대해서도 제대로 말할 수 없는 단계에 이르렀다.

하퍼 리가 『파수꾼』을 처음 집필하기 시작한 것은 1957년 초엽이다. 1956년 12월 말, 마이클과 조이 브라운 부부한테서 〈기적 같은〉 크리스마스 선물을 받고 난 뒤, 하퍼 리는 곧바로 근무하던 직장 영국해외항공사에 사직서를 제출하고 작품 집필에 들어갔다. 지금까지 몇 년 동안 파트타임으로 시간 날 때마다 틈틈이 집필 작업을 했다면, 1957년 1월부터는 풀타임으로 작업에 몰두할 수 있게 되었다. 그러니까 하퍼 리에게 집필은 이제 본업이 된 셈이다. 이렇게 집필에 전념하다 보니 그해 말쯤 작품 초고를 완성할 수 있었다.

1957년 늦여름, 하퍼 리는 에이전트 모리스 크레인을 통하여 알게 된 J. B. 리핀코트 출판사의 편집가 테이 호호프에게 『파수꾼』의 원고를 〈애티커스〉라는 제목으로 제출했다. 그러나 편집가 판단에는 이 원고가 단행본으로 출간할 만큼 완벽하지 않았다. 그래서 호호프는 하퍼 리에게 〈애티커스〉 원고를 잊어버리고 20년 전 진 루이즈 (스카웃) 핀치의 어린 시절에 초점을 맞추어 다시 써보는 것이 어떻겠느냐고 제안했다. 스물여섯 살의 직장 여성이 아니라 여덟 살 안팎의 시골 소녀의 이야기를 다루면 구성에서나 플롯에서나 훨씬 더 일관성이 있을 것이라는 조언도 잊지 않았다. 그렇게 하퍼리가 쓴 작품이 바로 『앵무새 죽이기』였다.

『앵무새 죽이기』가 앨라배마주 먼로빌을 모델로 한 가상의 지역 메이콤에서 펼쳐지는 주인공 스카웃의 초등학교 시절 이야기라면, 『파수꾼』은 스물여섯 살의 숙녀로 성장한 진 루이즈가 뉴욕에서 기차를 타고 앨라배마주 메이콤으로 아버지를 방문하여 일어나는 이야기다. 동일한 작중 인물이지만 전자에서는 주로 〈스카웃〉이라고 부르고, 후자에서는 흔히 〈진 루이즈〉라고 부른다.

작가가 이렇게 주인공의 이름을 서로 다르게 부르는 것만 보아도 이 두 작품이 여러모로 적잖이 차이가 난다는 사실을 알 수 있다. 후자는 전자보다 무려 55년 뒤늦게 출간되었지만 작품이 다루는 내용은 오히려 20년 전으로 거슬러 올라간다. 그러므로 『파수꾼』은 『앵무새 죽이기』의 후속편으로 볼 수 없다. 다만 주인공을 비롯한 주요 작중 인물들이 다시 등장하고 지리적 배경이나 몇몇 사건이 비슷하거나 동일하기 때문에, 같은 남부 작가 윌리엄 포크너의 〈요크너퍼토퍼〉 연작 소설처럼 서로 관련 있는 작품으로는 볼 수는 있다.

이 무렵 하퍼 리는 『앵무새 죽이기』 원고를 집필하는 데 온통 정신이 팔려 있던 탓에 『파수꾼』의 원고는 까맣게 잊었다. 실제로 그녀는 그동안 이 원고를 잃어버린 것으로 생각했다. 그러던 중 법률 대리인을 맡던 큰언니 앨리스 리가 2014년 11월 사망하면서 대신 그 역할을 맡게 된 토냐 카터 변호사가 하퍼 리의 기록물을 보관해 두던 곳에서 이 원고를 발견했다고 발표했다. 물론 카터의 발표에 의문을 제기하는 사람들도 적지 않았다.

『앵무새 죽이기』와 『파수꾼』은 중심 사건에서 무려 20년의 시간적 차이가 나고 인물과 배경을 제외하고 나면 이렇다 할 연관성을 찾아보기도 쉽지 않다. 1974년 테이 호호프가 사망한 뒤 하퍼 리의 에이전트 역할을 맡은 앤드루 넌버그는 이 두 작품이 작가가 염두에 두었던 3부작의 일부에 해당한다고 주장하여 관심을 끌었다. 넌버그는 〈작가와 편집가는 『앵무새 죽이기』를 맨 처음에, 『파수꾼』을 맨 나중에 출간하고, 그 중간에 이 두 작품을 서로 연결할 길이가 조금 짧은 작품을 출간하려고 상의했다〉고 밝혔다. 실제로 하퍼 리는 호호프에게 『파수꾼』 원고를 제출한 뒤 여세를 몰아 집필에 몰두하여 1957년 5월 말쯤,『기나긴 작별』이라는 두 번째 장편소설 원고 110여 페이지를 들고 모리스 크레인의 사무실을 방문했다. 그렇다면 어쩌면 이 미완성 소설이 두 작품 사이에서 교량 역할을 할 작품이었는지도 모른다.

『파수꾼』의 역사적 배경

하퍼 리가『앵무새 죽이기』의 집을 지으면서 스코츠보로 사건을 비롯하여 로자 파크스와 버스 승차 거부 운동, 먼로빌에서 일어난 강간 혐의 사건 등을 재목으로 삼았다면,『파수꾼』에서는 미국 전역을 떠들썩하게 한 몇몇 사건을 재목으로 삼았다. 그중에서도 〈브라운 대(對) 교육위원회〉로 흔히 일컫는 연방 대법원의 판결은 첫손가락에 꼽을 만하다. 1954년 연방 대법원은 남부 17개 주에서 백인과 유색 인종이 같은 공립 학교에 다닐 수 없게 규정한 주법(州法)은 헌법에 위배된다는 판정을 내렸다. 좀 더 자세히 말하자면, 이 판례는 〈분리되어 있되 평등하다〉는 모순적인 인종 차별 정책에 길을 터 준 1896년의 〈플레시 대 퍼거슨〉 판례를 58년 만에 뒤집은 획기적인 사건이었다.

〈브라운 대 교육위원회〉의 사건 발단은 바로 1951년의 〈플레시 대 퍼거슨 사건〉으로 거슬러 올라간다. 1865년 남북 전쟁이 끝나고, 흔히 〈재건 시대〉로 일컫는 이 기간 동안 연방 정부는 남부에서 이제 막 노예 신분에서 해방된 흑인들에 몇 가지 보호 조치를 강구했다. 그러나 1877년 재건 작업이 갑자기 끝나면서 연방 군대는 남부에서 철수하였고, 남부 주정부들은 흑인들이 백인과 같이 공공시설을 이용할 수 없도록 하는 〈짐 크로 법〉을 통과시켰다.

1883년 미국 대법원은 수정 헌법 제14조는 오직 정부의 활동에만 적용된다고 판시했었다. 그래서 개인이나 사적인 단체 등에서 수정 헌법 제14조를 위반한 경우에는 그 피해자를 보호하지 않았다. 특히 법원은 의회가 통과시킨 사인의 흑인 차별 행위를 금지하는 1875년의 시민권 법령의 대부분을 무효화시켰다. 이 짐 크로 법은 마틴 루터 킹 목사가 이끈 흑인 인권 운동이 일어난 1965년에 이르러서야 비로소 폐지되었다.

1890년 루이지애나주는 철도를 경계로 하여 흑인과

백인의 편의 시설을 분리하도록 하는 법률을 통과시켰을 뿐만 아니라, 철도를 탈 때 백인과 흑인이 서로 다른 칸을 이용하도록 했다. 호머 A. 플레시는 백인의 혈통을 8분의 7, 나머지는 흑인의 혈통을 가지고 있는 사람이었다. 피부색으로 보아서는 백인인지 흑인인지 쉽게 구별할 수 없는 혼혈이었다. 그런데 구두 수선공인 그는 백인 열차 칸에 앉아 있다가 적발되어 차장으로부터 유색 인종 열차 칸으로 옮기라는 명령을 받았지만 이를 거부했다. 플레시는 루이지애나주가 의결한 흑백 분리법을 위반했다는 이유로 기소되어 유죄 판결을 받았다.

그러자 플레시는 열차 칸의 인종 차별은 수정 헌법 13조와 14조에 위배된다고 주장하면서 상고하여 결국 1896년 연방 대법원까지 올라갔다. 대법원은 〈분리되어 있되 평등하다면〉 평등 조항에 위배되지 않는다며 플래시의 패소를 결정했다. 이 판결로 흑백의 인종 분리가 오히려 다른 공공장소까지 확대되는 부작용을 낳았다.

이 판결을 뒤집은 〈브라운 대 교육위원회〉 판결은 철도나 기차가 아닌 학교의 교육 문제가 발단이 되었다. 피부색이 검다는 이유로 미국 캔자스주 쇼니군 토피카

1954년 5월 연방 대법원이 공립 학교의 인종 차별을 위헌이라고 판결한 내용을 1면 톱기사로 보도한 『시카고 데일리 트리뷴』. 남부 주들은 흔히 〈브라운 대 교육위원회〉로 일컫는 이 판결에 불복하여 항의를 하였다. 이 사건은 『파수꾼』에서 중요한 역할을 한다.

에 살던 여덟 살의 초등학교 3학년 흑인 소녀 린다 브라운은 집에서 가까운 학교를 놔두고 1.5킬로미터 넘게 떨어진 흑인들만 다니는 학교를 날마다 걸어서 가야 했다. 딸을 걱정하던 린다의 아버지 올리브 브라운은 집에서 가까운 백인들만이 다니는 섬너 초등학교로 전학을 신청했지만 피부색이 다르다는 이유로 백인 학교 교장으로부터 거절당했다. 이에 화가 난 올리브 브라운은 토피카 교육위원회를 상대로 소송을 걸었다.

토피카 교육위원회를 상대로 한 소송은 3년의 긴 과정 끝에 마침내 연방 대법원까지 올라가게 되었다. 1954년 5월 17일, 대법원은 공립 학교의 인종 차별이 위헌이라는 결정을 내림으로써 브라운의 손을 들어 주었다. 아무리 평등한 시설과 교육을 제공한다고 하여도 인종을 분리하여 학교를 운영한다는 것 자체가 인종을 차별한다는 것이었다. 이로써 1백여 년 동안 지속되어 온 인종 차별적 교육 정책에 일대 전환점을 맞았다. 또한 이 사건의 청구인측 변호사인 서굿 마셜은 미국 역사에서 최초로 흑인 연방 대법관이 되는 영예를 안았다.

얼 워런 대법원장은 이 역사적 결정을 내린 뒤 빠른

시일 안에 남부에 여전히 남아 있던 불평등한 인종 분리 교육을 통합하라고 주 정부에 명령했다. 그러나 남부 주에 속한 백인 학교 3천여 개 가운데 오직 6백여 개 학교만이 통합하는 데 찬성하였고 대다수 학교는 반대했다. 이 획기적 판결은 공교육 부분에만 한정된 탓에 공공시설이나 공공장소의 인종 분리까지 폐지하지는 못했지만, 인종 차별 철폐에서 그야말로 미국 역사에 굵직한 획을 그은 중요한 사건이었다.

〈플레시 대 퍼거슨 사건〉은 이번에는 39년 전에 일어난 〈드레드 스콧 사건〉에 뿌리를 둔다. 1857년 드레드 스콧이라는 흑인 노예가 미국 시민권을 신청했다. 그러자 미국 대법원은 흑인 노예가 시민권을 신청할 자격이 없다는 판결을 내렸다. 미국 헌법의 기본권에 속하는 〈모든 사람은 평등하게 태어났다〉는 조항에서 〈모든 사람〉은 백인을 의미할 뿐이며 흑인은 포함되지 않는다는 해석까지 내렸다. 이 〈모든 인간〉에는 흑인뿐만 아니라 모든 유색 인종, 심지어 여성까지도 배제되어 있었다.

여정으로서의 삶

하퍼 리는 『파수꾼』에서 여행을 중심 플롯으로 다룬다. 이 점에서 사건 대부분이 메이콤이라는 앨라배마주 작은 마을에서 일어나는 『앵무새 죽이기』와는 크게 다르다. 작가는 『파수꾼』을 〈애틀랜타를 지나고 나서부터 그녀는 줄곧 온몸에 짜릿한 흥분을 느끼며 식당차 차창 밖을 바라보고 있었다. 모닝커피를 마시는 동안 조지아주의 마지막 언덕들이 점점 멀어져가고 붉은 황토 땅이 나타나기 시작했다〉라는 문장으로 시작한다. 주인공 진 루이즈 핀치는 기차를 타고 지금 막 조지아주의 애틀랜타시를 지나 남쪽 앨라배마주 메이콤을 향하여 가는 중이다.

하퍼 리가 첫 문장에서 애틀랜타를 언급하는 점에 주목해 볼 필요가 있다. 남북 전쟁 이전 노예 제도를 인정하던 주와 노예 제도를 인정하지 않던 주의 경계선으로 메이슨-딕슨 라인이 사용되었다. 펜실베이니아주와 메릴랜드주의 경계선을 지나는 이 라인은 오늘날에 이르러서도 미국 북부와 남부를 가르는 경계로 간주한다. 그러나 앨라배마 같은 남부 오지 사람들에게는 조지아주의 애틀랜타가 오히려 남부의 관문이다. 그들에게는 메릴랜드주는 말할 것도 없고 그 아래쪽 버지니아주만 하여도 어딘지 낯설다.

문학 작품에서 주인공의 노상이나 해상 여행은 흔히 자못 큰 상징적 의미가 있다. 영국에서 성경 다음으로 가장 많이 읽힌다는 존 버니언의 『천로역정』은 크리스천이라는 주인공이 온갖 유혹과 난관을 극복하고 마침내 천국에 이르는 과정을 그린 소설이다. 19세기 말엽 외국 선교사들이 이 소설을 한국어로 번역하면서 중국과 일본에서 사용하던 그대로 〈천로역정〉을 제목으로 삼았다. 원래 제목 〈Pilgrim's Progress〉 그대로 〈순례자의 여행〉이라고 번역했더라면 그 의미가 훨씬 쉽게 떠오를 터인데도, 〈천로역정〉이라는 어려운 한자어 제목 때문에 좀처럼 피부에 와 닿지 않는다. 제목이야 어찌 되었던 버니언은 이 작품에서 천국에 이르는 주인공의 순례 여행을 중심 플롯으로 다룬다. 그런데 이 소설에서 주인공이 겪는 여행은 단순히 지리적 여행에 그치지 않고 더 나아가 심리적 또는 정신적 여행이라고 할 수 있다.

적어도 이 점에서는 하퍼 리의 두 번째 소설 『파수꾼』도 존 버니언의 소설과 크게 다르지 않다. 여행을 중심

모티프로 삼는다는 점에서도 그러하고, 지리적 또는 공간적 여행이 심리적 또는 정신적 여행과 깊이 연관되어 있다는 점에서도 그러하다. 그런가 하면 이 두 소설은 비교적 나이가 젊은 인물을 주인공을 삼는다는 점에서도 비슷하다. 다만 버니언 남성을 주인공으로 삼는다면, 하퍼 리는 여성을 주인공으로 삼는다는 것이 다를 뿐이다. 또한 멸망의 도시를 출발하여 온갖 유혹을 물리치고 천국의 문에 이르는 버니언의 주인공 크리스천과는 달리, 하퍼 리의 주인공 진 루이즈는 환멸이라는 지옥을 거쳐 마침내 연옥의 입구에 이른다는 점도 다르다.

앞에 인용한 문장 〈애틀랜타를 지나고 나서부터 그녀는……〉에서 〈그녀〉란 『파수꾼』의 주인공 진 루이즈 핀치를 말한다. 『천로역정』처럼 미국에서 성경 다음으로 가장 많이 읽힌다는 『앵무새 죽이기』에서 그녀는 여섯 살부터 아홉 살까지의 유년기를 보내는 소녀로 등장한다. 멜빵바지를 즐겨 입는 스카웃은 네 살 위인 오빠 젬과 여름 방학이면 늘 친척 집에서 지내는 딜 해리스와 함께 그야말로 사내아이 못지않은 개구쟁이 소녀다. 그러나 『파수꾼』에서 진 루이즈는 스물여섯의 어엿한 숙녀로 성장하여 등장한다. 하퍼 리는 『앵무새 죽이기』에서는 주로 〈스카웃〉이라는 이름을 사용하지만, 『파수꾼』에서는 〈진 루이즈〉라는 이름을 즐겨 사용한다. 이렇게 이름을 달리 사용하는 것만 보아도 주인공의 성격이나 인생관이 두 작품 사이에서 적잖이 달라졌음을 알아차릴 수 있다.

어찌 되었든 조지아주의 한 여자 대학을 졸업한 뒤 진 루이즈는 지금 뉴욕시에서 직장 생활을 하며 그곳에서 산다. 1년에 한 번씩 앨라배마주 메이콤으로 아버지를 찾아 2주 동안의 휴가를 떠난다. 이번이 다섯 번째 귀향 여행으로 지금까지 비행기를 타고 고향을 찾았던 것과는 달리 이번에는 기차를 타고 여행하는 중이다. 이렇듯 사건 진행이나 플롯에서 『앵무새 죽이기』가 다분히 정적(靜的)인 특징이 있다면, 『파수꾼』은 훨씬 동적(動的)인 특징이 있다.

이렇게 하퍼 리가 『파수꾼』의 첫 장면부터 주인공의 여행에 무게를 두는 것은 고향과 귀향을 주제로 삼기 위해서다. 〈남부 앨라배마의 제인 오스틴〉이 되겠다는 꿈을 품고 1949년 겨울 홀로 뉴욕시에 도착한 하퍼 리는 앨라배마 먼로빌 고향을 등지고 살다시피 했다. 로스쿨을 졸업한 뒤 변호사가 되라는 아버지 애머서 콜먼 리의 기대를 저버리고 떠나왔기 때문이다. 물론 작가로 대성공을 거둔 뒤에는 금의환향했지만 고향은 그녀에게 잃어버린 낙원과 다름없었다. 미국 남부 노스캐롤라이나주 출신 작가 토머스 울프의 소설에 『그대 다시 고향에 가지 못하리』(1940)가 있다. 이 작품 제목처럼 하퍼 리는 작가로 성공하기 전까지는 좀처럼 다시 고향에 갈 수 없었다.

하퍼 리는 이러한 자전적 내용을 바탕으로 주인공 진 루이즈 핀치의 고향 의식이나 고향 상실과 관련한 주제를 다룬다. 고향은 과연 어떠한 의미가 있는가? 〈故鄉〉이라는 한자를 보면 그 뜻이 좀 더 분명하게 드러난다. 연고 〈고故〉자는 사유, 이유, 도리, 사리 등을 의미하지만 친숙한 벗이나 오래된 습관 등을 의미한다. 한편 시골 〈향鄉〉은 시골이나 마을을 뜻한다. 그러니까 〈고향〉이란 출생처럼 연고가 있는 시골이다. 급변하지 않고 예스러움을 간직한 안정된 세계, 떠나왔지만 그리워하는 추억의 장소라는 함축적 의미를 지닌다. 특히 고향은 도회지처럼 번잡하고 때 묻은 공간이 아니라 도회처럼 아직 더럽혀지지 않은 순수한 공간, 대자연이 아직 살아서 숨 쉬는 아늑한 곳, 이웃과 이웃 사이에 유대감과 애정이 있는 공간이다.

독일의 사회학자 페르디난트 퇴니에스의 개념을 빌려 말하자면, 고향은 〈게마인샤프트〉에 가깝고 도시는 게젤샤프트에 가깝다. 게마인샤프트는 가족·친족·민족·마을처럼 혈연이나 지연 등 애정을 기초로 하여 이루어진 공동 사회를 뜻한다. 이 사회의 특징은 한마디로 이해관계에서 벗어나 비타산적이다. 한편 게젤샤프트는 회사·도시·국가·조합·정당 등과 같이 계약이나 조약, 협정에 따라 인위적이고 타산적 이해관계에 얽혀 이루어진 집단이다. 한마디로 이익 사회가 곧 즉 게젤샤프트다.

동양과 마찬가지로 서양에서도 〈고향〉이라는 말은 흔히 〈집〉과 동의어처럼 쓰인다. 가령 영어에서 〈home〉과 〈hometown〉은 서로 엄격히 구분 짓지 않고 사용할 때가 더러 있다. 또한 고향은 늘 어머니와 연관되어 있게 마련이다. 영미 문화권에서 가끔 〈mother town〉이라는 낱말을 사용하듯이, 프랑스 문화권에는 〈cité-mère〉라고 하여 〈모읍(母邑)〉 또는 〈모시(母市)〉라는 낱말을 사용한다. 우리가 태어난 나라를 〈모국(母國)〉이나 〈조국(祖國)〉으로 부르는 것과 같은 이치다. 고향은 늘 어머니의 품처럼 포근하여 타향에서 몸과 마음에 상처받고 지칠 때 돌아가 위안을 받는 곳이다. 미국의 국민 시인이라고 할 로버트 프로스트는 한 작품에서 〈고향이란 돌아가면 반갑게 맞아 주는 곳〉이라고 노래한 적이 있다.

좀 더 철학적으로 말하자면, 고향은 인간의 근원을 상징하는 개념이다. 마르틴 하이데거의 철학에서 가장 핵심적인 개념어 가운데 하나를 꼽는다면 아마 〈존재〉라는 말일 것이다. 그에게 존재란 넓게는 자연, 좁게는 고향이다. 그런데 기술 문명 속에서 살아가는 현대인들은 고향을 잃어버린 채 서로가 서로에게 하나의 도구가 되어 불안과 공허와 권태의 세계 속에서 살아간다. 달리 말하면 현대는 〈고향 상실Heimatlosigkeit의 시대〉다. 하이데거는 현대인들에게 고향의 들길에서 들려오는 자연의 소리에 귀 기울이며 살아가라고 가르친다.

방금 앞에서 울프의 소설을 언급했지만 『그대 다시 고향에 가지 못하리』에서 〈그대〉는 하느님에게 반란을 일으키다 천국에서 지옥으로 떨어진 천사들을 두고 하는 말이고 〈고향〉은 그들이 쫓겨난 천국을 두고 하는 말이다. 울프의 또 다른 작품 『천사여 고향을 돌아보라』(1929)도 마찬가지다. 그는 이 두 소설의 제목을 존 밀턴의 『실낙원』(1667)에서 빌려 왔다. 현대인들은 밀턴이 이 작품에서 묘사하는 천사들처럼 고향이라는 천국을 상실한 채 절망 속에서 살아간다.

『파수꾼』에서 진 루이즈는 게마인샤프트와 게젤샤프트의 두 사회 사이를 오간다. 그러나 해를 거듭하면 할수록 그녀는 고향 메이콤에 실망을 느낀다. 그것은 메이콤이 점차 게마인샤프트의 성격을 잃고 점차 게젤샤프트의 가치관을 받아들이기 때문이다. 그러므로 진 루이즈는 그녀가 태어나 자란 메이콤에 대한 소속감을 잃어버리며 점차 고향 상실을 느낀다. 1950년대의 메이콤은 1930년대의 메이콤이 아니다. 20년에 이르는 동안 좁게는 남부, 넓게는 미국, 더 넓게는 세계에서 엄청난 사건이 일어났기 때문이다.

진 루이즈가 느끼는 고향 상실은 주변 인물들의 달라진 태도나 세계관에서 엿볼 수 있다. 어린 시절부터 오빠와 친구로서 정신적 지주 역할을 하던 젬은 사망했다. 비록 어린 시절의 일이지만 결혼을 약속한 딜 해리스는 제2차 세계 대전이 휴전되었는데도 귀국하지 않고 이탈리아에 계속 머문다. 어머니 노릇하던 캘퍼니아는 이제 믿을 수 없을 만큼 완전히 달라졌다. 나이가 들어 주름이 늘고 뼈만 앙상한 노인이 되었기 때문만은 아니다. 진 루이즈가 무엇보다 실망하는 것은 캘퍼니아의 달라진 외모가 아니라 달라진 그녀의 태도 때문이다.

캘퍼니아는 한편으로는 백인들에게 공포감을 느끼면서 다른 한편으로는 적의를 드러낸다. 그녀는 손자 프랭크의 교통사고 문제로 집으로 찾아간 진 루이즈에게 전처럼 식구로 대하는 것이 아니라 낯선 사람을 대하듯이 예의를 차린다. 캘퍼니아의 달라진 태도를 보며 진 루이즈는 그만 눈물을 흘린다.

「아줌마, 아줌마, 아줌마, 지금 저한테 무슨 짓을 하고 있는 거예요? 왜 그래요? 난 아줌마의 아이잖아요. 나를 잊은 거예요? 왜 나를 밀어내는 거예요? 나한테 지금 무슨 짓을 하고 있는 거예요?」

캘퍼니아는 두 손을 들었다가 가만히 흔들의자 팔걸이에 얹었다. 그녀의 얼굴은 하나의 무수한 잔주름으로 뒤덮여 있었고, 두꺼운 안경 렌즈 뒤의 두 눈은 흐릿했다.

「모두들 우리한테 무슨 짓을 하고 있는 거예요?」

그녀가 물었다.

「우리라고?」

「네. 우리요.」

진 루이즈는 캘퍼니아라기보다는 자기 자신에게 천천히 말했다. 「지금까지 살아오면서 이런 일이 일어날 줄은 꿈에도 상상하지 못했어요. 그런데 지금 그런 일이 일어나고 있어요…… 아줌마, 어디 말 좀 해봐요. 캘, 제발 나한테 똑바로 말해 봐요. 그렇게 가만히 앉아 있지만 말고요!」

위 인용문에서 캘퍼니아의 달라진 태도의 의미를 열 수 있는 열쇠는 세 번 반복해 사용하는 〈우리〉라는 1인칭 복수 대명사다. 진 루이즈가 캘퍼니아에게 지금 〈우리〉한테 무슨 짓을 하는 것이냐고 따져 묻는다. 여기서 〈우리〉는 그동안 한 식구처럼 지내던 핀치 집안 사람들을 말한다. 그러자 캘퍼니아는 그녀에게 지금 〈우리〉라고 했느냐고 반문한다. 〈우리라고?〉라는 이 짧은 물음에는 이제 더 캘퍼니아를 포함한 흑인들은 백인과 한편이 아니라는 의미가 강하게 함축되어 있다. 캘퍼니아의 반문에 진 루이즈는 〈네. 우리요〉라고 다시 한번 확인해 말한다.

이 장면에서 주목할 것은 캘퍼니아가 〈우리〉와 〈그들〉을 엄격히 구분 짓는다는 점이다. 그녀에게 백인은 〈그들〉일 뿐 도저히 〈우리〉가 될 수 없다. 특히 연방 대법원의 판결 이후 메이콤 주민협의회를 구성하여 인종차별 정책을 고수하려는 지금 상황에서는 더더욱 그러하다. 진 루이즈가 캘퍼니아에게 음주 운전으로 교통사고로 낸 프랭크 문제를 애티커스가 변호를 맡아 잘 해결해 줄 것이고 말하자 그녀의 반응은 무관심하다 못해 아주 냉담하다.

캘퍼니아는 진 루이즈에게 〈프랭크, 그애는 잘못을 저질렀지……. 그러니 대가를 치러야지……. 하지만 변호사님이 계시거나 계시지 않거나 그애는 감옥에 가서……〉라고 말한다. 캘퍼니아는 이제 더 백인들의 도움을 받지 않겠다는 선언하는 것이다. 백인들은 겉으로만 흑인들을 도와주는 척하지만 실제로는 속으로 경멸한다고 생각하기 때문이다. 그것은 누구보다도 애티커스 핀치 변호사의 최근 행동만 보아도 잘 알 수 있다. 이 소설의 화자는 〈진 루이즈는 노인의 얼굴을 들여다보고 절망적이란 것을 알았다. 캘퍼니아는 그녀를 빤히 바라보았으며, 캘퍼니아의 눈에는 어떤 연민의 기색도 없었다〉고 말한다.

『파수꾼』에서 고향 상실의 주제는 핀치 집안 사람들이 오랫동안 살던 집이 철거되었다는 데서 상징적으로 엿볼 수 있다. 메이콤 집에 도착하자마자 진 루이즈는 새 집 안을 둘러본다. 그러면서 〈참 대단하신 분이야……. 그의 인생에서 한 막이 막을 내렸다. 아빠는 옛집을 허물고 마을의 새 구역에 새집을 지으셨다. 나라면 그렇게 못할 일이다. 옛 집터에는 아이스크림 가게가 들어섰다. 주인이 누굴까?〉라고 생각한다. 〈대단하신 분〉이라는 말은 어떤 의미에서는 반어법으로 볼 수도 있다. 인생의 한 막이 내린 시점에 옛 집을 허물고 메이콤의 신시가지에 새로 집을 지은 것을 잘한 일이라고 생각하는 것 같지 않기 때문이다.

어찌 되었든 진 루이즈는 법원 건물에서 메이콤 주민 협의회가 열리는 것을 충격 속에 지켜본 뒤 정적이 흐르는 더위 속에 중심 도로를 따라 걷는다. 그녀가 옛날에 살던 집이 있던 자리에 나지막하고 네모난 현대식 아이스크림 가게가 들어서 있다. 그녀는 가게에 〈홈메

이드 아이스크림〉이라는 간판이 걸려 있는 것을 보고
들어가 아이스크림을 주문한 뒤 뒷마당으로 간다. 하얀
자갈로 덮여 있는 데다 멀구슬나무도 없어지는 등 뒷마
당도 옛날과는 몰라보게 달라졌다. 진 루이즈가 이 생
각 저 생각하는 동안 테이블에 올려놓은 아이스크림이
모두 녹아 버린다.

더구나 아이스크림 가게 주인 청년은 진 루이즈가 가
게에 들어오기 전부터 창문가에서 호기심 있게 그녀를
지켜본다. 그러다가 아이스크림을 주문하는 그녀에게
이런저런 질문을 던진다. 하나같이 그녀를 잘 알지 못
하는 사람이라면 물을 수 없는 질문들이다.

「진 루이즈 핀치, 맞죠?」 그가 말했다.
「네.」
「바로 이 자리에 살았죠?」
「네.」
「실은 여기서 태어났죠?」
「네.」
「지금은 뉴욕에서 살죠?」
「네.」

「메이콤이 많이 변했죠?」

「네.」

「내가 누구인지 기억이 나지 않아요?」

「네.」

    가게 주인은 관심 있게 이것저것 묻는데 진 루이즈는 다만 〈네〉라고 짤막하게 대답하는 것이 무척 흥미롭다. 그녀는 마치 주문(呪文)을 외듯이 무려 여섯 번에 걸쳐 〈네〉라는 대답만 되풀이한다. 한국어로 번역하면서 여섯 번이 되었지만 영어 원문에는 〈Yes〉가 다섯 번 나온다. 마지막 〈네〉는 부정문으로 물은 질문에 대한 답이기 때문에 한국어로 〈네〉로 옮겼을 뿐 원문에는 〈No〉로 되어 있다. (한국어와는 달리 영어에서는 긍정으로 묻건 부정으로 묻건 질문에 관계없이 답이 긍정이면 〈Yes〉이고, 답이 부정이면 〈No〉다.) 진 루이즈가 이렇게 〈Yes〉와 〈No〉로만 짧게 대답하는 것을 보면 지금 그녀의 심적 상태가 과연 어떠한지 쉽게 미루어볼 수 있다.

    그런데 뜻하지 않게 아이스크림 가게 주인은 진 루이즈에게 만약 자기가 누구인지 이름을 알아맞히면 아이스크림 큰 컵을 공짜로 주겠다고 제안한다. 그러나 그

녀는 아무리 생각해 보아도 그의 이름을 도저히 생각해
낼 수가 없다. 그 이튿날에야 겨우 그녀는 그가 초등학
교에 같이 다니던 커닝햄 집안 사람 중 하나라는 사실
을 기억해 낸다. 가게 주인이 약속대로 그녀에게 공짜
로 아이스크림을 주자 진 루이즈는 〈이것은 그녀가 메
이콤을 좋아하는 사소한 이유 중 하나였다. 즉 이곳 사
람들은 약속을 기억할 줄 아는 것이다〉라고 말한다. 철
거된 집이며 베인 뒷마당의 멀구슬나무, 녹아 버린 아
이스크림, 뇌리에서 까맣게 잊힌 어릴 적 친구의 이름
등은 고향 상실을 보여 주는 더 없이 좋은 상징이요 이
미지다.

환멸을 찾아서

『파수꾼』에서 고향 상실의 주제는 환멸과 통찰의 주
제로 이어진다. 메이콤에 도착한 진 루이즈는 귀향의
기쁨을 느끼는 것도 잠시, 점차 배신과 환멸을 느끼기
시작한다. 물론 이번 다섯 번째 귀향 여행 전에 그녀는
사랑하던 오빠 젬이 심장 마비로 사망하고, 젬과 스카

웃에게 어머니 역할을 하던 가정부 캘퍼니아가 젬이 사망한 뒤 흑인 거주 지역의 집으로 돌아가는 것을 이미 목도했다. 메이콤은 미국의 다른 남부 지역과 마찬가지로 20여 년 세월의 풍화 작용을 많이 받았다. 그러나 이번 다섯 번째 귀향 여행에서 진 루이즈가 느끼는 배신과 환멸은 그 이전에 느낀 변화와는 사뭇 다르다.

메이콤 정선에서 진 루이즈를 마중 나온 헨리 클린턴은 핀치 변호사 집에 도착하여 애티커스와 알렉산드라 고모와 함께 커피를 마시며 이야기를 나눈다. 그때 애티커스는 진 루이즈에게 남부에서 일어나는 사건이 뉴욕 신문에 나느냐고 묻는다.

「정치 기사 말이에요? 글쎄요, 주지사가 경솔한 짓을 할 때마다 타블로이드 신문에 나요. 그거 말고는 아무 기사도 없죠.」

「불후의 명성을 얻으려는 연방 대법원의 시도 말이야.」

「아, 그거요. 음, 『뉴욕 포스트』지 보도에 따르면 우리가 누워 떡먹기 식으로 그들에게 사형(私刑)을 가한다는 거예요. 『월스트리트 저널』에서는 관심도 없고요,

『뉴욕 타임스』는 후대에 대한 의무에 몰두하느라 지루
해 죽을 지경이에요. 전 버스 스트라이크 사건과 미시시
피 사건 말고는 별로 관심이 없었어요. 아빠, 그 소송에
서 우리 주가 기소되지 않은 건 〈피켓의 돌격〉 이래 최
악의 실수였죠.」

애티커스의 〈불후의 명성을 얻으려는 연방 대법원의
시도 말이야〉라는 말을 좀 더 찬찬히 눈여겨보아야 한
다. 〈불후의 명성〉이라는 표현에서도 엿볼 수 있듯이 그
의 말투가 자못 냉소적이고 반어적이다. 애티커스가 말
하는 〈연방 대법원의 시도〉가 별로 마음에 들지 않는 태
도가 역력하다. 여기서 대법원 판결의 시도란 바로 방
금 앞에서 자세히 언급한 〈브라운 대 교육위원회〉 판결
을 말한다. 지금 남부에서는 이 문제로 여론이 들끓는
데 북부 지역, 그중에서도 〈세계의 도시〉라는 뉴욕시에
서는 반응이 어떤지 궁금하여 애티커스가 딸에게 물어
보는 것이다.

진 루이즈는 뉴욕시를 비롯한 북부 신문들이 기회가
이때다 싶어 대법원 판결을 모두 대서특필한다고 대답
한다. 그녀의 말을 빌린다면 그들은 〈모두 미쳐 날뛰〉었

다. 그러나〈브라운 대 교육위원회〉판결에 관심을 기울이는 애티커스와는 달리, 진 루이즈는〈버스 스트라이크〉와〈미시시피 사건〉에 관심을 기울인다고 밝힌다. 그녀는 이 두 사건 말고는 별로 관심이 없다고 말한다.

버스 스트라이크란 두말할 나위 없이 1955년 12월 앨라배마의 주도 먼트가머리에서 일어난 로자 파크스 사건을 말한다. 봉제 공장에서 일하던 흑인 여성 파크스가 백인에게 버스 좌석을 양보하지 않았다는 이유로 경찰에 체포된 사건이다. 이 도시 흑인 주민들은 경찰에 항의하여 먼트가머리 버스 승차 거부 운동을 벌였다. 382일 동안 계속된 이 운동은 흑인 민권 운동에 불을 당긴 획기적인 사건이었다. 파크스는 뒷날〈하는 일이 옳은 일이라면 절대로 두려워해서는 안 된다〉는 유명한 말을 남겼다.

한편〈미시시피 사건〉이란 1955년 8월 에밋 틸이라는 열네 살의 흑인 소년이 백인들에게 잔혹하게 살해당한 사건을 말한다. 시카고에 살던 그는 미시시피주 머니시의 친척 집을 방문했는데, 거리를 지나던 중 백인 여성 캐럴라인 브라이언트에게 휘파람을 불었다. 이튿날 에밋은 두 백인에 의하여 납치되어 온몸을 구타당한 끝에 참혹한 시체로 미시시피강에서 발견되었다. 에밋의 어머니는 아들의 시신이 담긴 관 뚜껑을 닫지 않고 장례식을 치러 인종 차별의 참상을 고발했다. 범인은 캐럴라인의 남편과 그의 이복형제로 밝혀져 재판을 받았지만 배심원은 그들에게 무죄 평결을 내렸다. 결국 이 사건으로 흑인 사회는 크게 분노하였고, 흑인의 인권 운동에 불을 붙이는 계기가 되었다. 놀랍게도 캐럴라인은 에밋이 자신에게 휘파람을 불었다는 증언이 거짓이었다고 고백했다.

지난 50여 년 동안 에밋 틸 사건은 평등과 자유를 내세우는 미국 사회에 큰 오점으로 남아 있었다. 그래서 2005년 에밋의 살해범으로 지목 받은 두 백인들은 세상을 떠났지만, 그의 유가족과 지인들 그리고 일부 양심적인 조사관들은 이 사건에 가담한 공범들을 찾아내어 법의 심판을 받게 하려고 했다. 결국 2005년 6월, 사건의 증거를 확보하기 위하여 에밋의 시체를 파냈고, 조사가 끝난 뒤 다시 조졸한 장례식을 치렀다. 1988년 「미시시피 버닝」이라는 영화는 이 사건을 소재로 하여 세상에 널리 알리는 데 이바지했다.

애티커스는 진 루이즈에게 이번에는 〈NAACP〉에

대하여 물어 본다. 그러나 그녀는 그것에 대해서는 아무것도 모른다고 대답한다. 〈뭔가 잘못 안 직원이 작년에 크리스마스실을 보내왔다는 것 말고는요〉라고 덧붙인다. 여기서 〈NAACP〉란 〈*National Association for the Advancement of Colored People*〉을 두문자로 줄인 약어다. 1909년 창설된 미국 흑인지위향상협의회를 말한다. 〈흑인〉이라고 옮겼지만 엄밀히 말하면 홍인종과 황인종 등을 포함한 〈유색 인종〉 전체를 아우르는 말이다. 그러나 숫자로 보나 세력으로 보나 흑인이 가장 압도적이기 때문에 이 용어는 그동안 흑인을 좀 더 점잖게 가리키는 말로 흔히 사용해 왔다.

NAACP의 역사는 1905년으로 거슬러 올라간다. 당시 저명한 흑인 인권 운동가 32명이 유색 인종, 특히 미국 사회에서 흑인들의 상황을 개선시키기 위한 방법을 논의하기 위하여 뉴욕주 나이아가라 폭포 근처의 한 호텔에 모여 이 단체를 결성하자는 데 의견을 모았다. 그 뒤 우여곡절 끝에 1909년 2월 12일, 에이브러햄 링컨 대통령의 생일날에 맞추어 이 협회는 공식 출범했다.

이 무렵 흑인들은 온갖 차별과 폭력을 당하며 미국 사회의 삼등 시민으로 살았다. 가령 1890년부터 1908년 사이 남부 주들을 중심으로 흑인들의 투표권이 제한되었었다. 또 거의 해마다 인종 분규가 일어나 무고한 흑인들이 목숨을 잃었다. 이러한 상황에서 흑인들은 자신들을 보호하고 권익을 지키기 위하여 단체를 결성할 필요성을 느꼈다. 창립 초기에는 흑인들이 아닌 백인들이 이 조직에서 주도적인 역할을 했다. 흑인이 이 협의회의 회장으로 선출된 것은 비로소 1975년에 이르러서였다. 여기서 한 가지 특이한 것은 이 협의회에서 미국의 유대인들이 NAACP에 크게 이바지했다는 점이다. 유대인은 비록 유색 인종은 아니었지만 미국 사회에서 앵글로색슨 계통의 백인들에게 차별받기는 흑인들 못지 않았기 때문이다.

다섯 번째 이번 고향 여행에서 진 루이즈는 참으로 감당하기 어려운 시련과 좌절을 겪는다. 물론 알렉산드라 고모는 전부터 그녀에게 뉴욕 생활을 청산하고 메이콤에 돌아와 아버지를 부양하라고 설득해 왔다. 젬의 장례식을 치르고 난 뒤 진 루이즈가 고모와 한바탕 다툰 것도 바로 이 문제 때문이었다. 알렉산드라는 〈진 루이즈, 넌 이제 집에 영원히 돌아올 때가 됐어. 네 아버지한테 네가 정말 필요해〉라고 말하면서 마치 〈한니발 장군처럼〉조카를 맹렬히 공격했다. 남부 귀부인의 전형이라고 할 알렉산드라는 그렇게 하는 것이 곧 거의 평생 독신으로 살다시피 한 아버지에게 남부의 딸이 마땅히 해야 할 의무라고 생각해 왔다. 그러나 이번 귀향 여행 중 고모의 설득은 좀 더 집요하다. 어쩌면 애티커스는 이제 신발 끈도 제대로 맬 수 없고 셔츠의 단추도 채울 수 없을 때가 있을 만큼 류머티즘이 심해졌기 때문일지도 모른다.

그런데 진 루이즈가 무엇보다도 환멸을 느끼는 것은 알렉산드라 고모의 간섭이 아니라 흑백 인종을 둘러싼 문제 때문이다. 그녀는 아버지 애티커스에 환멸과 배신감을 느낄 뿐만 아니라, 지금은 어엿한 애티커스 변호사의 주니어 파트너가 된 헨리 클린턴의 태도에 크나큰 환멸과 배신감을 느낀다. 그런데 문제의 발단은 앞에서 이미 자세히 언급한 〈브라운 대 교육위원회 재판〉이다. 연방 대법원이 인종 분리가 아닌 통합을 강조하는 판결을 내리자 남부 주들이 즉시 이의를 제기하고 나섰다. 남부가 남북 전쟁에서 패배하면서 흑인 노예 제도는 〈공식적〉으로는 폐지되었지만 흑인에 대한 차별 대우는 여전히 계속되었다. 흑인을 비롯한 유색 인종들은 흔히 〈짐 크로 법〉에 묶여 있어 공공기관에서 합법적으로 차별을 받는 등 백인보다 낮은 사회적 지위를 누릴 수밖에 없었다.

이렇게 연방 대법원의 판결에 이의를 제기한 것은 앨라배마주 메이콤도 예외가 아니다. 메이콤의 정신적 지도자라고 할 애티커스를 비롯하여 젬을 대신하는 〈정신적 아들〉이라고 할 헨리가 주동이 되어 주민협의회를 구성하여 흑인 인권 단체인 NAACP에 맞선다. 메이콤 주민협의회는 바로 〈분리되어 있되 평등하다〉라는 종래의 인종 차별 정책에 흑인을 계속 묶어 두기 위하여 결성한 주민 단체다. 어떤 의미에서는 백인 우월주의, 반유대주의, 인종 차별주의, 반로마 가톨릭교회, 기독교 근본주의, 동성애 반대 등의 깃발을 높이 치켜세운 미국의 극우 비밀 결사 단체 〈쿠 클럭스 클랜KKK〉과 비슷한 점이 없지 않다.

메이콤 고향에 돌아온 이튿날 진 루이즈는 거실에서 아버지가 읽던 신문과 잡지를 정돈하던 중 우연히 『흑사병(黑死病)』이라는 소책자를 발견하고 소스라치게 놀란다. 그 소책자를 읽고 나서 그녀는 마치 〈죽은 쥐의 꼬리를 잡듯 팸플릿의 한 귀퉁이를 잡아들고〉 부엌으로

가 쓰레기통에 집어던진다. 이 소책자에는 〈흑인들은 백인들보다 두개골은 더 두껍지만 두개가 더 얇아서 (……) 백인종보다 열등할 수밖에 없다〉는 내용이 적혀 있다. 다시 말해서 이 소책자의 저자는 생물학적 관점에서 보더라도 흑인이 백인보다 열등할 수밖에 없다는 논리를 편다.

진 루이즈는 아버지 애티커스와 헨리가 무슨 일을 꾸미는 것이 틀림없다고 직감적으로 판단한다. 일요일인데도 법원 건물에서 회의가 있다고 두 사람이 집을 나간 것부터가 수상하다. 더구나 헨리는 진 루이즈에게 〈이 지방에서는 정치 운동을 일요일에 한다는 걸 내가 늘 잊어〉라고 무심코 내뱉었던 것이다. 진 루이즈는 즉시 메이콤 법원 건물로 달려가 작은 계단을 통하여 슬그머니 위층 흑인용 발코니로 올라가 앞줄 구석에 앉는다. 아나나 다를까 발코니 아래에 애티커스와 헨리가 그동안 말도 걸지 않으려 했던 윌리엄 윌러비 등 여러 부류의 주민들이 함께 앉아 있는 모습이 보인다. 시계가 오후 2시를 알리자 애티커스 핀치가 자리에서 일어나 법정에서 변호할 때의 단조로운 목소리로 집회 참석자들을 향하여 누군가를 소개하는 음성이 들린다. 〈여

러분, 오늘의 연사는 그레이디 오핸런 씨입니다. 따로
소개할 필요는 없겠죠.〉

그러자 오핸런이라는 사람이 자리에서 일어나 〈어느
추운 날 아침, 젖소가 젖 짜는 사람한테 이렇게 말했습
니다.《따뜻한 손길, 고맙습니다》라고 아리송한 말로
연설을 시작한다. 진 루이즈가 판단하기로는, 오핸런은
남부에서 태어나 성장하고 교육을 받고 남부의 여자와
결혼해 평생 남부에서 살아온 것 같다. 최근 그의 주요
관심사는 남부의 생활 방식을 유지시키는 것이고, 흑인
들과 연방 대법원이 남부인들에게 이래라저래라 하지
못하게 하는 것이다. 오핸런이 연설하는 내용이 단속적
(斷續的)으로 진 루이즈의 귀에 들린다.

　「…… 목석처럼 우둔한 인종…… 타고 날 때부터의 열
등함…… 곱슬곱슬한 양털 같은 머리…… 여전히 나무에
서…… 기름 냄새를 풍기고…… 여러분의 딸과 결혼하
고…… 인종으로 잡종으로 만들고…… 잡종으로…… 정
말로 잡종으로…… 남부를 지켜야…… 암흑의 월요
일…… 바퀴벌레만도 못한…… 하느님이 여러 인종을 만
들었는데…… 아무도 그 이유를 모르지만 하느님은 그

311

들이 서로 떨어져 살게 할 의도였으며⋯⋯ 만약 그런 뜻
이 아니었다면 하느님은 우리 모두를 같은 피부색으로
만드셨을 것이고⋯⋯ 아프리카로 돌아가⋯⋯」

열혈 백인 우월주의자라고 할 오핸런이 지금 언급하
는 인종은 누가 들어도 흑인을 가리키있는 것이 틀림없
다. 그런데 흑인을 기술하거나 묘사하는 표현이 하나같
이 인종 차별적으로 혐오스럽기 이를 데 없다. 오핸런
은 흑인이 태어날 때부터 백인보다 우둔하고 열등하다
는 생물학적 결정론을 그대로 믿는다. 또한 그는 흑인
들이 백인 여성들과 결혼하여 인종의 순수성을 더럽힌
다고 지적한다. 그러면서 심지어 흑인을 바퀴벌레만도
못한 존재라고 부른다. 요즈음 같아서는 오핸런은 아마
〈증오 범죄〉 또는 〈혐오 범죄〉의 낙인이 찍힐 것이다.
　위 인용문에서 하느님을 언급하는 마지막 부분을 좀
더 주의 깊게 주목해 볼 필요가 있다. 오핸런은 비교적
짧은 인용문에서 〈하느님〉이라는 낱말을 무려 세 번에
걸쳐 사용한다. 그가 하느님은 피부 색깔이 다른 인종
들을 서로 떨어져 살게 할 의도였다고 말하는 것은 구
약성서 「창세기」 9장 20~29절을 염두에 두고 말하는

것 같다.

노아가 포도주를 마시고 취하여 자기 장막 안에서 아무것도 덮지 않고 벌거벗은 채로 누워 있었다. 가나안의 조상 함이 자기 아버지의 벌거벗은 몸을 보고 바깥으로 나가서 두 형들에게 그 사실을 알렸다. 셈과 야벳은 겉옷을 가지고 가서 둘이서 그것을 어깨에 걸치고, 뒷걸음쳐 들어가서 아버지의 벌거벗은 몸을 덮어 주었다. 그들은 아버지의 벌거벗은 몸을 보지 않으려고 얼굴을 돌렸다. 노아는 술에서 깨어난 뒤, 작은 아들이 자기에게 한 일을 알고서 〈가나안은 저주를 받아 형제들에게 천대받는 종이 되어라〉(25절)라고 말했다. 또한 노아는 〈셈의 하느님, 야훼는 찬양받으실 분, 가나안은 셈의 종이 되어라. 하느님께서 야벳을 흥하게 하시어 셈의 천막에서 살게 하시고, 가나안은 그의 종이 되어라〉(26~27절)라고 말했다.

몇몇 신학자들은 노아의 세 아들이 오늘날 인류의 조상이라고 주장한다. 백인은 야벳족에 속하고, 흑인은 함족, 그리고 황인은 셈족에 속한다는 식이다. 이보다 한 발 더 나아가 야벳족은 문화 창달, 과학과 의학 기술 개발, 우주 개발 등으로 인류에게 무한한 혜택을 주는 역할을 해왔다고 주장한다. 또 세계 10대 종교가 아시아에서 나왔듯이 셈족은 종교심이 무척 강하다고 지적한다. 한편 남의 흉과 허물을 일러바친 함족은 다른 민족에 종노릇 하는 운명으로 태어났다고 말한다.

그러나 이러한 주장은 어디까지나 일부 백인 신학자들이나 목회자들이 내세운 가설일 뿐 성경에 기록된 진리는 아니다. 어떤 의미에서는 백인들이 흑인 노예 제도를 합리화하기 위하여 만들어 낸 가설에 지나지 않는다. 위 인용문에서 오핸런은 〈만약 그런 뜻이 아니었다면 하느님은 우리 모두를 같은 피부색으로 만드셨을 것이고……〉라고 언급한다. 그러나 그는 백인 신학자들이나 목회자들처럼 인종 차별을 정당화하려고 하느님을 언급할 뿐이다. 「창세기」에서 하느님은 〈우리 모습을 닮은 사람을 만들자!〉(1장 26절)라고 말한다. 〈이마고 데이Imago Dei〉라는 신학적 개념이 바로 그것이다. 모든 인간은 하느님의 형상을 따라 하나님의 모습대로 창조되었기 때문에 피부 색깔과 관계없이 모두 동일하다는 것이다.

실제로 남부의 기독교 지도자들은 그동안 오핸런처럼 흑인 노예 제도를 합리화하기 위하여 성경을 왜곡하여 받아들이는 경향이 있었다. 그들은 노예 제도가 분명히 반인도적이고 반도덕적인 제도라는 사실을 깨달으면서도 노예 없는 세상을 좀처럼 상상하지 못했다. 구약 성경에서 노예들에게도 안식일에는 쉬게 해야 한다고 말했지만, 노예 제도 자체를 해체할 것을 주장하지는 않았다는 점을 들었다.

이보다 한 발 더 나아가 남부의 교회 지도자들은 노예 제도의 폐지를 주장하기는커녕 오히려 노예주들에게 손을 들어 주었다. 그들은 신약 성서에서 사도 바울이 디도에게 보낸 편지를 그 실례로 들곤 했다. 이 편지에서 바울은 〈종들에게는 모든 일에 있어서 자기네 주인들에게 복종하고 주인들을 기쁘게 해주어야 한다고 가르치시오. 종들은 주인에게 말대꾸를 하거나 훔치는 일을 하지 말고 언제나 착하고 충성스러운 종노릇을 해서 모든 일에 있어서 우리의 구세주이신 하느님의 교훈을 장식해야 합니다〉(「디도에게 보낸 편지」 2장 9~10절)라고 말한다. 목회자들은 〈그러면 젊은 여자들은 늙은 여자들의 훈련을 받아 자기 남편과 자식들을 사랑하게 되고 신중하고 순결하고 착한 여자가 되어 집안 살림을 잘하고 남편에게 복종하는 아내가 될 것입니다〉(「디도에게 보낸 편지」 2장 4~5절)라는 구절을 인용하며 여성을 가부장 질서에 가두어 두려고 했듯이, 흑인 노예들에게 백인 노예주를 위하여 충성을 다하도록 가르쳤다. 그러나 그들은 어디까지나 성경을 잘못 이해하거나 자신에게 유리하도록 왜곡하여 해석했다는 비난을 면하기 어려울 것이다.

오핸런의 연설 인용문 맨 마지막 구절 〈아프리카로 돌아가……〉도 자칫 놓치기 쉽지만 좀 더 눈여겨보아야 한다. 백인 중에는 오핸런처럼 흑인들에게 〈아프리카로 돌아가자!〉고 부르짖는 사람들이 있었다. 흑인이 이제 백인 사회에 이렇다 할 도움이 되지 않고 오히려 짐이 된다고 생각하기 때문이다. 비단 백인만이 아니고 몇몇 흑인들도 그렇게 주장했다. 가령 〈세계흑인향상협의회〉를 결성한 카리브해 자메이카 출신인 마르쿠수 모지아 가비가 그러했다. 이 조직은 백인의 억압 때문에 전 세계에 흩어져 있는 흑인이 아프리카에 있는 흑인과 단결하여 단일한 국가를 창설하는 것을 목표로 삼았다. 가비는 미국에 건너가 할렘에 이 조직의 미국 지부를 만들어 미국 흑인들의 사회적, 정치적, 경제적 자유를 획득하기 위한 사회 운동을 전개했다. 실제로 그는 미국의 흑인을 아프리카 서안에 위치한 라이베리아에 단체로 이주하는 계획을 세웠다. 미국의 흑인이 아프리카로 모두 건너가서 자신의 나라를 건설한다는 웅대한 계획을 실현에 옮기기 위해 참가자를 모집하고 그곳에 단체로 건너갈 선박을 구입하는 계획을 추진했다.

진 루이즈의 귓가에는 여전히 그레이디 오핸런의 목소리가 띄엄띄엄 들려온다. 〈어리석고 무지하기 짝이 없는 흑인 목사들이…… 원숭이처럼…… 입이 No. 2 깡통처럼 생긴…… 복음을 왜곡하고…… 법원은 누구보다 공산주의자들의 말에 귀를 기울이고…… 모두 끌어내 반역죄로 처형해야…….〉 동시에 진 루이즈의 귓가에는 또 다른 음성이 들린다. 따뜻하고 편안한 아버지 애티커스 변호사의 음성으로 먼 과거에서 들려오는 아주 조그마한 목소리였다. 〈여러분, 제가 이 세상에서 믿는 구호가 하나 있다면, 바로 이것입니다. 모든 사람에게 평등권을, 어느 누구에게도 특권을 부여하는 것에는 반대를.〉

위층 구석에 앉아 발코니 아래쪽을 바라보는 진 루이즈는 지금 엄청난 혼란과 충격에 빠져 있다. 20년 전 바로 이 자리에서 젬과 딜과 함께 아버지가 톰 로빈슨을 변호하는 소리를 들었다. 톰은 백인 아가씨 메이엘라 유얼을 강간했다는 혐의로 고소되어 재판받았고, 애티커스는 주민들의 비난과 반대를 무릅쓰고 그를 변호했던 것이다.

모든 사람에게 평등권을 줄 뿐 어느 누구에도 특권을 부여하지 말아야 한다고 목소리를 높여 부르짖던 20년 전의 아버지와 지금 열혈 백인 우월주의자 오핸런의 연설 사회를 맡은 아버지 사이에는 그야말로 하늘과 땅만큼 큰 차이가 난다. 진 루이즈는 인종 차별에 그토록 반대하던 아버지가 어떻게 불과 20년 사이에 이렇게 철두철미한 인종 차별주의자로 탈바꿈했는지 그저 놀라울 뿐이다. 더구나 애티커스는 지금 메이콤 주민협의회의 이사로 일하면서 흑백 인종 차별을 고착화하는 데 주도적인 역할을 한다.

메이콤 주민협의회에서 주도적인 역할을 하는 것은 비단 애티커스 핀치 변호사만이 아니다. 오핸런 왼쪽에는 바로 헨리 클린턴이 앉아 있다. 진 루이즈 핀치가 메이콤에서 가장 가까운 역인 메이콤 정선에 도착하자 그녀를 기다리던 사람은 아버지가 아니라 헨리 클린턴이다. 헨리는 『앵무새 죽이기』에는 등장하지 않고 『파수꾼』에 처음 등장하는 새로운 인물이다. 애티커스 핀치를 은인으로 생각하는 헨리는 그야말로 입지적 인물이다.

헨리 클린턴만큼 훌륭한 젊은이는 없다고 메이콤 사람들은 말했다. 진 루이즈도 같은 생각이었다. 헨리는 메이콤군 남단 출신이었다. 헨리가 태어나자마자 그의 아버지는 어머니를 버리고 집을 나갔다. 그래서 어머니는 네거리의 작은 가게에서 밤낮으로 일해 아들을 메이콤 공립 학교에 보냈다. 헨리는 열두 살 때부터 핀치네 맞은편 집에서 하숙했다. (……) 헨리가 열네 살이 되던 해, 어머니가 거의 재산도 남겨 놓지 않고 사망했다. 애티커스 핀치는 가게를 처분하고 얼마 남지 않은 돈을 관리해 주었다. 그중 대부분은 장례식에 들어갔지만, 애티커스는 남몰래 자기 돈을 남은 돈에 보탰고, 헨리가 방과 후 지트니정글 슈퍼에서 점원으로 일할 수 있도록 도와주었다. 헨리는 고등학교를 졸업하고 군에 입대했으며, 전쟁이 끝난 뒤 대학에 진학해 법학을 공부했다.

진 루이즈보다 네 살이 많은 헨리는 그녀의 오빠 제

러미(젬) 핀치와 동창이다. 헨리처럼 제2차 세계 대전에 참전한 젬은 어느 날 아버지 애티커스 핀치의 사무실 앞에서 심장 마비로 갑자기 사망했다. 아들에게 변호사 사무실을 이어 가게 할 생각이던 애티커스는 헨리를 자연스럽게 고용했다. 애티커스와 헨리의 관계를 두고 이 소설의 화자는 〈적당한 때가 되자 헨리는 애티커스의 일을 돕는 눈과 손발이 되었다. 헨리는 언제나 애티커스 핀치를 존경했다. 그런데 이런 존경에 애정이 합쳐져 그를 아버지로 생각했다〉고 말한다. 더구나 애티커스는 헨리가 진 루이즈를 좋아하는 것을 알고 두 사람이 결혼하기를 은근히 기대하는 눈치다. 그렇게 되면 헨리는 젬을 대신하여 자연스럽게 한식구가 되는 셈이다.

진 루이즈는 헨리의 모습을 응시하면서 지금 보는 광경을 도무지 믿을 수 없다. 아버지 애티커스는 이제 일흔두 살로 생각이 고루한 구세대라고 할 수 있다. 그러나 헨리는 아직 서른 살밖에 되지 않는 신세대다. 누구보다도 사회 개혁에 앞장서야 할 젊은이가 아닌가. 얼마나 실망이 큰지 발코니 난간을 붙잡은 진 루이즈의 손이 땀에 흠뻑 젖어 저절로 난간에서 미끄러진다. 이

광경을 지켜보는 그녀의 반응은 격렬하다 못해 구토 등 신체적 고통을 느낄 정도다.

그런데 문제는 협의회 모임에 참석하지는 않은 메이콤 주민들도 흑인 문제에 관한 한 이 모임에 참석한 사람들과 거의 한 목소리를 낸다는 점이다. 가령 알렉산드라 고모는 『흑사병』을 두고 〈진 루이즈, 저 책에는 일리 있는 말들이 많던데〉라고 말하며 백인 우월주의를 숨김없이 드러낸다. 잭 삼촌은 비록 주민협의회에 직접 참여하지 않지만 심정적으로는 동조한다. 알렉산드라 고모가 주최하는 커피 모임에 참석하는 대부분의 여성 주민들도 인종 차별적인 발언을 서슴지 않는다. 특히 그러한 태도는 헤스터 싱클레어에게서 단적으로 엿볼 수 있다. 패트릭 헨리는 〈행동하지 않는 양심은 악의 편〉이라고 말한 적이 있지만, 수동적 방관자라고 할 그들은 하나같이 인종 차별이라는 악의 편에 서 있다고 할 수 있다.

이렇게 연방 대법원의 판결에 굴복하지 않은 채 계속 인종 차별을 강행하려는 지역은 비단 메이콤에 그치지 않는다. 앨라배마주를 비롯한 남부의 거의 모든 주들이 반발하고 나섰다. 그리하여 1957년 9월 아칸소의 주도

리틀록에서는 이 문제로 큰 사건이 벌어졌다. 법원은
그 도시의 센트럴 고등학교의 인종 차별 제도 폐지를
명령했지만, 인종 차별주의자인 오벌 포버스 주지사는
그것을 중지시키기 위하여 주 방위군을 투입했다. 결국
포버스는 연방 대법원 판사의 명령에 따라 방위군을 철
수시켰지만, 이번에는 성난 폭도들이 들고 일어났다.
연방 정부의 결정에 도전하면서 흑인 학생들에게 실질
적인 위협을 가하자, 드와이트 D. 아이젠하워 대통령은
마침내 리틀록에 연방군을 파견하여 대처하기에 이르
렀다. 이에 따라 센트럴 고등학교는 남부 최초로 흑인
학생들을 받아들이는 학교가 되었다.

진 루이즈가 인종 차별과 관련하여 메이콤 주민들에
게 얼마나 큰 환멸과 배신감을 느끼는지는 이번 여행에
서 결혼하기로 은근히 마음먹었던 헨리를 완전히 밀어
내는 데서 잘 알 수 있다. 기차역으로 마중 나온 헨리와
키스를 하면서 그녀는 〈사랑은 아무하고나 하되 결혼만
은 같은 부류의 인간과 한다는 것, 그것은 그녀에게는
본능과 다름없는 좌우명이었다. 헨리 클린턴은 진 루이
즈와 같은 부류의 인간이었으며, 그녀는 이제 그 좌우
명이 특별히 가혹하다는 생각이 들지 않았다〉고 밝힌

다. 사회적 신분이 다르다는 이유로 알렉산드라 고모가 한사코 반대하지만, 진 루이즈는 그를 결혼 상대로 진지하게 생각했었다. 그러나 헨리가 애티커스 핀치와 함께 주민협의회에서 주도적인 역할을 한다는 사실을 알고 나서부터 진 루이즈는 마침내 그와의 결혼을 단념한다.

더구나 진 루이즈는 아버지가 자기에게 가르쳐 준 것과 그가 실제로 행동하는 것 사이에 큰 괴리가 있다고 몰아세운다. 어렸을 적부터 애티커스는 젬과 진 루이즈에게 인간은 피부 색깔과는 관계없이 소중한 인간 가족의 구성원이라는 사실을 일깨워 주었다. 특히 그녀는 아버지가 하던 〈만인에게 평등권을, 아무에게도 특권은 없다〉는 말을 아직도 생생하게 기억한다.

이 문장은 미국의 제3대 대통령 토머스 제퍼슨이 즐겨 사용하던 구호였다. 『앵무새 죽이기』에서 스카웃은 시사 문제를 다루던 역사 수업 시간에 이 말을 인용한 적이 있다. 그런데 아버지는 지금 와서 흑백 통합을 결정한 연방 대법원의 판결에 불복하며 흑백 분리를 고착시키는 일에 앞장서고 있다. 진 루이즈는 그러한 아버지를 도저히 용서할 수 없다고 화를 낸다.

「아빠, 내 마음속에 씨를 뿌린 것은 아빠예요. 그리고 이제 그게 아빠에게 자업자득이 —」

「이제 하려는 말 다했어?」

그녀는 코웃음을 쳤다. 「전혀요. 아빠가 내게 한 짓을 결코 용서하지 않을 거예요. 아빠는 나를 속였어요. 아빠가 집에서 몰아내 나는 이제 완전히 무인 지대에 처해 있다고요. 메이콤에는 더 이상 내가 발붙일 데가 없어요. 어디를 가도 완전히 마음 편하지 않을 거예요.」

여기서 진 루이즈가 〈나는 이제 완전히 무인 지대에 처해 있다〉고 항변하는 점을 주목해 보아야 한다. 〈무인 지대〉로 옮긴 구절은 원문에는 〈no-man's land〉로 되어 있다. 이 구절은 인간이 살지 않는 황무지나 미개척지를 가리킬 수도 있고, 전쟁 중 아군과 적군 어느 쪽도 점령하지 못한 지역을 가리킬 수도 있다. 어느 쪽으로 해석하든 지금 진 루이즈는 무척 큰 혼란을 겪고 있으며, 이제 메이콤(남부)에서도 뉴욕(북부)에서도 발을 붙일 수 없는 〈정신적 미아〉로 전락한 셈이다.

이렇게 무척 화가 난 진 루이즈는 갈라진 목소리로 계속하여 아버지를 몰아세운다. 도대체 왜 〈우직하고

마음씨 좋은 남부 여자와)와 재혼하지 않았느냐니, 그
랬더라면 새 어머니가 자신을 올바로 키웠을 것이라느
니 하고 말이다. 만약 아버지가 새 어머니와 재혼했더
라면 진 루이즈 자신은 〈손을 포개고 눈을 깜작거리며
오로지 사랑스러운 우리 남편만 찾는 여자, 선웃음 치
며 완곡한 표현을 써가며 말하는 전형적인 남부 여자〉
가 되었을 것이라고 말한다. 그러면 지금처럼 아버지에
게 대드는 〈의식 있는〉 딸은 되지 않았을 것이 아닌가.
또 진 루이즈는 아버지에게 〈왜 저한테 정의와 정의, 올
바름과 올바름의 차이를 구별해 주지 않으셨어요?〉라
고 따진다.

더구나 진 루이즈는 딸로서는 차마 입에 담기 어려운
심한 욕설을 퍼붓기도 한다. 〈전 다시는 아빠가 하는 말
을 한마디도 믿지 않을 거예요. 아빠와 아빠가 지지하
는 모든 걸 경멸할 거예요〉라느니, 〈표리부동한, 고리
무늬 꼬리의 주머니쥐 같은, 빌어먹을 영감!〉이라느니
하고 모욕적인 말을 거침없이 내뱉는다. 심지어 진 루
이즈는 〈하늘에 계신 하나님, 나를 여기서 데려가 주시
옵소서……. 하늘에 계신 하나님, 나를 데려가 주시옵
소서……〉라고 말하면서 차라리 죽기를 바랄 정도다.

환멸에서 인식으로

진 루이즈는 이렇게 애티커스 핀치와 헨리 클린턴을 비롯한 메이콤 주민들에게 환멸과 배신감을 느끼면서 좀 더 성숙한 인간으로 조금씩 변모해 간다. 씨앗의 껍질이 깨져야 싹이 트고, 껍질이 깨지는 아픔이 없이 열매를 얻지 못하는 것과 같은 이치다. 그런데 진 루이즈가 성장하는 데 산파 역할을 맡는 인물이 바로 그녀의 삼촌 잭 핀치다. 『앵무새 죽이기』에서 의사로 등장하는 그는 크리스마스 휴가 때 1년에 한 번 메이콤을 방문하지만, 『파수꾼』에서는 주식 투자로 돈을 많이 벌어 일찍 은퇴하고 지금은 고향 메이콤에 내려와 여전히 독신으로 산다. 이번 여행에서 진 루이즈가 무슨 문제인지는 몰라도 정신적으로 적잖이 갈등을 겪고 고통받는다고 판단한 잭 삼촌은 그녀를 예의 주시해 왔다.

아니나 다를까 주민협의회 문제로 아버지 애티커스와 한바탕 다툰 뒤 진 루이즈는 영원히 메이콤을 떠나려고 트렁크에 짐을 꾸려 막 자동차에 싣는다. 바로 그때 알렉산드라와 애티커스한테서 저간의 사정을 전해들은 잭 삼촌이 갑자기 나타난다. 그는 조카의 뺨을 때

려 흥분을 가라앉게 한 뒤 그녀를 다시 집 안에 들여
보낸다. 잭 삼촌은 격정의 회오리바람에 한바탕 휩싸인
조카에게 차분하게 남부의 상황을 설명한다. 메이콤을
비롯한 남부에서는 그동안 크고 작은 일이 일어났다.

진 루이즈가 삼촌에게 〈웬일인지 이제는 견딜 만해
요〉라고 말하자 그는 그 이유를 알겠느냐고 묻는다. 그
러면서 잭 핀치는 계속하여 〈너한테 바쁜 하루였어. 진
루이즈, 그게 견딜 만한 건, 넌 이제 독립적인 인간이 됐
기 때문이야〉라고 말한다. 그의 말에서 특히 눈여겨볼
것은 〈독립적인 인간〉이라는 표현이다.

이 표현은 삼촌과 조카가 마지막으로 만나 대화를 나
누는 제18장 전체를 통틀어 가장 중요한 핵심 키워드
다. 잭 핀치는 진 루이즈가 다섯 번째로 고향집에 내려
와 환멸과 배신감의 용광로를 거쳐 마침내 새로운 인간
으로 다시 태어났다고 밝힌다. 다시 말해서 진 루이즈
는 이제 시련과 고통을 겪고 난 뒤 비로소 타인에게 의
존하지 않고 홀로 설 수 있는 〈독립적인 인간〉으로 성장
했다는 것이다.

그렇다면 진 루이즈가 지금껏 의존했던 타인이란 과
연 누구를 말할까? 두말할 나위 없이 아버지 애티커스

핀치 변호사다. 『앵무새 죽이기』에서도 엿볼 수 있듯이 애티커스는 그동안 진 루이즈와 젬에게도 도덕적 나침반과 같은 역할을 해왔다. 그래서 그녀는 아버지를 롤 모델, 아니 위대한 인물로 존경하고 숭배하기에 이른다. 진 루이즈는 어떤 결정을 내릴 때도 아버지를 의식하지 않을 때가 거의 없다시피 하다.

이 소설의 화자는 〈심지어 그녀는 어떤 중요한 결정을 내리기 전《아버지라면 이 일을 어떻게 처리할까?》라는 생각이 반사 작용처럼 그녀의 무의식을 뚫고 지나간다는 사실을 깨닫지 못했다. 입장을 양보하지 않고 완강히 버틸 때 그럴 수 있었던 것은 바로 아버지 때문임을 깨닫지 못했다〉고 말한다. 이처럼 진 루이즈에게 애티커스는 단순히 자신을 낳아 길러 준 부모 중 한 사람이 아니라 성자 또는 성인의 반열에 올라 있는 사람이다. 성자나 성인이란 기독교나 불교에서 말하는 특정한 의미를 떠나 보통 사람과는 다른 사람, 특히 빼어나게 훌륭한 사람을 이르다는 말이다.

한편 잭 핀치는 애티커스를 두고 진 루이즈의 〈우상〉이라고 부른다. 두말할 나위 없이 우상은 유대교와 기독교, 이슬람 같은 유일신교에서 무엇보다도 배척하는 대상이다. 하느님은 이스라엘 백성에게 〈너희는 내 앞에서 다른 신을 모시지 못한다. 너희는 위로 하늘에 있는 것이나 아래로 땅 위에 있는 것이나, 땅 아래 물 속에 있는 어떤 것이든지 그 모양을 본떠 새긴 우상을 섬기지 못한다. 그 앞에 절하며 섬기지 못한다. 나 야훼 너희의 하느님은 질투하는 신이다. 나를 싫어하는 자에게는 아비의 죄를 그 후손 3대에까지 갚는다〉(「출애굽기」 20장 3~5절)고 말한다. 하느님의 십계명 중에서도 맨 첫 번째 계명이 바로 이 우상 숭배를 금하는 계명이다.

영국 경험론의 아버지로 르네 데카르트와 함께 근세 철학의 문을 활짝 열어 놓은 프랜시스 베이컨은 기독교의 이 첫 번째 계명을 세속적 차원으로 해석했다. 베이컨은 자연에 관한 올바른 지식을 얻을 때 오류를 범하게 하는 원인으로 네 종류의 우상(이돌라)을 들었다. ① 종족의 우상은 인간의 입장에서만 자연이나 세상을 보게 됨으로써 오는 편견을 말한다. ② 동굴의 우상은 자기의 경험에 비추어 세상을 판단하려는 개인적 편견이다. ③ 시장의 우상은 직접적인 관찰이나 경험 없이 다른 사람 말만 듣고 그럴 것이라고 착각하는 편견을 말한다. 그리고 ④ 극장의 우상은 자신의 소신 없이 권위

나 전통을 아무런 비판 없이 받아들이는 맹신에서 생기는 편견이다.

그렇다면 진 루이즈는 베이컨이 말하는 네 가지 우상 중에서 어떤 우상을 섬기는 것일까? 그녀는 무엇보다도 세 번째 시장의 우상을 섬긴다. 진 루이즈는 자기가 직접 관찰하거나 경험하여 깨닫는 것이 아니라 다른 사람의 말만 듣고 그럴 것이라고 착각하는 편견에 빠져 있다. 아버지가 입버릇처럼 언급하던 〈만인에게 평등권을, 아무에게도 특권은 없다〉는 토머스 제퍼슨의 말을 그녀는 그동안 아무런 의심도 없이 자연스럽게 진리로 받아들였다. 백인 중심의 사회, 흑인이 백인의 타자로서 살아가는 미국 사회에서 만인에게 평등권이 부여되어 있는지 좀 더 현실적으로 냉정하게 따져 보았어야 했다.

드레드 스콧 사건에서 볼 수 있듯이 연방 대법원은 미국 헌법이 기본권으로 정한 〈모든 사람은 평등하게 태어났다〉는 조항마저 다르게 해석했다. 그렇다면 진 루이즈는 평등권 조항에서 〈모든 사람〉은 오직 백인을 의미할 뿐이며 흑인은 포함되지 않는다고 해석한 사실을 염두에 두었어야 했다.

이렇듯 진 루이즈에게 베이컨이 말하는 시장의 우상은 아버지 애티커스 핀치 변호사의 모습으로 나타난다. 그녀가 〈독립적인 인간〉으로 이 세상에 홀로 서기 위해서는 무엇보다도 먼저 아버지 애티커스라는 우상을 파괴하지 않으면 안 된다. 그녀는 삼촌에게 왜 아버지가 딸로부터 그토록 모욕과 경멸을 받으면서도 끝내 자신을 변호하려 들지도 않았는지 묻는다. 그러자 그는 진 루이즈에게 〈네 아버지는 네 스스로 네 우상들을 하나씩 부수도록 내버려 두신 거야. 네 스스로 아버지 자신을 인간의 신분으로 떨어뜨리게 한 것이지〉라고 대답한다.

여기서 애티커스를 〈인간의 신분으로 떨어뜨리게〉 한다는 말을 뒤집어 보면 지금까지 그는 피와 살을 지닌 인간이 아니었다는 것이 된다. 진 루이즈가 아버지에 그렇게 환멸과 절망을 느끼는 것은 그동안 그를 인간이 아닌 어떤 초월적 존재로 간주해 왔기 때문이다. 잭 삼촌의 역할은 그녀에게 애티커스가 우상이 아니라 한낱 피와 살을 지닌 평범한 인간에 지나지 않는다는 사실을 깨닫게 해주는 데 있다. 다시 말해서 천상의 존재에서 지상의 존재로 끌어내리는 것이 잭 핀치의 역할이다.

「진 루이즈, 이 아가씨야, 넌 네 자신의 양심을 가지고 이 세상에 태어났는데, 어딘가에서 그걸 따개비처럼 네 아버지에게 부착시켰던 거야. 자라나면서, 또 어른이 되고도, 네 자신도 전혀 모르게, 넌 네 아버지를 하느님으로 혼동하고 있었던 거지. 넌 한 번도 네 아버지를 인간의 마음을 가진, 인간의 결점을 지닌 한 인간으로 보지 않았어. 그 사실을 깨닫는 게 쉽지 않았으리란 건 나도 인정한다. 네 아빠는 좀처럼 실수를 범하지 않으니까. 하지만 네 아빠도 다른 모든 사람들처럼 실수를 저지르거든. 말하자면 넌 정신적 불구자였어. 네 아버지에게 의지하고, 네 아버지한테서 답을 구하고, 또 항상 네 답이 곧 아버지의 답이리라고 가정했던 거지.」

태아가 태어날 때 태반과 연결된 탯줄을 끊어야 비로소 세상에 나올 수 있듯이, 진 루이즈도 신적 존재와 다름없던 아버지 애티커스에게 연결된 탯줄을 자르고 나올 때 비로소 독립적 인간으로서 성장할 수 있다. 그런데 애티커스의 강력한 영향권에서 벗어나기 위해서는 아버지도 여느 다른 사람들처럼 실수를 저지르는 평범한 인간이라는 사실을 받아들여야 한다. 그러한 사실을 받아들일 때까지는 진 루이즈는 아무리 지적 능력이 뛰어나도 한낱 〈정신적 불구자〉에 지나지 않는다. 그런데 잭 삼촌은 진 루이즈가 독립적 인간으로 다시 태어나는 데 산파 역할을 맡는다. 그의 직업이 다름아닌 의사였고, 그중에서도 특히 신생아의 출생을 돕는 산과 의사였다는 사실은 이 점과 관련하여 시사하는 바 자못 크다.

한 생명체가 태어난다는 것은 곧 어떤 의미에서는 자신을 잉태한 어머니를 살해하는 것과 같다. 비유적 의미에서뿐만 아니라 실제로 생물학적으로도 그러하다. 가령 살모사는 이러한 경우를 보여 주는 좋은 예다. 살모사는 한자어 〈殺母蛇〉 그대로 〈어미를 잡아먹는 뱀〉이라는 뜻이다. 난태생인 살모사는 새끼가 태어나는 모습이 마치 어미의 몸을 파먹고 나오는 것 같다 하여 붙은 이름이다. 한편 갓 태어난 새끼라도 맹독을 고스란히 지니기 때문에 살모사 어미는 혹시 새끼에게 물려 죽는 것을 피하려고 나무 위에서 새끼를 땅으로 떨어뜨리며 낳는다. 실제로 잭 삼촌은 진 루이즈가 이 세상에 다시 태어나기 위해서는 자신을 죽이거나 아니면 아버지를 죽여야 한다고 말한다.

「네가 우연히 지나치다 네 아버지가 그의 양심에, 즉 너의 양심에 정반대되는 것으로 보이는 무슨 일을 하는 걸 봤을 때, 넌 그야말로 그걸 견딜 수 없었던 거야. 신체적으로 고통을 느꼈던 거지. 삶은 네게 생지옥이 되었어. 넌 너 자신을 죽여야만 했지. 아니면 네 아버지가 너를 죽여야 하거나. 네가 독립된 실체로 기능할 수 있도록 말이야.」

이 말을 듣고 난 진 루이즈는 잠깐 〈나 자신을 죽여라. 네 아버지를 죽여라. 네가 살기 위해 그를 죽여야 해……〉라고 혼자 생각에 잠긴다. 잭 삼촌을 다시 만나기 전만 하여도 그녀는 자신보다는 아버지를 죽이기로 결심했다. 진 루이즈가 애티커스에게 〈이 표리부동한, 고리 무늬 꼬리 같은 나쁜 영감! 사람을 때려눕히고 짓밟은 데다 침까지 뱉어 놓고 그냥 거기 앉아 좋을 대로라고 하다니, 이 세상에서 내가 사랑한 모든 것을 그래 놓고, 그냥 거기 앉아 좋을 대로라고, 나를 사랑한다고! 이 나쁜 사람〉이라고 소리 지를 때 그녀는 아버지를 죽이는 것과 크게 다르지 않다. 그녀는 애티커스에게 핀치 집안 사람들 어느 누구도, 메이콤 주민 어느 누구도 두 번 다시 만나고 싶지 않다고 내뱉으면서 자리를 박차고 일어난다. 그러나 진 루이즈는 잭 삼촌을 만나 대화를 나누면서 아버지도 죽이지 않고 자신도 죽이지 않고 살아남을 방법을 모색하기 시작한다.

여기서 진 루이즈가 모색하는 삶의 방식은 상대를 죽이지 않고 함께 살아가는 방법을 배우는 것이다. 그녀는 〈나의 세계가 교란되지 않기 바라면서도 나를 위해 애써 그것을 보존하려 하는 사람을 짓밟고 싶어 해. 그와 같은 모든 사람들을 몰아내고 싶어 해〉라고 말한다. 이 고백에서 엿볼 수 있듯이 그녀는 그동안 자신이 취해 온 삶의 방식이 과연 옳았는지 먼저 되돌아보며 반성하려고 한다. 자기의 세계는 고스란히 그대로 둔 채 마음에 들지 않는다고 남의 세계를 폭력으로 바꾸려 시도해 온 것이 그녀의 삶의 방식이었다.

이렇게 진지하게 자기 반성과 자기 성찰을 하는 진 루이즈는 마침내 현명한 삶의 방식이란 마치 비행기가 나는 방식과 같다고 깨닫는다. 〈그건 비행기와 같다고나 할까. 그 사람들은 저항력이고 우리는 추진력이어서, 우린 함께 그것을 날게 만들지. 우리가 너무 많으면 머리 부분이 무겁고, 그들이 너무 많으면 꼬리 부분이 무겁거든. 그것은 균형의 문제야〉라고 말한다. 진 루이즈는 자신의 입장을 포기할 수는 없지만 그렇다고 아빠나 헨리와 한편이 될 수도 없다. 그들과 다투지 않고 살아가려면 무엇보다 비행기 기체처럼 저항력과 추진력이라는 극단적인 두 힘 사이에서 절묘한 균형과 조화를 찾지 않으면 안 된다.

더구나 잭 핀치는 진 루이즈에게 엄밀히 따지고 보면 그녀 또한 애티커스와 크게 다르지 않다고 지적한다. 그는 낄낄 웃으면서 〈넌 네 아버지랑 아주 많이 닮았어. 차이가 있다면, 넌 고집불통이지만 네 아버지는 안 그렇지〉라고 말한다. 이 말을 듣고 깜짝 놀라는 진 루이즈는 자리에서 일어나 책장으로 걸어가서 『웹스터 사전』을 꺼내 〈고집불통 bigot〉이라는 낱말을 찾아본다. 그 사전에는 이 낱말이 〈완고하게 또는 과도하게 자신의 교회나 정당, 신념, 의견에 헌신적인 사람〉으로 풀이되어 있다. 진 루이즈는 삼촌에게 자신이 왜 고집불통인지 설명해 달라고 다그치자, 그는 〈그 정의를 좀 더 자세히 설명해 보마. 고집불통이 자기 의견에 이의를 제기하는 사람을 만나면 어떻게 할까? 절대로 양보하지 않지. 자기 의견을 굽히지 않지. 상대방의 말에 귀를 기울이려

하지 않고 그저 비난할 뿐이지〉라고 대답한다. 그러면
서 그는 계속하여 〈넌 모든 아버지란 존재들 중에서도
최고인 네 아버지에게 속이 그만 뒤집어지자 그대로 달
아나 버렸어. 어찌나 빨리도 달아나는지〉라고 말한다.
이 장면에서 잭 삼촌은 진 루이즈에게 아무리 현실이
참기 힘들어도 그 현실을 회피하지 말고 직면하라고 가
르친다.

　잭 삼촌이 진 루이즈가 크게 애티커스와 다르지 않다
고 생각하는 데는 또 다른 이유가 있다. 그녀는 자신의
생각이 옳다고 확신하는 나머지 좀처럼 다른 사람의 입
장에서 생각하려 들지 않는다. 말하자면 진 루이즈한테
는 독선적인 면이 없지 않다. 삼촌이 그녀를 〈고집불통〉
이라고 부르는 것은 바로 그 때문이다.

　『앵무새 죽이기』에서 애티커스는 스카웃에게 〈무엇
보다도 간단한 요령 한 가지만 배운다면 모든 사람들과
잘 지낼 수 있어. (……) 누군가를 정말로 이해하려고
한다면 그 사람의 입장에서 생각해야 하는 거야〉라고
말한다. 그러면서 그는 계속하여 〈말하자면 그 사람 살
갗 안으로 들어가 그 사람이 되어서 걸어다니는 거지〉
라고 밝힌다. 스카웃은 아버지의 이 말을 가슴에 새기

면서 살려고 노력한다. 그런데 어찌 된 일인지 그로부터 16년에서 20년의 세월이 흐른 뒤『파수꾼』에 이르러진 루이즈는 애티커스의 소중한 가르침을 그만 잊고 살아가는 것 같다. 잭 삼촌은 진 루이즈에게 〈넌 다른 사람들의 생각에 숨을 쉴 수 있는 여유를 주지 않으려는 경향이 있어. 네가 생각하기에 비록 그들 생각이 아무리 바보 같아도 말이야〉라고 지적해 준다.

어찌 보면 이 장면에서 잭 핀치는 지나치게 논리를 비약하는 것은 아닌지 하는 의심도 든다. 그러나 달리 생각해 보면 잭 삼촌의 말에도 일리가 없지 않다. 그는 조카에게 〈진 루이즈, 각자의 섬, 각자의 파수꾼은 각자의 양심이야. 집단적 양심이란 것은 이 세상이 없거든〉이라고 말한다는 점을 찬찬히 눈여겨보아야 한다. 애티커스가 인종 차별 정책을 위헌으로 판결한 연방 대법원의 결정에 이의를 제기한다면 그것은 어디까지나 그의 섬에서 통용되는 규칙, 즉 그의 양심에 따른 결정일 뿐이다. 진 루이즈가 자신의 규칙과 양심에 따라 어떤 일을 결정하고 행동하듯이, 애티커스도 그의 규칙과 양심에 따라 결정하고 행동하게 마련이다. 그러므로 진 루이즈가 자신의 규칙과 양심에 따라 행동하지 않는 아버지를 위선자라고 비난한다면 그녀는 〈고집불통〉이고 독선적이라는 비판을 면하기 어려울 것이다.

여기서 잠깐 프랑스 계몽주의 철학자 볼테르가 했다고 전해지는 유명한 말을 언급하는 것이 좋을 것 같다. 〈나는 당신의 의견에 동의하지 않는다. 그러나 만일 당신이 그 의견 때문에 박해를 받는다면 나는 당신의 말할 자유를 위해 끝까지 싸울 것이다.〉 실제로 볼테르가 이런 말을 했는지를 두고 아직도 학자들 사이에 의견이 엇갈린다. 에벌린 홀의 『볼테르의 친구들』(1906)이라는 책에 실려 있는 문구다. 한편 볼테르는 〈자기 머리로 생각하라. 그리고 다른 이들도 그럴 권리를 누릴 수 있도록 하라〉는 말을 남긴 것으로 알려져 있다.

여기서 누가 과연 이 말을 했는지는 중요하지 않다. 다만 중요한 것은 이 말이 잭 핀치가 진 루이즈에게 해주는 말과 아주 비슷하다는 점이다. 잭은 조카에게 자기의 주장이 옳다고 생각한다면 상대방의 주장도 고려해야 한다고 지적한다. 그렇지 않으면 그녀(진 루이즈)도 상대방(애티커스)과 마찬가지로 고집불통이고 독선적이 되는 것과 다름없기 때문이다.

진 루이즈는 태어나 지금까지 26년 동안 흑인을 니그

로이드라는 인종적 차원보다는 오히려 코카시안 백인과 동등한 보편적 인간으로 보아 왔다. 적어도 이 점에서 그녀는 흑백을 제대로 구별하지 못하는 색맹과 크게 다름없다. 잭 삼촌은 마지막으로 그녀에게 이 점을 깨닫게 해준다.

「너는 색맹이야, 진 루이즈.」 그가 말했다. 「넌 언제나 그랬고, 또 앞으로도 언제나 그럴 거야. 넌 오로지 사람들의 생김새나 지력, 인격 같은 것들에서만 차이를 발견하지. 넌 한 번도 사람을 인종으로 보도록 부추김을 받은 적이 없기 때문에, 인종 문제가 오늘날 가장 논란이 많은 시급한 사안인데도, 아직도 인종적으로 사고하지 못하고 있는 거야. 네 눈에는 오직 사람들만 보이는 거지.」

진 루이즈의 눈에는 피부 색깔과는 전혀 관계없이 백인이건 흑인이건 하나같이 인간으로만 보일 뿐이다. 만약 그녀가 사람들 사이에서 어떤 차이를 발견한다면 피부 색깔이 아니라 생김새나 지적 능력, 인격 같은 것에서 그 차이를 발견한다. 그러나 잭 핀치는 인간을 보편성 못지않게 인종의 관점에서 파악하는 것도 필요하다고 역설한다. 특히 미국 같은 다문화 사회에서는 더더욱 그러할 것이다.

이 점에서 이 소설의 제목 〈파수꾼〉이 의미하는 바는 자못 크다. 하퍼 리는 이 소설의 제목을 구약성서 「이사야서」의 한 구절 〈주께서 나에게 말씀하셨다.《어서 파수꾼을 세워라. 발견되는 대로 보고하여라. 행여 두 줄로 달려오는 기마대가 보이지 않나, 행여 나귀를 탄 부대, 낙타를 탄 부대가 보이지 않나, 정신을 바짝 차려라. 정신을 단단히 차려라.》〉(21장 6~7절)에서 따왔다.

여기서 잭 삼촌이 진 루이즈에게 하는 〈각자의 섬, 각자의 파수꾼은 각자의 양심이야. 집단적 양심이란 것은 이 세상이 없거든〉이라는 말을 다시 한 번 찬찬히 살펴볼 필요가 있다. 개인 각자가 지니는 양심이 곧 파수꾼이라는 말이다. 섬이 대륙에서 떨어져 나온 땅이듯이 각각의 개인은 사회 집단에서 독립해 나온 개체다. 이를 달리 말하면, 각각의 인간은 저마다 다른 파수꾼을 세운다는 것이 된다. 진 루이즈에게 그녀만의 파수꾼이 있듯이 애티커스에게는 그만의 파수꾼이 있다. 마찬가지로 잭 삼촌에게 그만의 파수꾼이 있는 것처럼 헨리 클린턴에게는 그만의 파수꾼이 따로 있게 마련이다.

스물여섯 살이 될 때까지 진 루이즈는 애티커스를 자신을 지켜 줄 든든한 파수꾼으로 삼아 왔다. 다른 문제도 마찬가지지만 특히 인종과 관련한 문제에서 그녀는 지금껏 언제나 아버지에게 의존했다. 그런데 어느 날 이 든든한 파수꾼이라고 믿어 온 아버지가 자신을 지켜 주기는커녕 자기를 적에게 내어 줄 배신자라는 사실을 깨달을 때 그녀가 느끼는 충격과 절망감은 참으로 엄청나다. 마침내 진 루이즈는 자기를 지켜 줄 파수꾼은 아버지 같은 외부 인물들이 아니라 어디까지나 자기 자신이여야 한다는 사실, 도덕적으로나 윤리적으로 자신을 이끌어 줄 사람은 오직 자신밖에는 없다는 소중한 진리를 깨닫는다.

더구나 그녀는 앞으로 자신뿐만 아니라 메이콤 같은 남부 소도시를 지키는 파수꾼의 역할을 맡게 될지도 모른다. 잭 삼촌이 그녀에게 〈우리한테는 너 같은 사람이 더 많이 필요해〉라고 말하는 것은 까닭이 바로 여기에 있다. 애티커스는 이제 일흔두 살로 류머티즘을 심하게 앓아 혼자서는 일상생활을 영위하기 힘들 정도다. 한편 진 루이즈는 20대 중반의 젊은 여성이다. 작가는 남부의 미래가 진 루이즈 같은 젊은 여성에 달려 있다는 점을 간접적으로나마 암시하는 대목이다.

엄밀히 따지고 보면 『앵무새 죽이기』에서 하퍼 리는 애티커스 핀치를 지나치게 낭만적이고 이상적으로 묘사했던 것이 사실이다. 실물대 이상으로 그려진 그러한 인물은 현실 세계에서 찾아보기란 무척 어렵다. 또한 스카웃이라는 어린아이의 눈으로 바라보기 때문에 핀치의 모습은 더더욱 낭만적이고 이상적으로 보일 수밖에 없을지도 모른다. 경제적으로 큰 시련을 겪었던 1930년대 미국 사회는 도덕적 나침판 구실을 할 수 있는 핀치 같은 이상적인 인물이 필요했을 것이다.

한편 『파수꾼』에서 핀치는 천상에서 질퍽한 대지로 내려온다. 좀 더 현실적이고 인간적인 인물로 변신한다. 애티커스가 속물적이고 세속적이라고 할 만큼 현실적으로 보이는 것은 성장한 진 루이즈의 시선으로 바라보는 탓도 있을 것이고, 인종 문제와 관련하여 사회적 갈등이 꿈틀거리기 시작한 1950년대의 시대적 분위기 탓도 있을 것이다.

여행의 끝

  진 루이즈에게 이번 고향 여행이 지리적 여행 못지않은 심리적 또는 정신적 여행이라면, 그녀는 이 여행을 통하여 어떠한 깨달음을 얻는가? 다시 말해서 이번 여행에서 그녀가 얻는 삶의 소중한 교훈은 과연 무엇인가? 한마디로 그것은 〈영혼의 개안(開眼)〉이라는 말로 요약할 수 있다. 이 작품에서 진 루이즈는 육체의 눈이 아닌, 정신과 영혼이 눈을 뜬다. 따지고 보면 하퍼 리는 『앵무새 죽이기』에서 이미 스카웃이 겪는 〈영혼의 개안〉을 중심 주제로 다루었다. 스카웃은 아버지 애티커스 변호사로부터 〈결국 우리가 잘만 보면 대부분의 사람은 모두 멋지다〉는 교훈, 그리고 〈누군가를 정말로 이해하려고 한다면 그 사람의 입장에서 생각해야 한다〉는 소중한 교훈을 배운다.

  진 루이즈는 메이콤에 돌아와 겨우 며칠밖에는 되지 않지만 그녀의 삶에 새로운 전환점을 맞는다. 『앵무새 죽이기』의 마지막 장면에서 스카웃은 〈집으로 걸어가는 동안 나는 오빠와 내가 자랐다는 생각이 들었습니다. 아마 대수를 빼놓고는 이제 우리가 배워야 할 게 별

로 많지 않은 것 같았습니다)라고 말한다. 진 루이즈가
이렇게 정신적으로 성장한다는 점에서는 『파수꾼』도
마찬가지다. 하퍼 리는 『파수꾼』 제5장에서 젬과 스카
웃, 딜이 유년 시절 레이철 부인네 연못가에서 부흥회
놀이를 하는 장면을 다룬다. 그리고 보니 이 작품을 통
틀어 가장 희극적인 장면이라고 할 제5장은 단순히 어
린아이들의 놀이를 뛰어넘어 주인공의 영적 개안과 관
련하여 자못 의미심장하다.

진 루이즈는 잭 삼촌의 도움으로 영적 개안을 통하여
자기 통찰이나 자기 인식에 이르고 난 뒤 처음으로 자
신의 진면목을 깨닫는다. 자신이 그동안 시력 장애인과
다름없었다는 사실을 알아차리면서 적잖이 놀란다. 다
음 독백은 그녀가 새롭게 이 세상에 태어나면서 지르는
울음소리라고 할 수 있다.

눈이 멀었다, 그게 바로 내 모습이구나. 난 이제껏 한
번도 제대로 눈을 떠 본 적이 없었던 거야. 다른 사람들
의 마음속을 들여다보려 한 적이 없었어. 얼굴을 살짝
쳐다봤을 뿐. 완전히 눈이 먼 거지. 돌(스톤)처럼 말이
다…… 스톤(돌) 목사. 스톤 목사는 어제 예배 시간에 파

수꾼을 세웠어. 그는 내게도 파수꾼을 세워 줬어야 했어. 내 손을 잡아 이끌어 주고, 매 시간마다 그가 무얼 보는지 알려 주는 파수꾼이 내게도 필요해. 이 사람이 이렇게 말하지만 실제로는 저것을 의미한다고 내게 말해 줄 파수꾼이 필요하거든. 가운데 줄을 긋고 한쪽에는 이런 정의가 있고 다른 한쪽에는 저런 정의가 있다고 말해 주고, 그 차이를 이해할 수 있도록 말해 줄 파수꾼이 내게 필요해. 가서 그들에게 그 모든 스물여섯 해는 누군가에게 장난을 치기에는, 그게 얼마나 재미있든, 너무 긴 시간이라고 말해 줄 파수꾼이 내게 필요한 거야.

위 인용문에서 〈눈이 멀었다〉니 〈눈을 뜬 적이 없었다〉니 〈완전히 눈이 멀었다〉니 하는 문장을 찬찬히 눈여겨보아야 한다. 7부 18장에서 잭 핀치 삼촌을 만나기 전까지만 하여도 진 루이즈는 정신적 시각 장애인과 다름없다. 색깔을 구별 못하는 색맹일 뿐만 아니라 더 나아가 아예 사물 자체를 보지 못하는 맹인이었다. 이 장면에서 그녀가 갑자기 〈돌(스톤)처럼…… 스톤(돌) 목사〉라고 하며 스톤 목사를 언급하는 것이 흥미롭다. 물론 〈스톤〉은 돌이라는 뜻이지만 〈돌처럼 눈이 멀었다

stone-blind〉고 하면 완전히 눈이 먼 상태를 가리킨다. 그러나 진 루이즈는 잭 삼촌의 힘을 빌려 비로소 눈을 뜨게 된다.

위 인용문에서 〈눈〉과 함께 핵심적인 낱말이 〈파수꾼〉이다. 스톤 목사는 바로 전날 예배에서 「이사야서」 21장 6절 〈어서 파수꾼을 세워라. 발견되는 대로 보고하여라〉를 설교 텍스트로 삼았다. 진 루이즈는 스톤 목사의 설교를 들으며 그 파수꾼이 본 것이 무엇인지 알아보려고 귀를 기울였다. 지금 진 루이즈는 그동안 자신이 정신적 시각 장애인이었다는 사실을 깨닫는 동시에 스톤 목사는 자신에게도 파수꾼을 세워 줬어야 했다고 생각한다. 그녀에게도 그녀의 손을 잡아 이끌어 주고, 매 시간마다 그가 무엇을 보았는지 알려 줄 파수꾼이 필요하다고 생각하는 것이다. 진 루이즈는 그러한 파수꾼이 밖에 있는 것이 아니라 자기 자신 안에 있다는 소중한 교훈을 깨닫는다.

절망하지 않고 희망을 품을 수 없듯이 진 루이즈도 환멸과 배신감과 좌절감을 느끼지 않고 이러한 〈영적 개안〉을 얻을 수 없다. 그녀가 증오해 마지않는 백인 우월주의자 그레이디 오핸런처럼 진 루이즈는 남부에서 태어나 남부에서 자란다. 앨라배마주 메이콤은 남부 중에서도 남부, 오지 중에서도 오지다. 남북 전쟁에서 패배하고 재건 시대를 거치면서 적잖이 변화를 겪었다. 어찌 보면 애티커스와 헨리가 대법원의 판결에 맞서 남부의 전통적인 가치를 지키려고 하는 것은 변화한 남부 현실에 대한 그들 나름대로의 대응 방식으로 볼 수도 있다.

처음에는 신체적 고통을 느끼던 진 루이즈도 작품의 마지막 장면에 이르러 남부의 변화가 불가피하다는 사실을 받아들이면서 애티커스의 입장에서 문제를 보려고 노력한다. 하퍼 리는 화자의 입을 빌려 〈그녀는 자동차 반대편으로 가서 운전대에 앞에 미끄러지듯 앉았다. 이번에는 머리를 부딪치지 않도록 조심했다〉는 문장으로 이 작품을 끝맺는다. 메이콤 정션에 처음 도착해서부터 지금까지 그녀는 자동차에 올라타면서 여러 번 차의 지붕에 머리를 부딪치곤 했다. 그러나 이 마지막 장면에 이르러 그녀는 머리를 부딪치지 않으려고 무척 조심한다. 진 루이즈가 주변의 변화에 조금씩 적응해 가는 모습을 상징적으로 보여 주는 대목이다.

앵무새와 파수꾼

『파수꾼』은『앵무새 죽이기』와 비교하여 흔히 작품 수준이 떨어진다는 평가를 받는다. 실제로 앞 작품과 뒤 작품과 나란히 놓고 보면 감동이 덜한 것이 사실이다. 첫 번째 작품이 그렇게 성공을 거두었으니 작가가 어떤 작품을 내놓아도 아마 독자들의 기대에 미치지 못할 것이다. 그러나『파수꾼』은 앞의 작품의 의미를 좀 더 풍부하게 해줄지언정 결코 그 가치를 떨어뜨리지는 않는다.『앵무새 죽이기』는 사건이 3년에 걸쳐 일어나기 때문에 그만큼 극적인 사건이 많이 일어난다. 법정 소설의 형식을 취하는 이유도 있어 독자들은 손에 땀을 쥐며 작품을 끝까지 읽는다. 한편『파수꾼』에서는 현재 사건이 겨우 2~3일 안에서 일어나고, 주인공의 유년 시절의 회상이 거의 대부분이다.

『파수꾼』의 가장 큰 결점이라면 플롯이 앞으로 진행하지 않고 같은 자리에 맴돌거나 달팽이처럼 아주 느리게 앞으로 나아간다는 점이다. 잭 핀치 삼촌은 집으로 찾아온 진 루이즈에게 〈이것 참. 아, 이것 참, 그래. 소설에는 이야기가 있어야 해〉라고 투덜거린다. 이 말은 흔히 19세기 리얼리즘의 최고봉 중 하나로 일컫는 프랑스의 소설가 스탕달이 미완성 유작 장편소설『뤼시앵 뢰방』(1834)의 원고 여백에 적어 놓은 말로 알려져 있다. 어떤 문학 장르보다도 소설은 무엇보다도 플롯이 박진감 있게 진행되어 독자들의 흥미를 불러일으켜야 한다고 지적한 말이다.

그런데 아쉽게도『파수꾼』은『앵무새 죽이기』처럼 그렇게 흥미진진하게 이야기를 끌고 가는 힘이 부족하다는 것은 부정할 수 없는 사실이다. 비록 이 점을 인정한다 하더라도『파수꾼』은 앞 작품을 이해하는 데뿐만 아니라 작가 하퍼 리의 문학 세계를 이해하는 데도 꼭 필요한 작품이다. 앵무새 노랫소리에 귀를 기울이는 것도 필요하지만 사회 구성원으로 구체적인 역사적 시간과 사회적 공간에서 일어난 냉혹한 현실에도 눈을 부릅뜨고 지켜보는 파수꾼이 필요할 때도 있는 법이다.

마지막으로, 하퍼 리는『파수꾼』에서『앵무새 죽이기』의 내용을 일부 수정하거나 변경했다는 점도 주목해 볼 만하다. 1960년의 작품에서 작가는 애티커스 핀치 변호사의 노력에도 불구하고 톰 로빈슨의 재판에서 패소하는 것으로 설정했다. 배심원은 백인 아가씨 메이엘라 유얼의 증언만 믿고 톰에게 유죄 평결을 내린다. 테일러 판사도 배심원의 평결을 존중하여 마찬가지로 톰에게 유죄를 선고한다. 이 장면에서 스카웃은 〈나는 두 눈을 꼭 감았습니다. 테일러 판사님이 배심원들의 평결을 읽어 내려가셨습니다. 「유죄……. 유죄……. 유죄……. 유죄…….」나는 오빠를 슬쩍 바라봤습니다. 발코니 난간을 꽉 붙잡고 있는 오빠의 두 손이 백지장같이 하얗게 변했습니다. 《유죄》라는 한 마디 한 마디가 마치 어깨 위에 꽂히는 날카로운 비수인 듯 오빠는 어깨를 움찔거렸습니다〉라고 말한다. 한마디로 스카웃은 젬과 애티커스와 함께 모든 사회 구조가 백인 중심으로 짜인 메이콤에서는 힘이 곧 정의로 통한다는 사실을 절감한다.

그러나 하퍼 리는 『파수꾼』에서 애티커스 핀치 변호사가 톰 로빈슨 재판에서 승소하는 것으로 설정했다. 이 소설의 8장에서 진 루이즈는 법원 건물 2층 발코니에 숨어 아래층에서 벌어지는 어처구니없는 사건을 지켜보면서 20년 전 아버지 애티커스 변호사의 눈부신 활약을 잠시 떠올린다. 당시 형사 사건을 맡기 싫어하던 애티커스가 톰 로빈슨의 변호를 맡은 것은 의뢰인이 무죄라는 사실을 아는 데다 열의 없는 법정 변호인의 변호 탓에 톰이 교도소에 가는 것을 도저히 좌시할 수 없기 때문이었다. 톰은 캘퍼니아 소개로 애티커스를 찾아와 자초지종을 말했고, 그 진실은 추악했다.

애티커스는 변호사 인생을 걸고 모험했다. 변호인으로서 배심원 앞에 서서 기소장의 부정확한 점을 이용하여 메이콤군에서는 전에도 없었고 앞으로도 없을 일을 성취했다. 강간 혐의로 기소된 흑인 청년에 대한 무죄 선고를 얻어 낸 것이다. 검찰 측의 주요 증인은 백인 아가씨였다.

애티커스에게는 두 가지 유력한 이점이 있었다. 백인 아가씨가 열네 살인데도 피고가 미성년자에 대한 강간 혐의로 기소되지 않은 터라 애티커스는 피해자가 동의했다는 것을 입증할 수 있었고 실제로 결국 입증해 냈다. 동의는 보통 상황에서보다 입증하기 더 쉬웠다. 피고는 팔 하나가 없었다. 다른 쪽 팔은 제재소에서 사고로 잘렸던 것이다.

그렇다면 하퍼 리는 왜 『앵무새 죽이기』에서 핵심적

사건을 이렇게 바꾸어 놓았을까? 모르긴 몰라도 『파수 꾼』에서 인종 차별주의자로서의 그의 역할을 좀 더 뚜렷하게 부각시키기 위해서일 것이다. 애티커스의 승소에 대하여 진 루이즈는 〈애티커스는 자신이 가진 기지를 모두 발휘해서, 그리고 자신이 앞으로 평화로이 자존심을 유지하며 살 수 있으리라는 것을 알아야만 잊을 수 있을 정도로 격심한 본능적 혐오감을 안고 그 사건을 추적해 결론을 이끌어 냈다〉고 말한다. 20년 전의 애티커스를 이렇게 흑인 인권을 위하여 용기 있게 투쟁한 변호사로 부각시킴으로써 작가는 독자들에게 20년 후의 그의 언행을 좀 더 선명하게 보여 줄 수 있을 것이다.

참고 문헌

하퍼 리 저서

Lee, Harper. *To Kill a Mockingbird*. 1960. Repr., New York: Harper Perennial, 2005.

Lee, Harper. *Go Set a Watchman*. New York: Harper Perennial, 2016.

하퍼 리에 관한 저서

Beck, Joseph Madison. *My Father and Atticus Finch: A Lawyer's Fight for Justice in 1930s Alabama*. New York: W. W. Norton, 2016.

Bloom, Harold. *To Kill a Mockingbird: Modern Critical Interpretations*. Philadelphia: Chelsea House Publishers, 1999.

Clarke, Gerald. *Capote: A Biography*. New York: Simon and Schuster, 1988.

Crespino, Joseph. *Atticus Finch: The Biography*. New York: Basic Books, 2018.

Flynt, Wayne. *Mockingbird Songs: My Friendship with Harper Lee*. New York: Harper, 2017.

Johnson, Claudia Durst. *To Kill a Mockingbird: Threatening Boundaries*. New York; Twayne, 1994.

Meyer, Michael J. *Harper Lee's To Kill a Mockingbird: New Essays*. New York: Scarecrow Press, 2010.

Mills, Marja. *The Mockingbird Next Door: Life with Harper Lee*. New York: Penguin Books, 2015.

Mohr, Amy, and Mark Olival-Bartley, eds. *New Interpretations of Harper Lee's To Kill a Mockingbird and Go Set a Watchman*. Cambridge: Cambridge Scholars Publishing, 2019.

O'Neill, Terry, ed. *Readings on To Kill a Mockingbird*. San Diego: Greenhaven Press, 2000.

Santopietro, Tom. *Why To Kill a Mockingbird Matters: What Harper Lee's Book and the Iconic American Film Mean to Us Today*. New York: St. Martin's Press, 2018.

Shields, Charles J. *Mockingbird: A Portrait of Harper Lee*. New York: Macmillan, 2006.

Shields, Charles J. *I Am Scout: The Biography of Harper Lee*. New York: Henry Holt, 2008.

하퍼 리에 관한 논문

Best, Rebecca. "Panopticism and the Use of 'The Other' in *To Kill a Mockingbird*." *Mississippi Quarterly* 62: 3-4, (Summer-Fall 2009).

Crespino, Joseph. "The Strange Career of Atticus Finch." *Southern Cultures* 6: 2 (Summer 2000).

Dare, Tim. "Lawyers, Ethics, and *To Kill a Mockingbird.*" *Philosophy and Literature* 25 (April 2001).

Going, William T. "Truman Capote: Harper Lee's Fictional Portrait of the Artist As an Alabama Child." *Alabama Review* 42: 2 (April 1989).

Halpern, Iris. "Rape, Incest, and Harper Lee's *To Kill a Mockingbird:* On Alabama's Legal Construction of Gender and Sexuality in the Context of Racial Subordination." *Columbia Journal of Gender and Law* 18: 3 (Fall 2009).

Kasper, Annie. "General Semantics in *To Kill a Mockingbird.*" *Review of General Semantics* 63: 3 (July 2006).

Kim, Wook-Dong. "Harper Lee's *To Kill a Mockingbird:* An Ecocrtical Reading." *ANQ* 33: 1 (March, 2020).

Murray, Jennifer. "More Than One Way to (Mis)Read a Mockingbird." *The Southern Literary Journal* 43: 1 (Fall 2010).

Oxoby, Marc C. "Hey, Boo: Harper Lee & *To Kill a Mockingbird.*" *Film & History* 42: 2 (Fall 2012).

Watson, Rachel. "The View from the Porch: Race and the Limits of Empathy in the Film To Kill a Mockingbird." *Mississippi Quarterly* 63: 3-4 (Summer-Fall 2010).

Woodward, Calvin. "Listening to the Mockingbird." *Alabama Law Review* 45 (Winter 1994).

하퍼 리의 삶과 문학

발행일   2020년 4월 25일 초판 1쇄

지은이   김욱동
발행인   홍지웅 · 홍예빈
발행처   주식회사 열린책들

경기도 파주시 문발로 253 파주출판도시
전화 031-955-4000 팩스 031-955-4004
www.openbooks.co.kr

Copyright (C) 김욱동, 2020, *Printed in Korea.*
ISBN 978-89-329-2021-4 03840

이 도서의 국립중앙도서관 출판예정도서목록(CIP)은 서지정보유통지원시스템 홈페이지(http://seoji.nl.go.kr)와
국가자료공동목록시스템(http://www.nl.go.kr/kolisnet)에서 이용하실 수 있습니다.(CIP제어번호:CIP2020011640)